KB163183

아네코 유사기
Aneko Yusagi 김동수 옮김
방패용사 성공담
21

시로노 마모루
호른
시안
방패 용사 성공담 21
인물소개

나타리아
이와타니 나오후미
키르

「……나타리아라고 불러 주세요.」
「그건 본명이야, 아니면 가명이야?」

목차

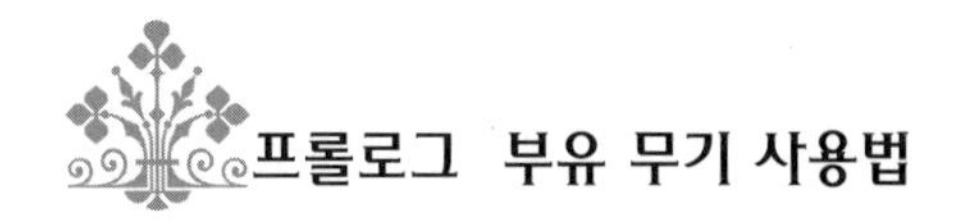

프롤로그 부유 무기 사용법

"하압!"

신속하게 날아드는 참격을 막으면서, 나는 대련 상대인 렌을 보았다.

"엿차!"

나는 지금 마을에서 렌의 연습을 돕고 있다.

연습을 돕게 된 이유는, 어째서인지 렌이 나를 지명해서 부탁했기 때문이다.

검술이라면 라프타리아나 본인이 좋아하는 에클레르에게 부탁하면 될 것을…….

그것도 이것저것 변칙적인 조건을 지정했다.

우선은 내가 방패가 아니라 검을 써서 싸우는 느낌으로 해 달라는 조건을 요구했다.

방패는 검처럼 가늘고 긴 것을 사용해 싸워 달라고 한다.

다음으로는 플로트 실드를 사용해서, 허공에 떠오른 검을 상정하고 조작해 달라고 했다.

그래서 플로트 실드를 체인지 실드로 바꿔 가며 렌을 상대했다.

아, 스킬과 마법, 기를 사용하는 것은 금지라고 한다. 스테이터스도 서로 비슷한 수치로 맞추고 있다.

그런 변칙적인 조건으로 하는 연습이다.

"우오오오오오!"

약간 거리를 벌렸던 렌이 몸을 낮추고 달려온다.

물론 연습이니까 렌도 날이 무딘 검으로 변형시킨 상황이다.

아무튼 렌은 방금까지는 검 한 자루로 싸웠지만 파고들 무렵에는 이도류로 나를 베었다.

하지만 나는 렌의 움직임에 맞추어 두 자루 검을 방패로 받아내고, 그 등 뒤에 플로트 실드를 날려 공격했다.

"흥!"

렌이 나를 똑바로 바라보며, 등 뒤에서 덮쳐드는 플로트 실드 한 장을 한쪽 검으로 막았다.

오오……. 뒤에 눈이 달린 것처럼 확실하게 막았는걸.

뭐, 공격을 예상한 거겠지.

그러니 숨겨 두었던 두 번째 플로트 실드를 지면에 닿을락 말락 하게 띄워서 베었다.

"그것도 예상했어!"

렌이 재빨리 백스텝을 하면서 그 플로트 실드를 피했다.

히트&어웨이 전법은 자신 있다는 건가?

하지만 에클레르와 싸웠을 때보다 스테이터스 외의 정밀함이 오른 느낌은 든다.

이러니 저러니 해도 다양한 상대와 연습한 듯하다.

"나오후미, 좀 더…… 좀 더 다양한 수를 써서 공격해 줘! 아직 모자라!"

“그렇게 지적해도 말이지….”

렌 녀석, 평소보다도 열심히 파고드는데…?

이렇게 연습하는 모습을 에클레르와 라프타리아…… 포울과 마을 녀석들이 멀리서 둥그러니 모여 지켜본다.

그중에서도 에클레르는 배워야 할 전투법이 있지 않을까 하며 뚫어지라 보고 있군.

“나도 이와타니 공이 검을 쓸 때의 싸움을 보고 싶었지만……. 과연. 이런 식으로 싸우는 건가?”

에클레르가 포울 쪽으로 고개를 돌리며 물었다.

뭐, 원래 내 싸움법은 방어가 중심이니까 공격 위주인 녀석과는 어딘가 근본적인 차이가 있을지도 모른다.

“아니, 형님이 검을 쓰는 법은 굳이 따지면 누님을 닮은 자세고, 예전에는 아트라처럼 템포 있는 움직임으로 에클레르의 기술을 흉내 내고 있었던 것 같아. 형님도 지켜보면서 자연스럽게 배운 거라고 했었고, 저런 싸움법은 아닐 거야.”

포울의 설명은 옳다.

타쿠토를 상대로 싸웠을 적의 일이다.

연습 상대였던 라프타리아와 아트라의 움직임을 참고하고 에클레르가 사용하는 기술을 흉내 내어 타쿠토를 두들겼다.

“형님에겐 안타깝지만 익숙하지 않은 방식으로 싸우는 것처럼 보이는걸.”

그야 나는 원래 막기 전문이고 라프타리아와 아트라…… 포울이나 렌, 에클레르처럼 공격할 수는 없으니까.

어딘가 움직임이 어색하다 해도 별로 이상할 건 없겠지.
"하지만…… 지금 형님의 전투 스타일은 확실히 움직임을 예측하기 어려워. 형님만 보고 있다간 아픈 꼴을 당할걸."
"본래는 지키기 위한 움직임……. 저희를 지킬 때는 조금씩 주변을 이동하고 계시니까요."
"누님 말대로야."
"흠……. 기묘한 공격 방법인 건 확실해. 흥미가 생기는걸."
"하지만…… 검의 용사님이 나오후미 님께 지정한 전법에는 다른 예가 있는 건가요?"
"이전에 어떤 무술서에서 읽은 기억이 있군. 마법으로 무기를 띄워서 공격하는 방법이지. 이야기에 의하면 과거의 사성 용사도 사용했다는 모양이야."
에클레르 쪽은 우리의 연습을 보면서 이야기꽃을 피운다.
하지만 렌이 내가 대화에 참가할 여유를 줄 리가 없다.
렌은 연습에 완전히 의식이 쏠려 있는지 더욱 고조되어서 덤벼들고 있다.
"으랴아아아아앗! 나오후미! 너도 방패로 이도류를 써 보지그래!"
"애석하게도 아직 스킬을 발견하지 못했거든."
애초에 방패를 두 개 꺼내서 양손에 드는 전투 스타일은 좀 그렇지 않나 싶다.
그래서 방어력이 오른다고 해도, 두 방패로 막는 건 꽤 어려울 것 같다.

유성벽 같은 스킬의 효과는 오를 것 같지만……. 그 정도는 머릿속에서 게임풍으로 시뮬레이션 할 수 있지만 실제로 어떨지는 다른 문제다.

내가 손에 든 방패가 하나라서 핸디캡처럼 보이는 걸까?

애초에 이 세계는 게임처럼 스테이터스가 존재하는 이세계니까 원래 세계의 감각으로 살면 다양한 차이가 생긴다.

"그런가……."

렌은 조금 아쉬운 듯했다.

"하아!"

렌이 다시 거리를 벌리려 뒤로 물러섰기에 플로트 실드 두 장을 방패와 연결하는 형태로 수평으로 늘어놓아 움직이면서 거리를 좁혔다.

"크……."

무기가 부딪치는 날카로운 소리가 나고, 렌이 검으로 방어를 시작했다.

첫 번째가 명중했기에 칼을 돌려 베는 요령으로 플로트 실드를 반대쪽으로 휘둘러 렌이 있는 장소를 노렸다.

그러자 렌은 다른 한쪽 검으로 그걸 막았다.

그럼…… 렌이 다음에 회피한다면 플로트 실드로 계속 추가 공격을 하고, 계속 막는다면 내가 직접 렌에게 달려든다.

어떻게 움직일지 봐야겠군.

"괜찮은걸……. 하지만!"

그렇게 생각한 순간 렌이 원을 그리듯이 검으로 회전 베기를 하며 뛰어 올랐다.

빈틈투성이다만?

그렇게 생각하는 동안 렌은 검을 교차하더니, 그대로 X 자를 그리듯 베면서 낙하했다.

플로트 실드로 막고 측면으로 공격하면 속도 면에서 좀 뒤질까.

할 수 없지. 내가 피하면 안 된다는 룰은 없다.

도리어 렌이 다양한 수를 써 달라고 지정했으니 회피해도 되겠지.

그래서 나는 그대로 백스텝을 써서 렌의 낙하 공격을 피하고, 이어지는 공격을 방지하는 목적으로 플로트 실드를 낙하 지점에 배치했다.

내가 있던 곳을 푹 찔렀던 렌의 검 하나는 지면에, 하나는 방패에 막혔다.

렌이 다음 공격을 하려고 일단 움직임을 멈췄다.

"우오오오오오오!"

그리고 재빨리 빙 돌아서 나에게 돌격해 왔다.

더 가볍게, 거의 힘을 싣지 않은 검으로 연속 공격을 해 오는군.

반응은 꽤 좋은 게 아닐까? 숨 쉴 틈 없는 연속 공격이란 느낌이라 방어가 특기인 내가 아니면 대응하기 어려울 것 같다.

게다가 가벼운 공격이라도 누적되면 틈을 만들어 낼 테지.

플로트 실드 두 장과 나 자신의 방패…… 무기 셋을 이용하는 나를 몰아붙이고 있을 정도니까.

"검의 용사님……. 굉장히 실력이 늘었군요. 단순한 기술이라면 저는 상대가 안 될지도 모르겠어요."

"으음……. 렌의 집중력은 상당하니까. 하지만…… 아마도 지금의 렌은 이와타니 공의 움직임만 보고 있어. 실전에서 저래서는 기습에 대응할 수 없을지도 몰라."

에클레르의 분석도 예리하군. 무인으로서는 일류다.

"지금 이와타니 님을 보고 깨닫지 못했나? 아까부터 이쪽에 가끔 시선이 오고 있지. 주위를 파악하고 있다는 좋은 증거야."

"그러네요. 나오후미 님, 검의 용사님 상대를 하면서 우리 이야기를 듣고 계세요."

"창 용사와도 연습을 했지만, 그때의 렌은 이 정도까지 집중하지 않았어. 렌을 저 정도까지 집중시키고도 몰아붙이는 걸 보면 역시 이와타니 공이라고 해야 할까."

'역시' 는 무슨. 렌의 나쁜 버릇이 나오고 있을 뿐이거든?

게다가 이 상태의 렌은 대전 상대 한정으로만 굉장한 집중력을 보이니까 정말이지 귀찮다.

일대일 시합에서 강한 타입인 거겠지.

"나는 형이 부유 무기를 어떤 감각으로 사용하는지 흥미가 있어. 누님, 칠성무기에는 없어? 이세계의 권속기라는 무기도 마찬가지지?"

"아쉽게도 저는 이도류밖에 없어서……."

"가볍게 흉내 낼 수 있는 것은 아니잖나? 나라면 머리가 어지러워질 자신이 있어. 저 상태로 기와 마법 사용까지 생각하면 어딘가가 산만해질 거야."

"그렇겠네요……."

"하지만…… 칠성용사도 부유시킬 수 있는 무기가 있는 건 확실할 텐데. 이와타니 공이 연습에서 꺼냈었잖아?"

"그러고 보니…… 지혜의 현왕께 지팡이를 빌렸을 때 사용했었지."

"찾아볼까요?"

"발견하면 좋겠는데, 그렇게 쉽게 찾을 수 있는 걸까?"

"어렵겠네요……. 그 부분은 성무기와 다른 것 같고."

라프타리아와 포울이 함께 신음했다.

"하아…… 하아……."

"영차!"

그래서 내 쪽은 어떤가 하면, 렌은 연속 공격을 거듭한 영향으로 숨을 헐떡이고 있다.

이 틈을 놓치지 않고 방패로 찌르기를 날려 회피시키고…… 몰아붙이듯 플로트 실드로 재빨리 베었다.

사실 내 쪽은 머리로 조작을 생각할 뿐이라 스태미나 소비가 적은 것이다.

"크윽……."

방어 일변도가 된 렌의 시계에서 사라지듯 플로트 실드를 등에 감추고, 위로 날렸다가 재빨리 낙하시켰다.

렌의 의식이 낙하하는 플로트 실드에 향한 순간, 그 틈을 놓치지 않고 내가 직접 달려들어 측면에서 베었다.

"아?!"

렌의 옆구리에 방패가 쿵 부딪힌다.

그러자 렌은 패배를 인정했는지 검을 내리고 심호흡을 시작했다.

"후우……. 내가 졌군."

"꽤 움직임이 좋았어. 너무 집중했던 게 아닐까."

에클레르도 말했지만 렌은 전투 중에 지나치게 집중하는 경향이 있다.

집중하는 건 좋지만 시야가 좁아지면 다른 데서 소홀해진다. 여유가 없는 싸움법이다.

"그런가."

"뭐어…… 이렇게 서로 핸디캡이 있는 변칙적인 싸움이고, 그렇게까지 집중할 건 아니라고 생각한다만."

"……아니, 반성할 점이야."

렌은 내 격려에 기대지 않고 확실히 반성하고 있다. 상당히 엄격한 태도다.

"앞으로 어떤 적이 나타날지 몰라. 나오후미, 또 상대해 줘. 점점 익숙해지면 마법이든 돌이든 상관없으니까 장거리 공격을 해 줬으면 해."

"그, 그래……."

이걸로 다시 쓰러져도 곤란하지만.

나는 플로트 실드를 습관적으로…… 뭐랄까, 자기도 모르게 회전시키며 내심 푸념했다.

렌은 그걸 빤히 지켜보았다.

"이건 말해 두는 게 좋으려나?"

"뭘?"

"그렇게 플로트 실드가 신경 쓰이면 너도 사용하면 되잖아."

일단 렌에게도 부유하는 검으로 베는 스킬이 있다고 들었다.

영귀 소재의 무기에서 나왔다는 듯하다.

생각대로 움직이는 검이 지정 범위를 종횡무진 날아다닌다면 꽤 귀찮은 공격이 되리라.

"……나는 부유하는 무기를 조작하는 게 서툴러."

렌은 조용히 부유하는 검…… 플로트 소드를 불러내 내 앞에서 움직여 보였다.

일단 그럭저럭 잘 움직이는 것처럼 보이는데?

"괜찮게 쓰고 있잖아?"

"아무것도 하지 않는 상태라면. 하지만 내가 움직이거나 공격을 의식하거나 하면 움직일 수 없어. 나오후미처럼 전투 중에 종횡무진 움직일 자신은 없어."

"그야 나는 막기 전문이니까……."

움직임을 보고, 상대의 임팩트를 어긋나게 하는 타이밍으로 움직이기만 하면 되니까 어떻게든 된다. 여기에 나 자신의 공격이 더해지면 나도 어려워지겠지.

"그런 건 관계없어. 지금 이렇게 싸웠을 때 나오후미는 잘 쓰고 있으니까. 나는 검을 띄우는 게 고작이야. 이런 느낌으로."

렌은 나에게 보여주듯 플로트 소드를 뒤에 남기고 달렸다.

의식하지 않으면 그만 이렇게 된다고 말하고 싶은 건가.

"이게 2~3개가 되면 평범하게 움직이는 것도 어려워."
"흠……."
아까 에클레르가 말한 것과 같은 문제점인가.
나는 문제없지만 렌에게는 어렵다……. 그럴 수 있나?
뭐, 이츠키도 모토야스도 쓰지 않는 종류의 스킬이긴 하지만.
"평소부터 꺼내서 연습하는 게 빠르지 않을까?"
"노력은 해 봤지만…… 그다지 기대하지 않았으면 해. 도저히 너희처럼은……."
너희……? 어렴풋이 느껴지던 걸 물어볼까.
"어이, 렌. 너, 나를 통해서 다른 뭔가를 보고 있는 거 아냐?"
이 특수한 훈련을 시작했을 때부터 느꼈던 렌의 태도와 발언을 정리해 보면, 나에게 누군가를 대신해서 닮은 움직임을 시키려 한 느낌이 든다.
"……그래. 미안하지만 나오후미 말고는 같은 일을 할 수 있는 녀석이 없다고 생각해서 부탁했어."
"역시 그런가……. 그것도 그 VR 게임 시절 일인가?"
렌은 원래 있던 세계에서, 이 세계와 똑 닮은 게임을 한 경험이 있다.
아마도 어떤 보스나 뭔가가 이런 공격을 사용했던 게 아닐까 추측된다.
변칙적이지만 연습해 둬서 손해 볼 방법은 아니다.
"맞다고도 할 수 있고, 틀리다고도 할 수 있어……."
렌이 말을 흐리듯 답했다.

"무슨 뜻이야?"

"정확히는 브레이브 스타 온라인이 아니라, 온라인상의…… 지인이야. 그 녀석의 움직임을 나오후미에게 재현해 달라고 했어."

렌은 후회하는 듯한 태도로 답했다.

아니, 딱히 화난 건 아니니까 그렇게 참회하는 듯한 분위기로 말하지 말라고.

괜히 분위기가 무거워지잖아.

"렌, 이와타니 공을 통해 과거의 강적에게 도전했던 건가?"

에클레르가 대화에 끼어들어 물었다.

"그래, 잘못했다고는 생각하지만 나오후미라면 그 녀석의 싸움법을 재현할 수 있어서."

"내가 말이지……."

플로트 무기를 날려서 싸우다니, 그 녀석 초능력자 같은 건가?

아니, 렌의 경우는 다른 게임 속에서의 전투 이야기일까.

"대체 어떤 사람인데?"

"지금의 나오후미와 처음 만났을 때의 나오후미를 더해서 반으로 나눈 것 같은 성격이야."

"그건 꽤 귀찮은 성격 아니야? 이전의 형이 어땠는지는 모르지만."

"저어, 포울 씨? 말을 가리는 게 좋지 않을까요? 나오후미 님이 노려보시는데요?"

포울…… 너, 나를 대체 어떻게 생각하는 거냐?

대답 내용에 따라선 온갖 방법으로 괴롭혀 줄 건데?

예를 들면 훈도시 멍멍이=키르와 함께 장기 행상 여행을 내보낸다거나.

필로리알과도 조금 다른 키르의 멍청한 행동에 맞춰 주는 건 굉장히 피곤하다.

그런데 키르는 포울을 멋지다고 생각하는 모양이라, 포울은 그렇게 눈을 반짝이며 다가오는 키르를 불편히 여기고 있다.

어떤 의미로 괴롭히기 딱 좋겠지.

"브레이브 스타 온라인에 플로트 무기 같은 스킬들은 존재하지 않았어. 그러니까 이길 수 있었지……."

"그건…… 이전에 내게 억지로 이겼을 때 말했던 상대 이야기인가?"

에클레르의 질문에 렌이 고개를 깊게 끄덕였다.

예전에 마구 날뛰던 시절의 렌은 에클레르와 시합 중에 궁지에 몰리자 스킬을 난사해서 이긴 적이 있다.

그때 렌은 나를 노려보며 말했었다. '나는 예전에, 다른 게임의 톱 플레이어였던 녀석과 브레이브 스타 온라인에서 겨루어서 승리한 적도 있는 몸이다! 그런 내가 미숙할 리가 없잖아.' 라고.

그렇군……. 그 상대의 특기가 아닌 영역에서 승리한 걸 아직 신경 쓰고 있었다는 건가.

렌의 어조와 경위를 생각하면 플로트 무기가 존재하는 게임의 탑 플레이어를 상대로 브레이브 스타 온라인이라는 VRMMO

게임에서 이긴 것에 지나지 않는 것이리라.

"지금 생각해 보면 그 녀석은 브레이브 스타 온라인에서도 틀림없이 봐주고 있었어. 그러니까…… 나는 환상이라도 좋으니까 그 녀석을 따라잡고 싶어."

"그렇게 강한 녀석인가?"

내 질문에 렌은 망설임 없이 고개를 끄덕였다.

"그 녀석이 잘하는 게임에선 지금도 전혀 상대가 안 될 거라고 단언할 수 있어. 그러니까 플로트 무기가 존재하는 이 세계에서 싸운다면 나보다 그 녀석이 더 강할 거야."

그건 굉장한걸. 지금의 렌보다 강하다니 어떻게 된 괴물이냐.

"……싫은걸. 그런 녀석이 전생자로 나온다거나 하면."

전생자로 나타나는 패턴도 있을 수 있으니까…….

"그런 일은…… 없을 거라고 생각하고 싶어. 그 녀석은 인격도 좋았으니까."

아마도 렌이 아는 인물 중 가장 강한 녀석이겠지.

그런 녀석과 나를 비교하다니……. 어떻게 반응하면 좋지?

사람을 멋대로 비교하다니 무례하다고 화내면 될까……. 아니면 렌이 라이벌 의식을 갖고 존경하는 상대와 동렬로 봐 주는 걸 자랑스러워하면 될까.

……그다지 신경 쓰지 않고 흘리는 게 나다운가.

"형이랑 닮은 성격이라며? 그런데 인격이 좋아?"

"포울……. 적당히 하는 게 좋을 텐데?"

이런저런 사정 덕에 포울은 어른스러워졌지만, 좀 더 생각해 볼 구석이 있는 듯하다.

내가 노려보자 포울은 고개를 붕붕 옆으로 흔들고는 목숨을 구걸하는 듯한 시선을 보냈다.

"브레이브 스타 온라인 내에서도 큰 길드 운영에 관여하고 있었으니까 인간성은 문제없는 녀석이었어. 트러블도 듣지 못했고, 그 부분도 비슷해서 나오후미와 닮았다고 생각했어."

렌이 보탠 말이 어쩐지 마음에 걸린다. 딱히 나를 감싸는 게 아니라는 느낌은 들지만.

마을 관리 능력을 포함해서 닮았다고 말하는 것이겠지.

"혹시 내가 소환되지 않았다면 그 녀석이 소환되지 않았을까 하고, 지금은 그런 생각도 들어."

"지나치게 비하하는 거야. 일부러 듣기 싫은 소릴 하는 것처럼도 들리고, 용사인 네가 그런 말을 하면 사기에 영향을 주니까 그 이상은 마음속에 감춰 둬."

나 참……. 렌은 마을에 온 뒤로 계속 이런 상태라니까.

우리가 키즈나의 세계에서 돌아올 때까지 과로하다 쓰러져 버렸을 정도고.

압박감에 약하다고 해야 하려나.

그래서 괜한 책임은 지기 싫다고, 책임을 짊어져서 상처받기 싫다고 생각했었으리라. 그 정도는 나도 상상할 수 있다.

"나는 그 녀석처럼…… 강해지고 싶어."

"아무튼 그 녀석의 전투 스타일이 이런 싸움법이라는 거군."

부유하는 무기를 동시에 사용하면서 근접 공격……. 손에 무기를 몇 개나 들고 있는 녀석을 상대하는 것과 비슷하겠지.

"더 가까워지려면 나보다 능력치를 높인 필로리알에게 나오후미를 태우고 싸우면 비슷할 거야. 물론 플로트 무기를 종횡무진 날리면서."

"그 녀석은 대체 뭐 하는 놈이야."

렌이 이상적으로 생각하는 상대가 점점 영문 모를 괴물로 변해간다. 부유하는 무기를 다루는 무신 같은 건가.

이건 이상이 너무 부풀어서 자신도 잘 모르는 상태군.

"렌, 그 녀석 이야기를 하는 건 이제 그만두는 게 좋아. 모토야스의 머릿속에 있는 필로처럼 되고 있잖아."

모토야스 머릿속에 있는 환상의 필로는 자비를 베푸는 천사가 됐으니까.

진짜 필로는 먹보에다 앞뒤를 안 가리는 새대가리에 지나지 않는데도.

"그, 그런가?"

"그래, 이상이란 건 점점 부푸는 법이니까. 실제로 재회해서 싸웠더니 생각보다 약했다거나 하는 일도 있으니까 신경 쓰지 마."

모토야스와 필로의 관계를 떠올리면 떠올릴수록, 내 말이 틀림없다고 단언할 수 있게 된다.

"아무튼…… 이 변칙적인 연습으로 실력이 늘어난다면야 또 여유가 있을 때 도와줄 테니까 착실히 훈련해."

"고마워!"

"급한 개선점은 전투 중에 여유를 갖는 거겠지. 집중하는 건 좋지만 주위를 제대로 의식해야 할걸."

"뼈아픈 이야기로군……."

"애초에 플로트 계통 스킬도 못 쓴다고 단정하지 말고 계속 쓰는 연습을 해 둬. 이런 건 생각한 대로 움직이는 법이니까. 강화 방법과 마찬가지로 고정 관념이 방해하고 있을지도 모른다고."

렌이 이상적으로 생각하는 상대가 사용했기에 플로트 계통에 콤플렉스가 있는지도 모른다.

적어도 이도류보다 유용한 공격 수단이 늘어난다면 쓸 수 있는 쪽이 이후에 유리할 것은 틀림없다.

"……그렇군. 나오후미의 말이 맞을지도 몰라. 연습해 볼게."

"그래도 잘 안 되면 하다못해 등 뒤를 지키게 하는 게 좋을지도 모를걸? 항상 뒤에…… 꼬리나 날개가 있는 이미지로 검을 꺼내면 돼."

생각하는 것만으로도 움직이니까 그렇게 어려운 건 아니다.

이런 건 이미지가 관련되어 있을 것이다.

"……그거, 그 녀석도 같은 말을 했어."

내 말을 들은 렌이 눈을 흐렸다.

"그런 것 좀 그만두고."

슬슬 귀찮으니까 이야기를 끝내자.

"흠……. 나도 이와타니 공과 모의 전투를 부탁하고 싶어지는 싸움이긴 했군. 변환무쌍류의 기술이 아닌 것이 매우 안타까워."

에클레르가 렌과의 대화를 끝낸 나에게 말했다.

"응용이란 의미로는 다를 거 없잖아. 마법을 쓰면 재현이 가능할지도 몰라."

바람 속성에 가까울까.

실디나가 바람을 휘감아 날기도 했었고.

"흠……. 아쉽게도 내 마법 적성에는 안 맞을 것 같지만, 기를 연마해 띄울 수 있을지 노력해 보지."

초능력 같은 이야기가 되고 있구만.

기가 그렇게 만능인가…… 하고 생각해 보니, 한순간이지만 벽을 형성하는 『벽(壁)』이나 궤도를 전환하는 『집(集)』을 생각하면 될 것 같긴 하다.

할망구에게 상담하면 방법을 고안해 줄 것 같지만 여기엔 없으니 할 수 없군.

"그것보다도…… 이렇게 부유하는 무기로 공격하는 경우 가장 흉악한 건 이츠키라고 생각하는데?"

"어디…… 활의 용사님이 플로트 무기를 쓴단 말씀이시죠?"

"그래. 이츠키는 활이든 총이든 잘 다룰 수 있어. 게다가 번거롭게 움직일 필요가 없지. 멀리서 목표를 노리고 일제 사격하는 거야."

"그렇게 생각하면…… 확실히 무서운 전투 방법이네요."

"악기의 경우는 다양한 종류의 악기를 꺼내서 혼자서 오케스트라가 가능할지도 모르지. 그쪽은 더 큰일이겠지만."

일단 우리 용사들이 같은 레벨일 경우 이츠키의 공격력이 가장 높다는 사실이 판명됐다.

그만큼 방어력은 낮지만.

어떤 의미로 나와 이츠키는 공방 밸런스가 정반대인 형태다.

아무래도 내 공격력과 달리 이츠키의 방어력이 전무한 건 아니니까 완전히 정반대라고 할 수야 없지만.

그런 의미에서 이츠키와 정반대라고 하면 선대 방패 용사인 시로노 마모루에 가까울까.

그렇지, 지금 우리는…… 설명은 어렵지만 우리가 소환된 이 세계의 과거 시대에 있다.

세인의 언니와 윗치가 소속된 세력에서 했을 수수께끼의 공격을 받아, 개척 중인 마을과 통째로 과거 시대로 날아오고 말았다.

그 영향으로 원래 세계에 있는 필로나 모토야스, 이츠키와 리시아, 다른 동료들과 연락이 되지 않고 있다.

우리는 지금 과거 시대, 파도의 순서로 세면 선대 방패 용사인 시로노 마모루와 그가 소속한 나라인 실트란과 동맹 관계이다.

그 마모루 말인데, 방패 용사인데 공격이 가능하다는 부러운 스테이터스를 갖고 있다.

그런 마모루도 플로트 실드를 썼었지.

……다음 연습에 그 녀석도 부를까? 렌의 성장을 생각하면 도움이 될 텐데.

그런 생각을 하던 중, 다른 생각이 머리를 스쳤다.

잘 생각해 보면 플로트 무기는 로봇 애니메이션 같은 곳에 나오는 원격 조작으로 움직이는 무기와 비슷하군.

애니메이션을 보던 나는 멋지다며 로망을 느꼈지만, 실제로 조작해 보면 그 정도까지는……이란 느낌이다. 적어도 띠리링 같은 효과음이 나오는 감각은 없다.

그렇게 생각하면 안타까운 기분이 든다.

현실은 이런 것인가? 오타쿠라서 느끼는 슬픔이겠지.

이건…… 온라인 게임에서 멋진 장비품을 누군가가 사용하는 걸 봤을 때 느낀 강함과 자기가 사용했을 때 느낀 강함에 차이가 있었던 것과 비슷하다.

"나오후미 님이 어째서인지 안타까운 표정이신 듯한데…… 어쨌든 나오후미 님이 움직이는 방패를 적의 칼날이라고 상정하는 훈련은 아주 좋지 않을까 해요. 빗발 같은 공격을 받아 내는 연습이 되겠어요."

라프타리아가 그렇게 제안했다.

"그렇군."

하지만 모두가 플로트 무기를 띄워 싸우는 모습은 엄청 우스꽝스러울 것 같으니까 지금 이대로가 괜찮을 것 같기도 하다.

렌, 라프타리아, 세인이라면 또 몰라도, 포울이 사용하면 뭔가 농담 같을 것이다.

건틀릿의 용사니까 글러브가 공중을 날 테지.

로켓 펀치? 이 생각은 그만두는 게 좋겠군.

나를 아는 녀석들은 내가 이상한 생각을 하면 금방 눈치채니까.

"즉효성이 있도록 가볍게 손을 본다면, 자동으로 노린 상대에게 날아가는 추가 효과가 있는 액세서리를 찾거나 만드는 것도 방법이겠는걸."

이 액세서리란 무기마다 내포된 기능 이외의 효과를 추가해 강화할 수 있는 도구다.

글래스의 부채에 액세서리를 붙였더니 휘두를 때 참격이 날아간다거나 하는 효과가 나왔었다.

렌이 플로트 무기를 유용하게 사용할 방법으로 현실적인 것을 찾는다면 이 정도가 적당할까.

이 액세서리는 특정 스킬을 강화하는 거라든가 해서 종류가 풍부하지만…… 몇 가지 문제점이 있다.

일단 시험해 보기 전에는, 장착해서 어떤 추가 효과가 발생할지 잘 알 수 없다.

예리함이 증가한다거나 하는 건 어떤 효과인지 알아보기 힘들기도 하다. 시험해 봐도 체감으로 판별하기 어렵고.

다른 문제점은 액세서리의 강도다. 경우에 따라서는 연속으로 사용하면 부서질 때가 있다.

어떤 효과가 발생하는지를 알아내고 또한 부서지지 않도록 가공하는 등 극복해야 할 일에 끝이 없다.

……뭐, 무슨 일이 생기기 전에는 이 시대에서 원래 시대로 돌아갈 방법을 찾는 것 말고 달리 할 일이 없으니까 할 수밖에 없지만.

다행히 액세서리 제작 기술은 배웠고, 후배에 해당하는 이미아도 있다.

마을에 있는 물자와 새롭게 발견한 소재 등으로 몇 가지 만들어 보고, 우수한 액세서리를 찾는 것도 나쁘지 않겠지.

"그런 수가 있었나……."

"발견 여부는 운에 맡겨야 하니까 기대하진 마."

"알아. 액세서리를 만들어 준다면 나도 대장 스킬을 써서 모두의 무기를 만들 수 있어."

그러고 보니 렌은 무기상 아저씨의 스승에게 제자로 들어갔었지.

"스승과 사형들 정도로 솜씨가 뛰어나지는 않지만, 대장 스킬은 있으니까 조금은 커버가 될 거야."

역시 그렇게까지 빨리 습득할 수는 없었나.

액세서리 제작처럼 소재를 꾸미는 패턴만 익히면 어떻게든 되는 건 아닐 테고.

그래도 기를 쓸 수 있다면 적당한 완성도는 나올 터.

마을에 증설한 대장간용 화로가 도움이 되겠지.

"무기 제작이라는 것도 꽤 재미있어. 레어 드롭에만 의존했던 내가 보기엔 심오한 영역이야. 언젠가는 스승처럼 처음부터 레어에 추가 효과가 많은 물품을 만들고 싶은걸."

현재 마을 인원 중에서 렌의 대장장이 실력은 좋은 편이니까, 뭔가 만들게 하는 건 나쁘지 않을지도 모르겠군.

"그래, 맡길게."

"나오후미 님, 슬슬 실트란의 노점에 있는 키르 군에게 갈 시간이 아닐까요? 그 후에 성에 있는 루프트 군과 메르티 양을 만나러 갈 예정이었지요."

"응? 아, 그러고 보니 그런 시간인가. 그럼 연습은 그만하고,

다들 자기 할 일을 해."

그런 연유로 우리는 지금 세인이 적대하는 세력으로부터 이상한 기습을 받은 결과, 과거의 이세계…… 언젠가 실트벨트가 될 실트란이라는 나라 한쪽에 마을째로 전이해 있는 것이었다.

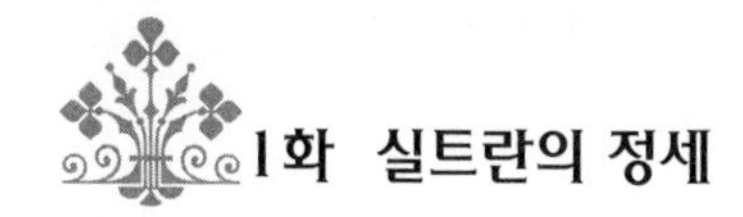

1화 실트란의 정세

연습 후에 지시를 내리고, 우리는 포탈로 이동해 실트란의 성 밑 도시 상태를 보러 갔다.

그래 봤자 오래된 양식의 건물밖에 없는 작은 나라이지만.

현재 실트란의 성 밑 도시는 부흥 작업 중이다.

우리의 마을에서도 손재주가 뛰어난 수인인 르모 종이 나가서 부흥 작업을 거들고 있다.

"라프~!"

키르 일행과 동행해서 포장마차를 거들던 라프짱이 접시를 머리에 얹고서 우리 쪽을 가리켜 모두에게 알렸다.

"아, 형!"

개 모습의 키르가 먹을 것을 파는 포장마차 근처에서 손을 흔든다.

돈벌이가 아니라 실트란의 부흥을 돕는 것이 목적인 포장마차라서 요금은 저렴하다.

그런 가게에서 손짓발짓하며 호객하는 녀석이 키르다.

실트란의 말을 하지 못할 텐데, 키르의 호객 덕분인지 포장마차는 그럭저럭 장사가 잘되는 걸로 보였다.

뭐, 맛에 관해서는 내가 감수하고 있어서 그럭저럭 괜찮은 걸 제공하고 있는 것도 이유일까.

그리고 사냥한 마물 등을 재료로 써서 조리하고 있고, 술을 가져오는 것도 허용하고 있으니까.

"상태는 어떻지? 이전에 네가 말한 대로, 손짓발짓으로 어떻게든 되는 것 같다만."

호조인 건 번창하는 모습과 손님의 모습으로 알 수 있다.

"물론이지! 게다가 요즘 조금씩이지만 말이 통하게 됐거든! 인사할 때 쓰는 말은 이제 다 배웠다구!"

키르가 꼬리를 붕붕 흔들며 답했다.

뭐라고 할까, 키르는 주눅이 들지 않고 순진한 태도로 접객하니까 손님도 불쾌해하지 않는 거겠지. 폭력을 행사하는 놈에겐 힘으로 반격할 정도로 강하기도 하고.

게다가 모르는 언어도 다급히 필요해지면 습득이 빠르다고 들었다.

과거 시대에 와서 다소 시간이 지났으니, 상대의 이야기를 듣다 보면 일상 회화 정도는 자연스럽게 가능해질 것이다.

일단 실트란에서는 아인 나라의 옛 언어가 사용되는 듯하다.

용사 이외에 실트벨트 지방 언어를 아는 일행들이 통역해서 키르를 도와주고 있지만, 그래도 때때로 모르는 단어가 튀어나온다던가.

같은 말이어도 뜻이 통하지 않는 경우가 있다고 들은 적이 있다. 학교에서 배우는 고문(古文) 같은 게 그렇지.

"형?"

"아무것도 아냐. 순조로운 듯해서 다행이다."

그런 생각은 어쨌든, 키르 일행의 성장이랄까 학습은 늘 예상보다 빠르다.

한 달 정도 후에는 실트란의 말이 술술 나올지도 모른다.

"응!"

덤으로…… 라프짱이 주문을 받고 있다.

라프짱이야말로 말이 안 통하는 마물일 텐데.

그 밖에도 접객이 가능한 필로리알이 포장마차 주위에서 돌아다니고 있다.

신속하게 손님에게 대응할 수 있으니 도움이 되겠지.

그런 느낌으로 키르 일행의 포장마차를 관찰했다.

"아……."

그러고 있자니 기둥 뒤쪽에 숨은 녀석과 불쑥 시선이 마주쳤다.

분명…… 마모루가 보호하고 있는 시안인가 하는 아이다. 고양이 귀 같은 게 있는 아인.

낯을 가린다는 모양이지만…… 선대 방패 용사인 마모루 말로는 내가 마음에 들었다나 뭐라나.

키르가 참가하고 있는 포장마차에는 시안처럼 마모루가 보호하는 아이도 도우러 오곤 한다.

식량 자급에 차질이 생긴 실트란에서 마음껏 밥을 먹을 수 있는 장소이기도 하고, 아이들의 자립도 도울 수 있으니까 일석이조란 말이지.

아무튼 시안은…… 설거지를 돕고 있던 모양이다.

흠……. 너무 간섭하는 것도 좀 그렇고, 지금은 상대할 필요 없으려나.

"포장마차 쪽에 문제는 안 생겼어?"

"아무 문제 없는데? 가끔 질 나쁜 모험자 같은 녀석들이 나타나지만 난동을 부리면 한 방에 쫓아낼 수 있고, 수상한 녀석들은 다들 눈에 불을 켜고 경계하고 있어."

"그런가."

경과는 순조로운 모양이군.

실트란은 전투력이 떨어지는 종족으로 건국한 나라인 듯하고, 레벨도 낮아 싸움과는 영 거리가 먼 녀석들이 많다.

그러고 보면 아인이든 수인이든 덩치가 작거나 초식 동물 타입밖에 보이지 않는다.

급기야 피엔사라는 대국의 눈에 찍혀 전쟁에 휘말리는 바람에 피해가 발생했다.

파도가 발생하는 세계인데, 이런 시대에도 전쟁이나 한단 말이지.

사람이란 언제 어디서든 똑같은 걸까.

뭐, 일전에 그 피엔사가 세계 평화라는 명목으로 실트란에 드래곤 군단을 끌고 쳐들어왔기에, 선대 방패 용사인 마모루와 힘을 합쳐 격퇴했지만.

전투력과 머릿수. 그리고 다양한 문제가 있었다. 하지만 내가 야생 마물들을 잔뜩 유인해서 피엔사 비장의 카드인 드래곤 군단과 부딪히게 하는 방식으로 궤멸시켜 상대의 지휘관을 붙잡아 격퇴했다.

이후엔 정보전이 특기인 메르티와 루프트, 그림자가 이것저것 암약하고 있다.

결과적으로는 이겼으니까, 선수를 친 우리 쪽에 정세가 유리하게 기울었다고 하던가.

한동안 쳐들어오지 못할 거라고 들었는데, 어떻게 될는지.

적어도 그런 분쟁은 우리가 원래 시대로 돌아간 후에 시작했으면 한다.

뭐, 아무튼 우리는 위기에 처한 실트란의 부흥을 거들면서 원래 시대로 돌아갈 단서를 열심히 찾고 있다.

"형! 형! 형이 여기 온 건 밥을 만들어 준단 뜻이지?"

키르 일행이 일제히 눈을 빛내며 질문했다.

아무래도 나는 요리 솜씨가 좋은 모양인지 모두가 먹고 싶어 안달이고, 만들어 주면 기뻐한단 말이지.

"이따가 성에서 마모루와 메르티하고 할 이야기가 있지만……. 그게 끝나고 여유가 생기면 도우러 오마."

"오오오오!"

"그 대신, 너희도 재료를 잘 조달해 둬."

"물론이지! 애들아! 열심히 하자~!"

"""오~!"""

현재 실트란은 식량 부족 문제를 끌어안고 있다.

우리 마을 바이오 플랜트에서 난 야채나 야생 마물을 잡아서 식재료로 삼고 있지만, 나날이 식량이 줄어들고 있다.

부흥만 도와주는 것 같은데, 사실은 이 시대의 금전도 있었다면 좋았겠지.

당장은 돈보다도 건축용 자재 같은 것만 모이고 있지만, 그만큼 부흥이 잘 진행되니까 좋은 셈 치고 있다.

하아……. 빨리 원래 세계로 돌아가야 하는데, 제자리걸음하는 이 느낌은 왠지 싫군.

"모두 굉장히 활기차네요."

포장마차에서 성으로 향하는 도중에 라프타리아가 말을 걸었다.

"키르는 늘 쓸데없이 기운이 넘치잖아."

"그야 그렇지만요. 그래도 이번에는 같이 올 수 있어서 그런 걸지도 몰라요."

"그다지 좋은 일이 아닌데 말이지."

이런저런 사정으로 키르는 마을에 남는 경우가 많았다.

영귀 소동 때 중상을 입은 탓에 키즈나가 있는 이세계에 가지 못했고, 값이 폭등한 마을의 노예를 사려고 제르토블의 콜로세움에서 상금을 벌 때도 마을에 대기시켰다.

다양하게 도움을 받고는 있지만, 낯선 장소에 갈 때 참가한 일은 없었다.

“어디서든 저 활기를 유지하는 모습은 주위의 긴장을 푸는 데 도움이 되지만.”

“네, 저도 어쩐지 마음이 편해요. 그런 의미로는 키르 군이 있어서 다행이에요.”

알다시피, 뭔가 문제가 생겼을 때 조바심을 내면 위험하다.

그런 심정을 완화해 준다는 의미에서 필로나 키르 같은 녀석이 있는 게 좋을지도 모른다.

그런 잡담을 하다 보니 성에 도착했다.

“……으으음.”

“옳지. 그래, 그렇게.”

성 정원에 가자, 늘 지정석처럼 내 뒤에 있던 세인이 드물게도 이 시대 재봉 도구의 용사인 레인에게 기술을 배우고 있었다.

종족적인 특기로, 세인 시대에는 잃어버린 날개가 생겨 나는 기술을 전수해 주고 있는 중이었다.

잘 습득하면 파워 업이 될 거라서 세인도 의욕을 보이고 있다.

하지만 기를 습득하는 것과 마찬가지로 꽤 어려운 모양이다.

참고로 레인은…… 아마도 세인의 선조일 것 같다.

아무래도 우리 시대에는 멸망했을 세인의 세계에서 온 듯하다.

뭐, 파도가 발생하는 과거 시대이기에 가능해진 우연의 만남이겠지.

하지만 이 녀석은 아무래도 외설적인 것에 머리가 물들어 있는 듯하다.

때때로 나에게 성희롱을 해대는 사디나와는 또 다른 강속구 타입이라 경계하고 있다.

요전번에도 공격력이 없는 나와의 행위는 아픔이 없어서 기분 좋지 않겠느냐고 말했었지.

또 그런 말을 하면 절대로 용서하지 않을 테지만.

"아, 나오후미잖아. 마모루에게 볼일이 있어?"

"그래."

"마모루라면 메르티, 루프트와 향후 방침 같은 걸 이야기하고 있는 것 같아."

"그런가."

그럼 성 회의실 근처에 있으려나. 내가 얼굴을 내비쳐도 문제는 없겠지.

"그래서 레인. 세인에게 가르치는 기술의 습득 상황은 어때?"

"음…… 순조롭나?"

대답이 나오는 속도와 의문조가 세인을 상처 입히지 않으려는 생각을 아플 정도로 전달해 준다고.

"……."

아, 자신을 한심하다고 생각하는지 세인이 조용히 등을 돌리고 말았다.

그다지 자극하지 않는 쪽이 좋겠지. 괜한 위로는 도리어 상처를 후비는 법이다.

"마력을 정제해서 순수한 힘으로 바꾸어 몸에 순환시키는 건데, 꽤 어려워. 사람에 따라서는 적성이 없으면 날개를 꺼낼 수 없기도 해."

"마법에도 다양한 종류가 있으니까……. 어려울 것 같은 이론인걸."

"그러네. 특히 우리 세계의 마법을 제대로 배우지 않으면 난이도는 급등하고."

……생각해 보면 세인이 마법 같은 걸 사용하는 모습은 그다지 본 적이 없다.

도리어 언니가 마법을 쓰는 모습이 더 인상에 남았다.

"네 언니가 영창하던 마법이 너희 세계의 마법인가?"

세인은 내 질문에 고개를 좌우로 흔들었다.

아무래도 아닌 모양이다.

그렇다면 세인의 언니는 다른 세계의 마법을 익혔겠군.

내 주변에서는 실디나가 키즈나 세계의 마법을 익혔던가.

억지로 영창하고 용맥법을 보석에 걸어서 나와 사디나도 사용할 수 있게 되었다.

불가능한 기술은 아니겠지만…….

"마법을 배우는 것보다도 무기의 스킬에 의존하는 마음은 알 수 있어. 나도 감으로 사용하는 타입이고."

두 손을 번쩍 들고, 레인은 세인이 마법을 사용하지 못하는 문제를 얼버무린다.

뭐…… 둘 다 전문 분야가 아니라면 마법을 배우기 어렵겠지.

레인의 세계에서 잘 아는 녀석을 불러서 가르치지 않는 이상 어려울 것이다.

우리 시대에는 이미 멸망한 곳이라서 그런 게 가능할지 의문이다.

"뭐, 아는 범위에서 사용할 수 있도록 애써 봐. 최악의 경우…… 새롭게 고안할 수밖에 없겠군."

"……응. 노력할래."

세인은 의욕을 보이며 레인 쪽을 지그시 바라보았다.

"그럼 나오후미의 기대에 부응하게 열심히 해 보자~."

레인이 그렇게 선언하자 세인은 곧장 기술 연습을 재개했다.

여기서 괜히 떠들어 봤자 방해만 되겠지.

라프타리아에게 눈짓하고, 우리는 성안으로 발을 옮겼다.

"여긴가?"

우리는 성의 시종에게 안내를 받아 메르티와 다른 사람들이 회의를 하고 있는 방 앞에 왔다.

무엇인가 이야기하는 소리가 들린다.

가볍게 노크했다. 그러자 약간 조용해지더니 그대로 문이 열렸다.

실내에는 선대 방패 용사인 듯한 마모루와 메르티, 루프트…… 그 밖에도 실트란의 중진들이 나란히 이쪽을 보고 있다.

"아, 나오후미. 나오후미도 왔으니 이후의 일을 궁리해 보는 게 좋겠네."

"나 없이 꽤 오랫동안 회의한 것 같은데 문제는 없었어?"

"특별한 문제는 없어. 구체적으로 말하면 지난 전쟁의 피해를 보고하고 각지의 부흥 상황을 정리했을 뿐이야.”

“응. 그리고 형이 생포한 마법사를 심문한 결과의 보고 정도.”

“다프~.”

그다지 알고 싶은 정보가 아닐 것 같군.

그렇긴 해도 들어야만 하는 일이기도 하다.

뭐, 메르티와 루프트에게 맡기면 알기 쉽게 정리해 주겠지.

참고로 라프짱 2호, 즉 다프짱은 루프트의 어깨에 앉아 이것저것 도와주는 모양이다.

사이좋구나.

뭐, 이러니저러니 해도 메르티는 우리 시대에서 세계 제일가는 대국이 된 메르로마르크의 여왕이다. 그리고 루프트는 그 대국에서 보좌역인 쓰레기와 메르티를 돕던, 옛 쿠텐로의 천명…… 임금님이다.

실제 연령은 어리지만, 나라의 중역으로서 확실하게 일을 하고 있다.

이 과거 시대에서도 그 재능은 확실히 발휘되고 있다.

“진짜 문제는 이제부터니까 나오후미도 들어 두는 쪽이 좋다고 생각해.”

“그런가. 그럼 참가하도록 해야겠군.”

마모루 쪽을 보자, 그러라는 듯 빈 자리를 가리켰다.

라프타리아와 함께 그곳에 앉았다.

“우선은 말이지…… 국내의 부흥 상황은 나오후미네가 행상을 해 주는 덕분에 순조롭게 진행되고 있어. 치안도 꽤 좋아졌고.”

"지난 전쟁에서 피엔사 군을 격퇴한 게 상당히 효과적으로 작용하고 있군. 약소국 상대라면 뭘 해도 괜찮다고 생각하던 녀석들이 얌전해졌어."

원래 실트란은 반쯤 무너지기 직전이던 나라로, 나라 밖에서 밀입국한 자들의 강도 행위가 몹시 심했었다는 모양이다.

그걸 우리가 행상하며 감시하고, 문제를 일으킨 강도들을 대부분 처리한 상황이었다.

"피엔사 군이 전쟁을 서두른 건 밀입국시켜서 나라를 흔들던 녀석들이 붙잡혀 버린 것도 이유 중 하나였던 모양이야."

"그건 생포한 녀석이 자백한 이야기인가?"

"응, 게다가 실트란의 부흥이 빨라지는 걸 눈치챈 것도 이유였나 봐."

필로리알들과 라프 종을 동원한 행상이 원인인가.

짐작하긴 했지만 우리가 원인 같다는 게 참 거시기하군.

잘못 움직여서 다시 전쟁이 일어나면 굉장히 귀찮다.

"이번에 우리가 피엔사 군의 드래곤 군단을 괴멸했으니까, 상대는 상당히 쓴맛을 본 듯해. 그림자의 보고로 확실해졌어."

"우리가 신속히 소문을 유포한 것도 효과적으로 작용했고."

피엔사 군을 격퇴한 후, 실트란은 메르티와 루프트의 제안대로 승리의 기세를 살려 인접국가에 대의명분이 어느 나라에 있는지를 널리 알렸다.

전쟁에선 승자가 정의이니까, 철수한 피엔사 군에서 무슨 소리를 해도 패배자의 푸념으로밖에 들리지 않는 법이다.

"하지만…… 피엔사도 잠자코 있지는 않았어. 실트란은 다른 세계에서 온 용사를 많이 데려와서 이긴 거라고 주장하고 있어."

"세상의 여론이 어떻게 움직일지는 그렇다 치고, 그런 정보가 퍼지면 자기만 손해란 생각은 못 하는 거려나?"

"어쩌면 종교적 이유로, 용사를 전쟁에 투입한 비열한 실트란을 다 같이 타도하자는 흐름을 만들고 싶다거나 그런 걸지도?"

"그야 그런 거겠지만, 그걸로 동맹국들이 패배를 납득할 수 있으려나?"

하긴…… 우리 협력 없이 국민이 단결해서 마모루의 작전에 따라 승리했다고 해도 같은 변명을 할 수 있다.

하지만 우리가 정보전에서도 앞섰기에, 참패한 피엔사를 필두로 하는 동맹국 사이의 관계에 균열이 생긴 건 틀림없다.

지금 상대에게 필요한 건 신빙성으로, 진위를 밝히지 못하면 아무것도 안 된다.

그쪽은 그쪽대로 큰 혼란에 빠져 있으리란 얘긴가.

"그런 상황에서 모두 힘을 합쳐서 실트란을 타도하자고 말해봤자 잘 풀리지 않을 거야."

정보가 혼선을 빚는 상태에서 다시 전쟁을 걸자고 하는 건 어리석은 짓이라고밖엔 표현할 수 없다.

그런 건 주변 국가들도 알고 있겠지.

"정세는 우리에게 유리하다는 거군."

"지금은 그런 셈이야……. 하지만 우리가 이 이상 끼어들어도 좋은가 하는 문제가 생겨서, 마모루도 주위 사람들과 이야기를 하고 있었어."

마모루가 메르티의 설명에 고개를 끄덕이고, 곁에 있는 녀석들 쪽을 보았다.

그다지 전투를 잘할 것처럼 보이지 않는 녀석들이 불편해하는 모습이다.

맺힌 게 있었기에, 승리의 기회를 잡은 것 같으니까 과격한 발상에 이르렀다거나 한 걸까.

지금 상황은 우리의 협력이 있었기에 성립된 것이고, 우리는 싸움을 피하고 싶어서 마찰이 생기고 말았다거나.

"본래 이 싸움은 우리가 진압해야만 하는 것이었어. 나오후미 일행에게 해결하게 한 건 잘못이라고 생각해."

"뭐어…… 그렇지."

일전의 전쟁은 우리의 출현도 관계가 있었던 것 같고, 마을이 전쟁에 휘말릴 것 같은 장소였기에 마모루 일행의 편을 들었다.

하지만 이 이상의 개입은 역시 지나친 게 틀림없다.

"이런 상황에서 상대방이 할 것 같은 일이라면 스파이를 보낸다거나, 아니면 새로운 용사를 투입하는 정도겠군."

정보는 귀중하다. 진위를 확인하기 위해 무수한 스파이가 온다는 전개는 상상할 수 있다.

다음은 한쪽에 가담한 활의 용사가 나설지 말지 여부다.

어느 시대에도 활의 용사는 중립인 척 정의감을 뽐내니까.

"그건 우리도 생각했어. 그렇다고 해서 지금 와서 숨어 봤자

의미는 없다고 생각하지만."

"뭐, 실트란이 다른 세계에서 무수한 용사를 불러들였다는 소문이 퍼지면 피엔사는 손을 댈 수 없을 테고, 여론도 움직이지 않겠지."

우리가 쳐들어갈 필요는 없고, 저쪽도 공격했다간 따끔한 정도로 끝나지 않는 걸 알고 있다.

딱 알맞게 전력이 고착상태라는 뜻이다.

"기껏해야 인재 유출에 신경 쓰고 주변 사람을 납치당하지 않도록 주의하는 정도겠네."

"흠……. 메르티는 좀 조심하라고."

"나를 유괴한다고? 너무 얕보면 곤란해. 그거야말로 저쪽에 있는 활 용사 클래스가 아니면 무리야."

그건 그런가. 이러쿵저러쿵해도 메르티는 필로와 레벨업을 하러 다녔기에 레벨이 높고, 피트리아의 육체 개조…… 아마도 채찍과 같은 강화 방법을 받아서 자질도 향상되어 있다.

용사의 가호를 받은 녀석 정도가 아니면 메르티를 유괴하는 건 불가능하다.

호위도 충분히 있고.

"형, 나도 있으니까 괜찮아."

"루프트, 너도 가능성은 있으니까 경계해."

"응."

뭐, 루프트는 고도의 환각 마법을 쓸 수 있어서, 붙잡으려고 했다간 도리어 상대를 붙잡아 돌아올 정도로 강해지긴 했다.

어쨌든 라프타리아의 사촌이고, 라프 종의 가호를 받은 존재니까.

키르처럼 수인 모습이 좋은지 평소에는 수인 모습이지만.

아인 모습일 때 라프타리아가 어떻게 이야기를 하면 좋을지 곤란해하는 표정을 짓는 것이 조금 웃음을 짓게 한다.

이전의 싸움에서도 라프타리아를 대신해 나를 보좌했고, 적에게서 빼앗은 도끼를 휘두르는 모습은 제법 용맹했다.

"용사 투입 문제도, 마모루의 이야기로는 저쪽 활의 용사는 관심이 없었다는 것 같으니까 한동안 괜찮지 않으려나?"

"오히려 이쪽으로 넘어오게 할 순 없을까?"

마모루에게 제안해 봤다. 그러자 마모루는 고개를 좌우로 흔들었다.

"그렇게까지 단순한 이야기가 아니야. 그도 무언가 지켜야 할 것이 있을 테니까 말이야."

"음……. 미래에서도 성격은 유별났지만, 어떻게든 설득할 수 있었는데."

렌이든 이츠키든 모토야스든, 싸우기도 했고 설득도 귀찮았지만 어떻게든 되었다.

"나오후미, 생각은 알겠지만 지켜야 할 가족이 있거나 하면 소속하는 나라에서 떠날 수 없는 법이야. 본래는 어느 쪽도 그렇게 해서 용사를 귀속시키는 법이니까."

"으헉."

이건 그 얘기로군.

나는 말려들지 않았지만, 용사들에게 남녀 관계를 강요하는 건 이세계 녀석들에게는 당연한 사고방식인 듯하다.

“가정이 있는 용사를 배반시키는 건 어려워. 나오후미도 메르로마르크나 마을 사람들을 배반하고 다른 나라에 소속되거나 할 수 있겠어?”

“못하지.”

“그런 거야.”

“하지만…… 그럴 경우 메르로마르크는 본래 시대의 세 용사들에게 이것저것 수작을 부렸을 거라는 이야기인데……. 어딘가에서 그 녀석들의 아이를 끌어안은 녀석이 적으로 나온다거나 하면 싫은걸. 상대할 수 있을까?”

“나오후미가 어머님을 만난 경위를 보면…… 창의 용사님은 옆에 언니가 있었잖아? 검의 용사나 활의 용사에 대해서도 관계가 있던 상대를 생각해 봐.”

모토야스는 말할 것도 없겠군. 윗치가 있었으니까 윗치의 지위를 위협할지도 모르는 존재는 제거해서 혹독한 꼴을 당하게 했다던가.

라이노가 좋은 예다.

아무래도 라이노는 모토야스가 모르는 곳에서 지옥을 봤다는 듯하다.

렌과 이츠키는…… 동료라든가 가까운 녀석이 아니면 그런 쪽으로는 손을 댈 수 없을 듯하다.

간계를 써서 억지로 몰아붙이면 신변의 위험을 깨닫고 도망쳤을 걸 쉽게 상상할 수 있다.

오히려 말만 걸어도 거절하겠지.

"우리 쪽 간계를 거부하고 홀몸으로 있었던 사성용사였기에 아군으로 끌어들이는 게 간단했다고도 말할 수 있어."

문제는 자포자기하고 있었을 때 어딘가에서 관계를 가진 녀석이 있을지도 모른다는 점인가.

이제 와서 배반할 거라고는 생각하지 않지만…….

"우리의 경우는 여자가 생기기 이전에 너무 바빴으니까."

"그래. 오히려 사성용사 중에서 나오후미가 가장 메르로마르크에서 떨어질 수 없는 상태가 되어 있었잖아."

확실히…… 이 와중에 메르로마르크와 쓰레기가 나를 뜻대로 조작하려고 하거나 거만하게 굴면 날려 버리겠지만, 딱히 그런 낌새는 없다.

여왕의 경우는 알면서 이용당해 주었던 것이고.

그렇게 생각하면 여왕이 메르티와 쓰레기에게 위대한 것을 남겼군.

"아무튼 이 시대의 활 용사를 포섭하긴 어렵다 이거군."

"그런 셈이야."

그 경우 나중에 피엔사라는 나라가 멸망하고 실트란이 실트벨트가 된 걸 생각하면 활의 용사는…… 흠, 용사의 핏줄을 모은 포브레이가 있으니까 세계 융합이 일어난 후에 손을 잡았을 가능성도 아예 없지는 아닌가?

망명했다거나, 균열이 발생해 다른 나라로 갔다거나.

메르티 일행에게 가볍게 물어봤는데 이런 자료는 동화 차원의 이야기라 사실과는 다를 수 있는 듯하다. 피엔사가 멸망한 이유도 왜곡되어 전해질 가능성이 높다거나.

이야기에 따르면 실트벨트가 될 실트란에게 멸망했다느니, 방패 마왕의 힘으로 하룻밤 만에 멸망했다거나 하는 식으로 자료마다 결말이 다른 모양이다.

"그렇지만 이 시대의 활의 용사는 말이 통하는 상대인 거지?"

적어도 이전의 이츠키 같은 상대는 아닌 듯한데.

"그래. 확실히 논리를 내세우면 들어는 줘. 이번 사건도 실패를 계기로 피엔사에 주의를 주는 정도는 해 줄 거야."

마모루가 그렇게 답했다.

패전해서 화가 나 있는 피엔사를 진정시켜 줄 발언력이 있기를 기대해야 할까.

"아무튼…… 피엔사가 활의 용사의 가족을 인질로 삼아 세계 정복 같은 걸 하려고 한다면 가족들째로 포용해 주지."

사악하게 웃어 보였다. 피엔사가 그런 짓거리를 한다면 얼마든지 이용해 줘야지.

"우와……. 나오후미, 너무 들떴잖아. 나오후미답다고 생각하긴 하지만."

"어째 초조해하고 있는 것처럼도 보였으니까, 정말 그렇다면 이용해 주면 돼."

마모루도 동의하는군.

"그러면 잠입해 있는 그림자의 보고를 기다려야겠네."

우리와 함께 과거 시대로 온 인물 중에 그림자가 끼어 있다.

어느샌가 라프 종을 동료로 포섭한 결과, 쿠텐로의 닌자 등과 기술 제휴도 하고 있는 녀석이다.

정보 수집에 대해서 이보다 믿음직한 녀석은…… 없나.

따지면 라프타리아와 루프트 정도가 능력적으로는 잠입에 걸맞은 인재지만 너무 중요한 포지션이라서 말이지.

"마모루, 우리가 할 일은 대충 이 정도면 되겠지. 활 용사 설득은 네가 해."

"응. 이것저것 고마워. 어느 쪽이든 전쟁은 당분간 없을 거야."

"그럼 다음 의제로군."

"각지의 부흥 상황과 붙잡은 도적, 잠입한 병사 등에 대해서 자세히 보고할게. 그리고 세금에 관해서도."

우리의 회의는 이런 느낌으로 한동안 이어졌다.

메르티와 루프트는 나이에 걸맞지 않게 나라의 운영에 깊게 관여하고 있구나.

이것도 쓰레기 근처에서 이것저것 보고 배운 영향일까?

메르티는 여왕이 되기 위해 철저한 교육을 받았고, 루프트는 온실 속 화초로 키웠다곤 해도 라프타리아의 동족인 동시에 범상치 않은 작전 이해력이 있다.

이 두 사람이 관련되는 것만으로도 실트란의 정세는 착실히 좋은 쪽으로 흘러가리라.

그런 생각이 드는 회의를 몇 시간 후 끝낸 우리는 회의실을 뒤로하기로 했다.

하지만 우리의 의논은 끝나지 않는다.

"아무튼 당면 목적은 원래 시대로 돌아가는 거지만, 동시에 원래 시대에 돌아갔을 때 적이 와 있을 걸 전제로 한 대책 마련도 필요해."

"그렇군."

"그러니까 나오후미 쪽에서는 행상을 하면서 강한 마물을 토벌해 줬으면 해. 순회 코스가 몇 곳 있지만, 그 주변은 용사끼리 각자 나눠서."

하나하나 메르티가 정하게 하는 건 어떨까 싶지만…….

본래라면 사디나와 실디나를 꼬드겨서 바다에서 레벨 업 같은 걸 할 텐데.

채찍의 강화 방법 같은 걸로. 그러고 보니 거울의 강화 방법은 할 수 없었던가?

이러니 저러니 해도 성무기 쪽이 강화 배율이 좋으니까 방패 쪽이 효과는 크지만.

"알았어. 이 시대의 파도 문제도 있는 것 같고, 우리도 본래 해야만 할 일이니. 그럼…… 일단 키르 있는 곳에 가서 포장마차 일을 도운 다음, 데려갈 멤버를 정하자."

사성용사인 렌과 나로 나눈다고 치고, 칠성무기와 권속기 소지자가 둘…… 그 밖에는 마을 녀석들이군.

그러면 생태계를 파괴하지 않는 범위에서 마물을 토벌할까.

"역시 바다 쪽이 경험치가 풍부한가?"

사디나 일행이 제창한 바다에서의 레벨업도 고려해 두자.

문제는 실트란이 바다에서 좀 떨어진 곳이라는 점이지만.

"미래에선 그런가? 적어도 우리는 바다와 육지의 차이를 느낀 적은 없는데."

마모루의 대답을 듣고 생각한다.

이 시대에는 육지와 바다에 경험치 차이가 없는 모양이다.

그러고 보면 벌룬 스네이크처럼 벌룬의 아종 같은 마물에게서 들어온 경험치가 벌룬보다도 많았지. 강함에 차이가 느껴지지 않으니까 경험치를 많이 준다고 생각하고 있었지만.

아종이라서 직접 비교가 안 되는 게 어렵다.

나라고 뭐든 기억할 정도로 기억력이 좋은 건 아니다. 인명을 완벽하게 기억하는 라프타리아나 쓰레기가 생각한 작전을 전부 기억하는 루프트처럼 생각하면 곤란하다.

……쿠텐로는 경험치가 많다고 렌이 말했었지.

뭔가 이유가 있는 걸까?

아무래도 파도의 흑막이라는, 신을 참칭하는 자가 이것저것 암약하고 있는 느낌이 든다.

전생자를 보내서 이런저런 자료를 파괴하고 있는 모양이고.

"마모루, 너희도 여유가 있다면 동료 육성을 할 거지? 그럼 같이 갈까?"

"그러지. 앞으로 잘 부탁해."

"그럼 키르네 포장마차로 갈까. 어차피 회의하느라 점심도 아직 안 먹었지? 가는 김에 먹자고."

"다녀와, 나오후미. 우리는 아직 정리해야 할 자료가 있으니까 성에 있을게."

"메르티는 사교성이 나쁜걸. 루프트도?"

"응. 그리고 도시락을 준비했으니까 괜찮아."

도시락 지참인가. 꼼꼼하군.

"그런가. 메르티, 루프트, 이것저것 고생이 많겠지만 잘 부탁한다."

"그래, 나오후미도 잘해."

"물론이지."

그렇게 해서 우리는 키르의 포장마차로 돌아가…… 요리를 거들게 되었다.

여담이지만 내가 주방에 서자 손님보다도 마을 녀석들이 자리를 차지해서 도리어 일하는 페이스가 떨어지고 말았다.

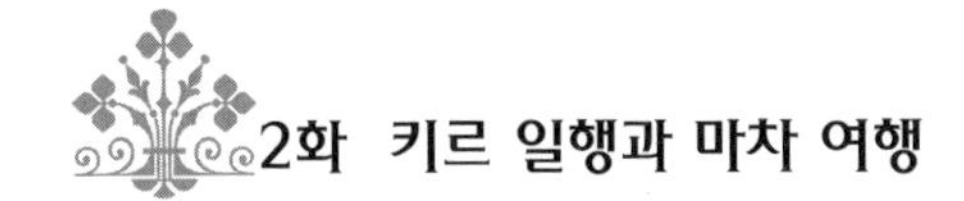

2화 키르 일행과 마차 여행

"그럼……슬슬 포장마차 멤버를 교체하는 게 좋으려나."

일단 키르 일행은 행상 그룹 중에서도 상위 성적을 내고 있으니, 고정 점포인 포장마차는 다른 녀석들에게 인계하는 게 좋으리라.

차분하게 있을 수 있고, 무슨 일이 생기면 메르티에게 보고하러 갈 수도 있다.

애초에 건물 수리를 담당하고 있는 르모 종들을 보좌하는 게 목적이기도 했으니까.

일단 마을에 돌아간 후, 행상 그룹과 합류시켜야 한다.

아까 메르티가 언급한 대로, 우리는 원래 시대로 돌아갔을 때를 대비해 강해져야만 한다.

"형형! 이번엔 누구를 데리고 갈 거야?"

"글쎄……. 렌과 포울과도 상담해서 정할 예정이지만…… 이번에는 부대를 늘린다는 의미에서 라프타리아가 다른 부대의 지휘를 해 보지 않겠어?"

"네? 음, 나오후미 님이 원하신다면 하겠지만…… 괜찮을까요?"

"형, 라프타리아짱은 형이랑 함께 있고 싶은 거니까 신경을 써 줘."

읏……. 어째 키르에게 지적당하고 말았다.

"하지만 라프타리아를 데려가면 너희는 데이트한다느니 러브러브라느니 입을 놀릴 거잖아?"

"이제 와서?! 형, 아무리 그래도 넘 둔하지 않아?"

그다지 의식하진 않았지만 키르나 다른 녀석들에게는 이미 당연한 사실이라고 봐도 되는 건가?

"오히려 라프타리아짱을 위해서라도 데이트로 하는 게 좋지 않을까?"

"키, 키르 군, 저기요. 더 이상 나오후미 님을 자극하지 말아 줄래요? 역효과가 날지도 모르거든요?"

"왜? 아, 돌아갔을 때 사디나 누나가 형을 덮칠까봐 겁나는 거야? 괜찮대두, 우리는 입이 무거우니까. 문제는 세인 누나인가?"

분위기 파악을 못하는 게 장점이자 단점인 훈도시 멍멍이가 경쾌하게 대답하는군.

젠장……. 요즘 주위에서 압박하는 걸 어떻게 할 수 없나.

메르티는 그렇다 쳐도 레인도 나에게 라프타리아와의 관계를 은근히 강요하고 있고.

그런 건 자기가 정할 일일 텐데.

……흠, 이건 키르에게 따끔하게 말해야 하겠는걸.

"좋아, 그럼 이번엔 특별히 키르랑 데이트를 하지. 라프타리아, 이번엔 다른 부대에서 지휘를 연습해 줘."

"응? 형, 무슨 소리를 하는 거야?"

"앗……. 알겠어요. 키르 군을 부탁드릴게요."

라프타리아가 한숨을 내쉬며 동의해 주었다.

내가 무엇을 할지 눈치챈 듯하다. 적어도 그런 달콤한 분위기가 되지는 않게 해 주지.

"잠깐—— 저기——."

도망치지 못하도록 키르를 옆구리에 끼고 붙잡아 둔다.

손발을 파닥거리며 날뛰지만 소용없다.

"안 놓칠 거거든? 도망치면 벌을 주지."

"라프타리아짱, 날 좀 구해 줘!"

"키르 군……. 자업자득이니까 참아요."

"라프~!"

키르가 라프~ 하며 울었다. 이건 무슨 농담 같은 건가?
라프짱 흉내를 내면 용서받을 거라고 생각하면 큰 착각이다.
"라프?"
진짜가 고개를 갸웃거리며 보고 있다.
"그렇지, 다음은……."
변함없이 기둥 그늘에서 이쪽을 보고 있는 고양이 소녀에게 시선을 돌렸다.
"시안도 흥미 있는 것 같고, 따라올래? 마모루에게는 허가를 받았으니까."
"아……. 나도 조금 돕기는 하겠지만 일이 있으니까. 시안, 나오후미와 잘 지내 줘."
"으, 으응."
시안이 겁먹은 고양이 같은 모습으로 고개를 끄덕였다.
이러니저러니 해도 시안이 다양한 것에 흥미를 보이는 건 안다.
일단 마모루와 함께 행상을 나가기도 하고, 키르 일행과도 자연스럽게 친해졌고 말이지.
키르 일행과는 인사 정도밖에 대화가 통하지 않는 것 같지만.
어느 정도 키워 두면 유사시…… 적에게 습격당해도 도망칠 확률이 오른다.
역시 자질 향상이나 세세한 부분은 마모루가 결정할 일이지만.
우호를 위해 함께 행상을 가도 문제는 없겠지.
"그럼 이대로 마을 쪽으로 돌아가서, 렌과 포울이랑 인원을 정해 출발하자."

"예."

"랍푸~!"

우리는 라프짱을 어깨에 태우고 포탈을 써서 마을로 돌아갔다.

마을에 돌아가서 상담한 결과 인원이 정해졌다.

이번에 내가 데려갈 멤버는 키르와 시안, 라프짱, 그리고 마을에서 액세서리 제작을 하고 있던 이미아, 늘 요리 담당인 녀석으로…… 마차를 끄는 역할은 필로의 부하인 히요짱이로군.

시안을 제외하면 각 반의 대표격 같기도 하다.

인원을 바꾸고 나서, 마차는 실트란 안에서도 벽지를 향해 이동했다.

일단 위험한 마물이 생식한다고 하는 바위산에서 조금 떨어진 곳에 있는 마을을 목표로 가는 중이다.

덜컥덜컥……. 필로리알의 마차는 속도가 빠르고 흔들림이 격해서 일반적인 마차 여행이라고는 말하기 어렵다.

"혀, 형……. 좀 용서해 줘."

마차 운전석에 둘이 타는 형태로 내 앞에 앉은 키르가 개 형태로 안절부절못하고 있다.

예의는 바른지 얌전하게 앉아 있는 모습은 얼핏 보면 귀여워 보일지도 모른다.

뭐, 행상용으로 세인이 만들어 준, 메이드복이라고 할 수 있을 법한 드레스 덕분일까.

강아지 형태의 키르에게 이상할 만큼 어울리는 차림이고.

"왜 그래? 뭐 불만이라도 있어?"

그저 내 앞에 앉아 있을 뿐인데도 키르는 안절부절못하고 움찔거리고 있다.

"이, 이런 짓을 하면 라프타리아짱을 볼 면목이 없어!"

"너는 라프타리아를 뭐라고 생각하는 거야……."

설마 라프타리아가 이 정도로 질투해서 나중에 키르에게 벌을 준다거나, 나 몰래 더럽고 치사하게 괴롭힐 거라고 생각하는 건 아니겠지?

만약 그런다면 실망하겠지만, 라프타리아는 그럴 리 없다고 믿고 싶다.

자업자득이라고 말하며 보내 줬잖아. 그게 연기로 보이진 않았다고.

"확실히 라프타리아짱은 달관해서 아무 말도 안 하고 신경도 쓰지 않을 것 같지만, 그래도 여긴 내가 있을 곳이 아닌걸!"

아, 역시 그런가. 라프타리아도 내 입장은 이해하는 듯했고.

오히려 내 경우는 한 명만 보면서 갔다가는 이것저것 문제가 일어날 거라는 이야기도 있었고……. 짜증 나는 문제로군.

"키르, 너 묘하게 거리감을 신경 쓰는 것 같다만?"

이건 그건가. 개의 독자적인 계급 인식인 걸지도 모르겠다.

키르 안에서 나와 라프타리아는 무리 중에서도 상위의 존재로, 친밀해지는 것에 대한 공포 같은 걸 느끼는 것이리라.

평소라면 염려 따위 전혀 하지 않는 주제에 내 앞에 앉는 게 그렇게 무서운가?

하지만 그만큼 나를 가지고 소란을 피웠다. 이쪽도 그만큼은 작정하고 장난을 쳐 줄 거거든?

"왜 그래, 키르? 그렇게 사양하지 말고 나에게 찰싹 붙어 있지 그래?"

이렇게 말하며 키르를 끌어당겼다.

"힉!"

키르의 털을 슥슥 문질러 주었다.

흠……. 이러니 저러니 해도 키르의 촉감은 나쁘지 않다.

라프짱처럼 복슬복슬한 느낌과는 다른 촉감.

조금 단단하지만 이건 이것대로 좋아하는 녀석이 있겠지.

예전에 친구네 개를 쓰다듬어 봤을 때보다도 촉감이 좋은걸.

우선 얼굴 근처부터 매만지고, 귀와 목으로 쓰다듬는 범위를 넓혀 갔다.

진짜 개라면 가슴 주위를 매만져 주는 걸 기뻐하는 경우가 많지만 키르는 어떠려나?

지금은 행상용 옷을 입었고…… 뭐, 신경 쓸 필요는 없나?

아니지. 아무리 그래도 이 상황에서 가슴을 건드렸다간 성희롱인가.

"으으…… 형이 쓰다듬어 주니까 기분은 좋은데 뒤가 무서워어……."

"라프?"

평소에 만져 주곤 하는 라프짱이 아까부터 키르의 말에 고개를 갸웃거린다.

“키르 군은 너무 겁을 먹은 거예요. 방패 용사님도 그냥 장난치고 싶으실 뿐이잖아요.”

이미아가 고개를 내밀어 라프타리아처럼 주의를 주었다.

“아, 그렇지. 이미아, 나중에라도 상관없으니 새롭게 이런저런 액세서리를 만들고 싶어. 도와주지 않겠어?”

“앗, 예. 바라신다면……. 디자인 중시인가요? 아니면 성능과 품질 중시인가요?”

“아까도 말했지만 그런 것에 구애되지 않고 다양한 액세서리면 돼. 가능하면 용사의 무기에 장착했을 때 유용한 효과가 있는 걸 연구하고 싶어.”

이런 건 시행착오의 연속이다. 갑자기 원하는 결과를 끌어낼 수 있다면 고생할 일도 없지.

만약 여기 테리스가 있었다면 엄청 흥분해서 액세서리 제작을 견학하려고 했을지도 모르겠군.

“이제부터 갈 곳에서는 채굴도 하려고 해. 실트란에서 입수할 수 있는 광석이나 원석도 이용해야만 하니까.”

“알았어요. 열심히 할게요.”

나는 순순히 따르는 이미아를 키르처럼 쓰다듬어 주었다.

“아, 아…….”

깜짝 놀란 이미아가 빨개진 얼굴로 굳었군.

이미아도 나에게 호의를 품고 있는 듯했다.

쓰다듬는 것도 스킨십이긴 하니까.

……라프타리아에게 같은 일을 했다간 어떻게 될지가 궁금해

졌다.
하지만 내가 라프타리아를 이렇게 간단하게 쓰다듬을 수 있으려나?
어린 라프타리아라면 가끔 쓰다듬어 주기도 했었지만 요새는 거의 그러지 않았다.
그 대신이란 느낌으로 라프짱을 쓰다듬었던 것 같다.
키르와 이미아는 어째서 이렇게 가볍게 쓰다듬을 수 있는 걸까.
생각해 보니 곧 이해가 되었다.
아하, 모피 100%인 녀석들이라서 그런 건가. 이건 좀 실례되는 이유겠군.
뭐, 상관없지. 나중에 라프타리아도 쓰다듬어 주자. 그러면 주위에서 시끄러운 녀석들도 조금은 조용해질 테니.
자연스럽게 쓰다듬어도 무례한 일은 아닐 터……. 일단 나도 이세계에서의 생활이 길어지면서 그 정도는 이해하고 있다.
적어도 메르로마르크에서는 아이를 쓰다듬어도 무례한 행위가 아니다.
"형! 언제까지 날 쓰다듬을 거야! 아니, 그보다 어딜 쓰다듬는 건데!"
이미아를 쓰다듬는 데 열중하고 있었더니 어느샌가 손이 미끄러져 키르의 가슴을 생각 없이 문지르고 있었다.
복슬복슬하지만 가슴이란 감각이 없군.
"아, 이거 가슴이었나."

"멍멍! 으르르르릉!"
어? 역시 키르도 인내심의 한계를 넘었는지 으르렁대기 시작했군. 전혀 무섭지 않지만.
이렇게 떠드는 걸 싸늘한 느낌의 시선으로 보고 있는 시안을 눈치챘다.
"왜 그래? 못 맞춰 주겠다는 느낌이야?"
그러자 시안은 즉시 얼굴을 돌렸다.
하지만 뭔가 흥미가 있는 듯 이따금 이쪽을 힐끔힐끔 본다.
"형, 내 말 들어! 화낼 거야!"
"아, 응응. 남자라고 주장하는 주제에 가슴을 쓰다듬어 주면 화내는구나."
"혀, 형은 치사해!"
"새삼 무슨 소리야. 치사한 건 내 특기잖아?"
"……굳이 말하자면 당한 만큼 갚아주는 것이 아닐까요."
어? 이미아의 말투가 완전히 라프타리아 같은데.
"이미아짱! 이거 바꿔 줘! 형은 도저히 내 말을 안 들어!"
"아하하……."
이미아는 키르의 필사적인 외침을 쓴웃음으로 흘려 버렸다.
아무튼 지금은 시안 쪽이 문제다.
이렇게…… 놀고 싶지만 사양하고 있는 고양이 같은 느낌으로 조금 거리가 있다.
이럴 때는 본능을 자극해서서 다가오게 해 볼까?
불쑥 생각난 히요짱의 깃털 하나를 쥐고서 시안의 눈앞에서 움직여 보았다.

요령은 약한 사냥감처럼 보이게 하는 것이다.

고양이가 강아지풀에 흥미를 갖게 하려면 수렵 본능을 자극하는 게 중요하다는 모양이니까.

내가 흔드는 깃털에 시선을 향한 시안이 집중해서 바라보기 시작했다.

아, 분위기를 파악한 이미아가 물러난다.

이 반응에서도 알 수 있다시피, 이미아는 이래저래 눈치가 빨라서 도움이 된다.

키르는 뭘 하냐는 표정으로 내 행동을 보고 있군.

살랑……살랑살랑. 연약한 사냥감처럼 보이게 깃털을 흔든다.

"……."

음. 시안의 눈매가 수렵 본능에 지배되는 고양이처럼 변한 걸 알 수 있다.

거기에서 더 자극하듯 깃털을 재빨리 들었다.

"……."

시안이 확 달려들어 깃털을 양손으로 잡았다.

즉 내 눈앞까지 왔다는 이야기다.

"아!"

깃털을 쥐고 끝단을 가볍게 물던 시안이 제정신을 차렸는지 부끄러운 듯 고개를 숙이고는 손으로 얼굴을 가렸다.

"우리를 너무 신경 쓰지 않아도 괜찮아. 그냥 사이좋게 지내고 싶을 뿐이거든?"

“……응.”

어쨌든 긴장 같은 건 풀린 걸까.

시안은 아까보다 부드러운 표정으로 이쪽을 보았다.

“뭐야 형, 시안짱이랑 친해지고 싶은 거야? 라프타리아짱이 있으면서.”

“키르, 너는 진짜로 괜한 소리가 많은 녀석이야.”

“꺅! 형이 또 내 가슴 만졌어!”

“그건 가슴이 아냐. 가슴팍이지.”

“가슴이잖아!”

시안이 이렇게 떠드는 우리를 보고 풋 하고 웃었다.

“끄에! 끄에끄에!”

응? 히요짱이 뭔가 주장하고 있군?

“라프~.”

그리고 라프짱이 마차의 화물 주머니에서 해독제를 꺼내 시안에게 내밀었다.

“저기…… 아까 히요짱의 깃털을 깨물었죠? 독이 섞여 있을지도 모르니까 만약을 위해 조금 핥아 두는 게 좋지 않겠느냐고 말하는 것 같아요.”

이미아가 설명을 해 주었다.

그러고 보니 히요짱은 독을 사용하는 필로리알이었던가.

발톱에 독을 부여한다거나 독 자체를 뿜는다거나 독의 마법을 쓸 수 있다.

“독이라……. 그러고 보니 필로가 이전에 독을 뿜어 보고 싶

다는 소리를 했던 시기가 있었지. 이미 뿜고 있는 주제에."

라프짱에게서 해독제를 받아서, 시안도 핥기 쉽도록 꿀을 섞어 접시에 옮겨 건넸다. 달게 가공한 걸 알고 있는지 시안은 잠자코 그걸 조금 핥고선 상태를 보았다.

어? 맛이 마음에 들었는지 몇 번이고 접시를 핥고 있다.

이러면 키르도 있으니 나중에 간식을 만들어 줘야 할까.

"필로짱이? 이미 뿜고 있다니?"

"아, 메르티와 만나기까지 필로는 꽤 독설이 심했다고 할까, 키르처럼 전혀 주저가 없었으니까."

본격적으로 독설을 뱉지 않게 된 건…… 좀 생각하고 이야기하게 된 건 그때부터겠지. 필로의 한마디가 결과적으로 모토야스를 격려하는 결과가 되어 그 녀석의 호의를 사게 된 때일 거다.

순진해서 저지른 실수였지만 확실히 학습할 만큼의 지능은 있다는 이야기겠지.

필로는 꽤 운이 나쁘다는 생각도 든다……. 모토야스 때건 마룡 때건 혹독한 경험을 하고 있다.

"내가 독설을 한다고?!"

"키르의 경우는 괜한 군소리를 한다는 정도로 넘길 수 있지만 필로의 경우는 말이지. 아픈 곳을 찌르니까."

"어떻게 다른데?"

"메르로마르크 북쪽의 이웃 나라에서 가난 때문에 혁명이 일어나 왕족을 배제했지만, 그래도 가난이 없어지지 않아서 곤란하다는 말을 듣고는 '임금님 불쌍해~! 사실은 백성들을 끔찍하게 생각했는데~. 지금 배고픈 건 누구 탓일까~?' 같은 소리를 할 정도로."

"그건……."

아무리 키르라도 필로의 독설에 말끝을 흐린다.

생각해 보면 필로도 성장한 셈이로군.

"진짜 속내가 있고, 그걸 감추는 말이 있잖아? 네가 실은 내가 과자를 만들어 주었으면 하면서도 솔직히 말하지 못해서 배가 고프다고 떠들면, '키르 군이 과자 먹고 싶으니까 배고프다고 하고 있어~.' 라며 콕 집어 말하거나 하는 거지."

"어, 어쩐지 의미를 알 것 같아. 필로짱의 독이란 그게 다야?"

"아니, 그때는 바이오 플랜트나 드래곤 좀비 같은 거랑 싸우고 그랬으니 독을 사용하는 건 강하다고 생각하게 된 게 이유겠지."

"둘 다 마을에 있지 않아? 가엘리온은 지금 없지만."

바이오 플랜트도 그렇고 드래곤 좀비, 즉 가엘리온도 그렇고.

키르 쪽에서 보면 크게 무섭지 않은 생물인가.

나도 무섭진 않다. 특히 드래곤은.

드래곤이라고 하면 판타지의 대표적인 생명체인데…… 왜 이렇게 되었을까.

어느 녀석이건 쓸데없이 개성적일 뿐 어딘가 얼빠진 데가 있다.

가엘리온도 그렇고 마룡도 그렇고.

"그런 이유 때문에 필로가 독을 쓰고 싶어 했던 시기가 있어. 그러니까 독을 쓸 수 있는 필로리알인 히요는 어떤 의미로 필로가 되고 싶었던 모습일지도 모르지."

"그렇대, 히요짱."

"끄에……."

아, 뭔가 미묘한 반응이다.

어쨌든 필로가 상사이니, 그 상사가 자신처럼 되고 싶었다는 말을 들어 복잡한 심경일지도 모른다.

화제를 바꿀까.

"시안은 이제부터 갈 장소에 대해서 알고 있어?"

"몰라."

"마모루와 어딘가로 나가거나 하지 않나?"

"……요즘은 성안에서 노는 경우가 많았어."

흠……. 마모루의 상태를 보면 아이들은 성에서 보호…… 아동 양호 시설 같은 느낌으로 돌보고 있으리라는 건 상상할 수 있다. 성 밑 도시의 피해 상황 같은 걸 보면 외부로 나가기 어려운 건 상상하기 어렵지 않고.

"이전에는 더 다양한 곳에 데려가 주었지만…… 언니가……."

시안은 거기까지 말하고는 퍼뜩 정신을 차리더니 입을 닫고 고개를 흔들었다.

실언하고 말았다는 느낌인가?

언니라…….

레인이나 호른이 위험하다고 주의를 주어서 나가는 빈도가 줄고 말았다……거나?

아니면 좀 더 어두운 사연이 숨어 있나.

"키르."

나는 조용히 키르를 잡고 시안 앞에 놓았다.
키르는 이유를 눈치챘는지 고개를 끄덕이고는 꼬리를 흔들며 친근한 태도로 시안의 볼을 핥기 시작했다.
"기운 내자, 시안짱! 오늘은 형이랑 즐거운 외출이야! 밥도 맛있어~! 멍멍!"
이 모습을 보면 완전히 강아지지만 효과는 있다.
아인이든 수인이든 이걸 당하고 불쾌해하는 녀석은 적다.
"아하…… 키르 군 간지러워~!"
흐뭇하게 꽁냥대는 개와 고양이처럼 키르와 시안이 웃고 있다.
"키르는 모처럼 외출한 거니까 즐겁게 가자고 하는 거야. 즐기지 않으면 손해지."
"응."
"여기 앉을래?"
키르가 아까까지 앉아 있던 장소를 가리켰다.
일단 전망은 좋거든? 멀미를 하는 녀석도 이 위치면 다소 편해지는 것 같고.
"거기는…… 됐어. 뭔가 무서워."
"그런가? 그럼 이번엔 이미아 차례로군."
"네? 저기요?!"
적당한 위치에 서 있었기에 이미아를 안아 내 앞에 앉혔다.
키르와 교대하는 형태니 딱 좋겠지.
그렇게 앉혔더니 이미아 녀석은 아까까지의 키르처럼 경직되고 말았다.

"우으으……."

역시 긴장하고 만 듯하다.

이렇게 소소한 시간을 보내던 중에 문득 떠올랐는데…… 키르와 시안……. 어쩐지 평소와는 다른 멤버지만 여자아이가 많지 않나?

이거 객관적으로 보면 내가 여자아이만 데리고 사냥하러 나간 게 되나?

이런…… 실수했다. 왜 깨닫지 못한 거지? 키르에게 장난칠 겸, 갈 곳에서 효율 좋게 행동할 수 있는 멤버를 선택한 결과이긴 한데.

틀림없이 키르와 이미아가 그다지 성별을 의식하지 않게 만드는 탓이로군.

엉뚱한 책임을 물리는 거지만 그렇게 납득할 수밖에 없다.

라프타리아를 다른 부대로 보낸 탓일까? 다음엔 반드시 루프트나 포울을 데리고 오자.

루프트는 자기 모피에 자신이 있으니까 쓰다듬게 해 줄 게 틀림없다.

키르나 이미아처럼 얼거나 하지도 않겠지.

포울은…… 어째 도망칠 것 같지만.

우리 마차는 이런 느낌으로, 특별한 문제없이 목적지인 마을에 도착했다.

행상과 포장마차를 우선하는 느낌으로, 요리 담당 노예에게 식사 판매를 시작하게 했다.

키르를 투입하는 건 조금 뒤라도 괜찮다.

마을까지 오는 길에는 그다지 마물과 조우하지 않았군.

뭐, 가져온 요리를 선보이는 사이에 사냥과 채굴을 할 거니까 상관없나.

그 후, 마모루에게서 받은 허가증을 마을에 있는 촌장에게 보여서 제대로 허가를 받은 다음 산 안쪽으로 향한다. 마차는 덜컹덜컹 속도를 내며 산 안쪽으로 들어갔다.

흠……. 필로 정도는 아니지만 히요짱도 상당히 빠른 속도로 이동하는군.

"그럼…… 해가 지기 전까지 가볍게 사냥과 채굴을 하자. 키르는 그 코로 사냥감을 찾고, 라프짱과 히요는 키르의 보좌, 이미아는 광맥 같은 걸 찾아 줘. 이 주변에 채굴용 동굴이 있는 모양이야."

"랍푸!"

"끄에!"

"오! 근데 형, 어째 나만 대우가 너무 엉성한 거 아니야?"

"무슨 소릴 하는 거야. 모토야스도 예민한 후각을 갖고 있었잖아. 그 녀석은 필로의 냄새를 쫓는다고."

"창 든 형과 비교하는 건 대체 뭔데?"

키르가 그렇게 투덜대며 마물의 냄새를 찾기 시작했다.

참고로 마물과는 오는 동안 조우했다.

이 근처에 생식하는 건 위스티리어 네이처 바인드라는 커다란 꽃 같은 식물형 마물과, 로즈핑크 샌드워커라는 모래 덩어리 같은 마물이다.

위스티리어 네이처 바인드는 조리할 때 조금 손이 많이 간다. 식물이니까.

줄기 부분이 우엉 같은 느낌이라 못 먹을 건 아니다. 하지만 억지로 먹을 필요도 없겠지.

로즈핑크 샌드워커는…… 벌룬과 비슷한 마법 생물이로군.

아무래도 광석에 깃든 마력이 골렘처럼 변이해서 마물이 되어 주위의 흙을 모아서 움직이는 듯하다.

내부 광석에 깃든 마력에 물리든 마법이든 좋으니까 일정 수준 이상의 충격을 주면 쓰러진다.

이쪽은 이미아가 자기 손에 마법을 부여해 급소를 찌르는 것만으로도 한 방이라, 꽤 안전하게 처리할 수 있었다.

그냥 싸우면 단단해서 귀찮은 듯하다.

아무튼 잡고 나서 얻을 수 있는 광석은 이것저것 쓰이는 데가 있다는 듯하다.

나중에 액세서리에 이용할 수 있는지 시험해 봐야겠지.

아무튼, 깊숙하게 들어갈수록 흉악한 마물이 출현할 확률이 오르는 건 어디나 마찬가지다.

가능하면 식재료가 되는 마물을 상대하고 싶은걸.

"나는?"

시안에게 포장마차 쪽에서 대기하고 있겠느냐고 물었더니 이쪽에 오고 싶다고 말했기에 데려왔다.

파티를 짜고 있으면 경험치가 들어오니까 그냥 있어도 괜찮겠지만 의욕이 생긴 듯한 표정이다.

참고로 시안의 레벨은…… 그러고 보니 묻지 않았다.

뭐, 외견을 생각하면 마모루도 레벨업을 시키거나 하지는 않았겠지.

행상을 하며 조금은 레벨이 올랐을 거라고 생각하지만.

"시안은…… 위험하니까 내 뒤에서 대기. 조금 더 강해지고 나서 싸우자."

"……."

약간 불만인 것 같지만 어쩔 수 없다.

아무래도 마모루 역시 아이들을 육성하진 않았던 것 같군.

"이쪽에서 뭔가 냄새가 나."

키르가 마물의 냄새를 맡은 듯했다. 슥슥 나아간다.

그러자 바위산 쪽에서 스프링 그린 스토커피온이라는 전갈형 마물과, 프로스트 그레이 사이드바이퍼라는 독사와 조우했다.

그리고…… 둥실둥실 떠 있는 장어 같은 마물, 그라파이트 앙귈리포인가.

"끄에……."

전갈과 독사에 대해서는 독을 사용할 수 있는 피요짱이 경계하며 상대하고 있다.

"라프~."

라프짱도 합세해서 상대하고 있다. 잘 처리해 줘.

그라파이트 앙귈리포는…… 파직파직 전기를 뿜으며 자력으로 근처 광석을 띄워 날리는 공격을 하는 듯하다.
게다가 잽싸게 지면에 숨어들기도 한다.
역시 언젠가 실트벨트가 되는 나라답다고 해야 할까?
렌과 라트에게 들은 이야기에 의하면 실트벨트는 포브레이나 메르로마르크에 비해 개성이 강한 생태계…… 다시 말하면 독처럼 변칙적인 공격을 하는 마물이 많은 듯하다.
"기다려! 멍멍!"
"거기!"
땅속으로 도망쳤던 그라파이트 앙귈리포가 머리를 내미는 순간 키르와 이미아가 두더지 잡기처럼 각자의 무기로 공격했다.
참고로 키르의 무기는 한손검이고 이미아는 해머다.
두더지 수인인 이미아가 두더지 잡기를 해도 괜찮은가.
아무튼 산속 깊은 곳이라서 그런지 잡아도 잡아도 끝이 없다. 계속해서 마물이 소동에 이끌려 온다.
나는 키르 일행이 전투 경험을 쌓도록, 지켜주기는 해도 지휘에는 그다지 관여하지 않았다.
실전 경험은 중요하니까.
"이미아짱, 부탁해! 그쪽으로 도망쳤어!"
"응!"
『힘의 근원인 내가 명한다. 다시금 이치를 깨우쳐, 주위를 파헤쳐라!』
"드라이파 어스 리버스!"
끝이 없다는 걸 깨달은 이미아가 지면에 손톱을 찔러 넣고 크게 휘둘러 올렸다.

그러자 그라파이트 앙귈리포가 숨어 있던 주변 지면이 홀랑 뒤집힌…… 것처럼 보였다.

바위 덩어리가 뒤집힌 지면에서 자력을 발휘해 원래대로…… 아니, 뒤집힌 흙이 떠올라 이쪽으로 날아 든다.

"유성벽!"

아군 전원을 지키기 위해 스킬을 전개해 날아드는 공격을 막아 낸다.

대단하지는 않지만 귀찮군.

"마법 방어가 높은 것 같아요. 저런 수로 공격하다니……."

"일망타진은 어렵나."

그런 이야기를 하는데 어느새 시안이 내 등 뒤에서 사라져서…….

"흥!"

마모루가 호신용으로 준 나이프로, 반격 후에 상태를 보러 얼굴을 내민 그라파이트 앙귈리포의 목덜미를 등 뒤에서 스윽 그었다.

그라파이트 앙귈리포는 경악한 듯 눈을 크게 뜨고 절명했다.

"이제 됐지?"

"아…… 됐어."

시안은 전투 경험이 별로 없지 않았나?

"다른 사람들이 주의를 끌고 있었고, 슬쩍 엿보는 게 보였으니까."

흠, 뭐랄까. 전투 센스는 있는지도 모르겠다. 제대로 키우면 상당히 우수하게 자라겠는걸.

“고마워! 시안짱! 형, 다음 녀석이 와!”

“그래그래. 이번엔 제대로 마무리해.”

“물론이야! 이미아짱도 힘내자!”

“예!”

그리고 나서, 이번에 데려온 녀석들은 각각 상대 마물의 특징을 파악하고 즉각 대응하기 시작했다.

스프링 그린 스토커피온은 독 꼬리를 주의. 그 집게로 이미아의 망치를 물게 유도해서 키르가 독 꼬리를 절단. 그다음에 동체를 공격해서 쓰러뜨린다.

프로스트 그레이 사이드바이퍼는 키르가 주의를 끌고서 이미아가 해머로 동체든 몸이든 닥치는 대로 두들겨 움직이지 못하게 하고 처리했다.

그라파이트 앙귈리포는…….

“멍멍! 어떠냐!”

스피드를 살린 키르의 도약과 차기로 숨기 전에 머리를 걷어차 실신시키거나 했다.

참고로 라프짱과 히요짱의 싸우는 모습은…….

“라프~.”

라프짱의 꼬리가 부풀더니 주위에 환각 마법이 뿌려졌다.

마물이 거기에 이끌려 엉뚱한 방향을 물거나 꼬리를 휘두르거나 하면 히요짱이 결정타로 발톱으로 쳐 날려서 끝장을 냈다.

이렇게 간단하게 싸워도 되려나?

"흠…… 이 정도일까? 하지만……."

마물이 계속 나타나서 운반용 마차의 짐칸이 꽤 무거워졌다.

"슬슬 식재료 확보는 끝내야 하지 않을까?"

어쩔까. 마물이 많다.

파도의 영향이라서겠지만, 어느 시대에나 마찬가지일지도 모른다.

그때 더 안쪽에서 피 냄새에 이끌렸는지 새로운 마물들이 고개를 내밀었다.

그 선두를 앰버로즈 오르트로스라는 이름의 머리가 둘 달린 개, 혹은 사자 같은 마물이 위협하며 달려 온다.

"아……."

키르가 제일 가깝군. 뭐, 적당히 처리할 수 있겠지.

그렇게 생각한 직후.

"하아…… 하아…… 내가, 내가 좀 더…… 히익?!"

"키르 군?! 왜 그래요?!"

갑자기 키르가 과호흡 상태가 된 것처럼 몇 번이나 크게 숨을 몰아쉬더니 전의를 불태우며 울부짖었다.

"으, 으아아아아아아아아!"

그리고 이미아를 밀쳐 내고는 마구잡이로 검을 휘두르며 앰버로즈 오르트로스에게 돌격했다.

하지만 그렇게 움직이면 아무리 레벨에서 차이가 나도 쉽게 피하고 만다!

"키르! 갑자기 왜 그래!"

"아아아아아!"

패닉을 일으키고 있어!

그때 갑자기 라프타리아의 어릴 적 모습이 머릿속에 떠올랐다.

"키르 군!"

이미아가 급히 서포트를 하려 했지만 다른 마물들에게 방해받고 만다.

"칫! 설마 키르에게도 이런 증상이 있었을 줄은."

진형이 무너진 탓에 유성벽이 벗겨졌다.

어떻게든 키르를 원호해야 한다.

그렇게 생각하고 달려가서 원호를 위해 라프짱 그룹에 지시를 내리기 직전.

"……."

시안이 펄쩍 하고 내 위를 재빠르게 뛰어넘었다. 눈으로 따라잡기도 힘들 속도로 앰버로즈 오르트로스의 등 뒤에 올라타더니 한쪽 머리의 숨통을 베어 찢었다.

"끄아아아아아아아아아?!"

선혈이 주위에 튀고 피 냄새가 퍼진다.

"으아아아아아아아아아!"

예상 못한 공격에 비틀거리는 앰버로즈 오르트로스를 키르가 마구 휘두른 검이 운 좋게 찔러 결정타가 되었다.

"하아…… 하아……."

피투성이가 되어 어깨로 숨을 쉬는 키르와, 평온한 얼굴로 착지하는 시안.

완전히 대조적인 인상을 주는군.

아니, 이렇게 멍하니 있을 때가 아니다.

"잠시 후퇴하자."

"끄에, 끄에끄에."

"라프!"

히요짱이 맡기라는 듯 마물의 사체를 마차 쪽으로 쳐 날리며 울고, 라프짱이 내려서 키르 일행과 합류했다.

"라프~."

그리고 이미아의 어깨에 탄 라프짱이 나와 시안 쪽으로 가라는 듯 가리키고, 환각 마법으로 마물 무리를 히요짱 쪽으로 유도했다.

"해치웠어! 해치웠다고!"

나는 상황을 파악하지 못하고 있는 피투성이 키르를 안고 물러났다.

그리고 후미를 맡은 히요짱이 마물 무리 속에서 자세를 취하고…… 손톱과 입에서 보라색 체액을 죽죽 뽑아 마법으로 모으더니 구슬로 만들어서 걷어 찼다.

그리고 크게 백스텝해서 하이퀵으로 이쪽에 왔다.

그 직후…… 펑! 하는 소리와 함께 보라색 구슬이 튕겨 마물 무리 속에서 폭발했다.

그리고 그 보라색 체액을 뒤집어쓴 마물이 연쇄적으로 터져 나갔다.

뭐, 뭐야, 저건……. 끔찍한 공격 방법을 갖고 있군.

"끄에!"

승리! 마치 그런 뉘앙스로 필로가 가르친 포즈를 취하는 히요짱.

그래, 알았어. 강하구나.

"저건 히요짱의 비기인 베놈 스플래시예요. 저걸로 쓰러진 상대는 제2의 독 폭탄이 되어 다른 상대에게 대미지를 주는 것 같아요."

연쇄 독 공격인가. 꽤 강력한 공격을 갖고 있구나.

"한동안 공기 중에 독이 퍼질 테니까 후퇴할 수 있을 거예요."

"그렇군. 일단 정신을 잃은 키르를 어떻게든 하는 게 급해."

"응. 일단 물러나는 쪽이 좋을 거라고 생각해."

시안도 내 제안에 고개를 끄덕이고 마차에 탔다.

우리는 그대로 재빨리 바위산을 내려왔다.

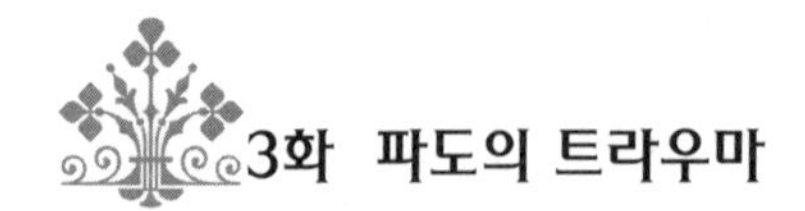

3화 파도의 트라우마

"그럼 키르……. 하고 싶은 말은 없어?"

"으으……."

안전한 장소로 후퇴한 후, 우리는 키르가 진정하기까지 기다린 다음 바르게 앉히고 사정을 듣기로 했다.

뭐, 그때까지 이미아와 라프짱이 말을 걸거나 내가 진정 효과가 있는 약초를 조합해서 먹이거나 했지만.

참고로 시안은 자기 할 일은 끝났다는 듯 마차에 앉아서 하품을 하고 있다.

"나, 이겼지?"

"문제는 그게 아냐. 네가 반쯤 미쳐서 앰버로즈 오르트로스에게 돌격한 거지."

"……내가 심했어! 모두 미안해!"

"하아……."

얼버무리려는 게 한눈에 보인다.

"키르, 솔직히 자백하지 않으면 나중에 무서우리라는 건……말 안 해도 알겠지?"

"그래요, 키르 군. 평소의 키르 군이랑 완전히 달랐거든요?"

내 말에 이어 말하는 이미아.

정말 이미아는 라프타리아 같은 템포로 말하는구나……라고 새삼 생각했다.

진지한 부분이 많이 닮아서인 걸까?

뭐, 이미아는 라프타리아보다 압박이 약한 것 같다.

라프타리아의 기가 센 건 내 탓이지만.

다양한 의미로 이미아에게 라프타리아를 겹쳐 보는 것 같다.

"으……. 그치만 형! 나도 열심히 했잖아?"

"반쯤 광란 상태로 돌격한 거잖아. 시안이 없었다면 어떻게 됐겠냐고."

아무리 지금 키르의 레벨이 꽤 높다곤 해도 나처럼 강인한 건 아니다.

위험한 곳을 맞았다면 조금 다치는 정도로 끝나지 않을 가능성도 있는 것이다.

"시안, 네 덕에 키르가 무사했어. 고마워."

"나보다 키르 군 쪽이 심각하다고 생각해. 말은 잘 모르겠지만 한눈에 알겠어. 아마 뭔가 트라우마가 있는…… 거야."

마모루는 시안도 전쟁으로 부모님을 잃었다고 했다.

키르도 파도의 피해와 노예 사냥 탓에 비참한 처지에 빠졌었지만, 같은 경험에서 공감할 수 있는 부분이 있는 걸까.

생각해 보면 마을의 부흥을 시작했을 때 라프타리아가 키르 일행의 정신적 케어를 해 주었다고 한다.

모두 협력해서 그런 정신적 부담을 넘었다고 생각했지만, 아직 완전히 극복하지 못했는지도 모른다.

"키르, 확실히 자각해라. 너는 앰버로즈 오르트로스를 본 직후 이상해져서 돌격했어."

"으……."

이전의 트라우마 같은 건 상관없어! 라는 느낌으로 밝게 행동하던 키르조차 이렇다.

이건 마을 녀석들이라면 누구라도 일어날 수 있는 문제다.

당장 직접적으로 나타나진 않아도 뭔가가 계기가 되어 일어나는 게 이상하지 않다.

"옛날의 라프타리아를 참고하면……."

이전에 라프타리아에게 들은 기억이 있다.

첫 파도에서 나타난 보스 같은 마물 케르베로스에게 라프타리아의 양친은 물론 다수의 마을 사람들이 살해당했다고.

이 공통점을 참고해서 생각하면, 마을의 생존자 녀석들은 모두 머리가 여러 개 달린 개 형태의 마물을 보고 패닉을 일으킬 가능성이 있다.

"나, 나는 괜찮아!"

"라~프~?"

라프짱이 정말? 이란 느낌으로 고개를 갸웃거리며 키르에게 다가갔다.

키르도 그것을 눈치챘는지 고개를 끄덕이고 있지만…….

"라프!"

펑 하고 라프짱이 환각 마법으로…… 새까만 머리 셋을 가진 개로 변해 키르를 내려다보았다.

……혹시 저게 첫 파도에서 르롤로나 마을을 유린한 마물인가?

"아…… 아……."

키르는 그 모습을 본 직후 얼핏 봐도 알 수 있을 만큼 적의와 공포심이 뒤섞인 표정을 짓고는 약하게 떨었다.

"라프."

라프짱이 변신을 풀고서, 약간 힐문하는 듯한 시선을 보내며 질렸다는 듯 한숨을 내쉬었다.

"키르, 알겠지?"

"……응."

내가 조용히 묻자, 키르는 자신의 상태를 자각한 듯했다.

하지만…… 라프짱은 어째서 이렇게 핀포인트로 키르의 트라우마인 마물 모습으로 변할 수 있었던 거지? 라프타리아나 다른 사람의 이야기에서 외견을 상상해 변신해 본 건가?

하지만 이건 큰 문제일지도 모른다.

마을 녀석들 모두가 복수의 머리를 가진 개 형태 마물에 약하다니, 상당한 약점이 될 가능성이 있으니까.

어느 정도 극복한 녀석도 있겠고 무리해서 자극할 필요는 없다고 생각하지만, 나중에 뭐가 일어날지 알 수 없지 않은가.

"이미아는 원래 마을 출신이 아니니 냉정할 수 있었나……."

"예……."

그렇다고는 해도 이미아 역시 원래 노예였으니 뭔가 있어도 이상하지 않다.

"이미아도 뭔가 짚이는 게 있다면 알려 줘. 만약의 경우에 대비하고 싶어."

"저, 저는…… 메르로마르크의 병사가 거북하지만 괜찮아요. 익숙해졌어요."

"거북한 이유는…… 묻지 않는 쪽이 좋겠군. 억지로 떠올리지 않아도 돼."

내가 라프타리아의 고향인 르롤로나 마을 출신 노예를 사 모으려 해서 그 가격이 높이 뛰었을 때, 노예 사냥꾼이 마을을 습격했었다.

키르는 물론 이미아도 그때 상당히 선전을 했기에 트라우마를 극복한 것처럼 보였는데.

“아니, 이제 괜찮아요. 모두 도와줘서 극복했어요. 게다가…… 말하는 쪽이 편해질 것 같아요…….”

이미아는 괴로우면 말하지 않아도 된다는 만류에도 불구하고 이야기를 계속했다.

“……저희 마을에 노예 사냥꾼이 와서…… 제 눈앞에서 부모님을…….”

“그런가…….”

“어머님의 배에는 동생이 있었는데…… 병사들은 웃으면서…….”

“……괴로웠겠구나. 잘 살아남았어. 그것만으로도 충분해.”

이미아를 쓰다듬고 가볍게 끌어안아 주었다.

마을 녀석들은 이런 상처를 여럿 안고 있으리라는 사실을, 평소의 들뜬 모습 때문에 잊고 있었다.

모두가 각각의 처절한 인생을 걸어 왔는데.

있지도 않은 죄를 뒤집어쓴 정도인 나 같은 녀석보다 비참한 녀석이 수없이 있을 것이다.

이미아의 이야기처럼 눈앞에서 가족이 무참히 살해된 쪽이 훨씬 비참하다.

……이렇게 생각할 수 있는 건 나도 성장해서일까.

나만이 불행하다는 생각이라니 오만하기 그지없다.

뭐, 라프타리아와 아트라…… 모두 덕분에 타인을 걱정할 수 있을 정도로는 회복된 걸까.

"아읏…… 바, 방패 용사님……."

꾸욱 안고 있자, 이미아는 부끄러운 듯한 목소리를 내며 몸을 웅크렸다.

"방패 용사님 덕분에 숙부님과 친척들과도 다시 만날 수 있었고, 지금은 괜찮아요."

"그렇다면 다행이지만, 괴로우면 얘기해 줘."

"저는 지금 정말로 행복해요. 이건 방패 용사님을 시작으로, 모두의 덕분이에요."

그렇게 미소 지은 이미아는 인사하며 안고 있던 나에게서 떨어졌다.

무겁구나……. 모두의 마음을 지고서 싸움을 끝낼 결의를 했지만, 그 무게를 새삼 안 기분이다.

"아무튼 트라우마를 극복하는 노선으로 갈지 피하는 노선으로 갈지는 본인들에게 물을 수밖에 없군."

괜히 옛 상처를 헤집는 것도 가혹하니까.

나라고 악마인 것은 아니다. 트라우마를 가진 녀석은 살아갈 자격이 없다는 식으로는 말하지 않는다.

극복과 회피……. 어느 쪽을 골라도 좋지만, 앞으로 나아가는 쪽을 택해야 한다.

"형! 나도…… 알았어! 어떤 상황이라도 모두를 지킬 수 있도록 강해져야 하는 걸! 그러니까 꼭 극복할 거야! 멍!"

키르가 이것 보라는 듯이 길게 울부짖는다.

나름대로 의욕을 표현한 걸까?

"시안짱, 이것저것 고마워!"

키르가 웃으며 시안에게 손을 내밀었다.

"으, 응……."

악수를 요청하는 걸 눈치챈 시안이 약간 부끄러운 듯 우물쭈물 손을 내밀어 악수했다.

"형! 우리 시안짱이랑 친해졌어!"

"아아, 그렇군."

시안이 생각보다도 강해서 놀랐다.

굉장히 가벼운 몸놀림에는 감탄하고 있다.

마모루가 어떻게 판단했는지는 모르지만 단련하면 전력이 될 가능성도 높다.

"일단 물자와 재료 조달은 끝났고…… 한 번 돌아가서 이 문제를 상담하도록 할까."

"그러네요……. 광석 채굴이 조금 염려되지만, 어떡할까요?"

"사냥 쪽은 끝났으니 나중에 여유가 있을 때 또 채굴하러 오면 되겠지. 그동안 앰버로즈 오르트로스와 싸울 녀석들…… 르모 종으로 구성된 파티를 데려오자."

르모 종은 손재주가 좋고 굴 파기가 특기라서 꽤 유능하군.

판타지라면 드워프 같은 아인종이 이런 걸 잘한다는 인상이 있지만, 인식을 고치고 싶을 정도다.

참고로 드워프라 불리는 녀석들은 이 세계에는 소수고, 키즈나의 세계라면 제법 있었던가? 적어도 우리 마을에는 없는 종족이다.

그렇게 해서 우리는 일단 근처 마을로 가서 포장마차 일을 돕고 원래 마을로 귀환했다.

"그렇군요……. 그런 일이……."

해가 져서 모두 마을로 돌아와 저녁 식사를 한 후, 나는 키르의 트라우마가 재발한 것을 이야기했다.

르롤로나 마을 출신자는 짚이는 구석이 있는지 '나도 어쩌면…….' 하는 표정이고, 다른 녀석들은 각자 걱정하듯 바라보고 있다.

"라프타리아는…… 극복한 것처럼 보이지만 어때?"

"저는…… 예, 괜찮아요. 그렇게, 생각해요."

지금까지 라프타리아와 함께 싸웠던 마물 등을 생각해 보면 비슷한 건 카르마 독 비슷한 종류인가?

"라프!"

라프짱이 시험하듯이 환각 마법으로 케르베로스로 변했다.

그러자 마을 출신 노예의 절반 정도가 반응했다.

라프타리아를 보니 약간 미간을 찌푸리고 라프짱을 보았지만…… 그건 어떤 반응이지?

"음……. 확실히 확실히 환각의 방향성을 조작하면 가능하군요……. 좋은 수단이라고 생각해요."

그러고는 나지막하게 "제 기억을 훔쳐본 건가요?"라고 라프타리아가 중얼거렸다.

아아…… 그렇지, 내게 기생했던 가엘리온이나 마룡처럼 라프짱이 기억을 엿봤는지도 모르겠군.

어느 쪽이든 라프타리아가 크게 반응하지 않았던 걸 보면 극복한 것 같군.

"라프타리아짱은 어떻게 극복한 거야?"

키르가 라프타리아에게 매달리듯 질문했다.

"모두 마을에 돌아왔을 때 말했었죠? 나오후미 님이 절 사 주셔서 얼마 지난 후에 극복했다고."

"그렇긴 하지만…… 나도 극복했다고 생각했는데 그게 아니었으니 어쩔 수가 없잖아!"

키르가 한탄하자 라프타리아도 곤란해하는 표정을 짓는다.

"어려운 문제군."

렌이 팔짱을 끼고 문제의 해결 방법을 생각하는 듯했다.

"전장에서 얻은 트라우마는 용기를 가지고 극복해야 하는 거지만……."

포울 쪽도 투사 시절의 경험을 기반으로 해결 방법을 생각하는 모양이지만, 싸움에 대한 사고방식의 차이 탓에 어렵다고 생각하는 듯하다.

전사답게 용맹한 싸움은 이해해도, 그게 키르 일행의 고민 해결로 이어지지는 않겠지.

하쿠코 종이나 실트벨트의 전사들은 바이킹 같은 용감함을 숭상하는 근육 뇌세포를 가진 놈들이고.

"마을에 돌아오기 전에 생각한 일이지만 트라우마를 자각한 녀석에게 묻고 싶어."

나는 손을 들고 짚이는 곳이 있는 녀석들을 돌아보았다.

"모두가 라프타리아처럼 트라우마를 극복할 수 있는 건 아니야. 이 트라우마를 어떡하고 싶은지 각자 생각해 봤으면 해."

키르처럼 트라우마를 안은 자들이 있다. 그 증상도 다양하겠지.

"극복하고 싶다면 어떻게 할 건데, 형?"

"그야 걸맞은 부담을 지는 훈련과 약물 투여를 하는 게 올바른 치료법이겠지."

여기에 대해서는 라트에게 상담하는 게 적당하겠지.

전문 분야는 아니겠지만 내가 하는 것보다는 나을 거다. 어설픈 치료는 역효과가 날 게 틀림없다.

"나았다고 생각한 마음의 상처를 헤집는 거나 마찬가지니까. 치료 같은 건 하지 않아도 되고, 괴롭다면 도중에 그만둬도 괜찮아. 원래 이런 문제는 시간이 해결해 주는 거야."

함부로 마음의 상처를 건드려 망가져 버리면 말짱 도루묵이다.

그러자 내 질문에 짚이는 게 있는 녀석들이 각자 생각하기 시작했다.

"뭐…… 나오후미에게도 트라우마 정도는 있으니까. 필로리알이라든가."

여기서 상황을 보던 메르티가 중얼거렸다.

으…… 괴로운 부분을 찌르는군.

그래, 나도 어쩌지 못하는 트라우마 정도는 있다.

모토야스가 데려온 대량의 필로리알들이 달라붙었을 때 발생한 트라우마가 말이지.

루프트도 지금까진 남의 이야기인 듯한 표정을 하고 있었는데, 메르티의 말을 듣고는 유명한 그림처럼 절규하는 표정을 짓고 있다. 같은 트라우마가 있으니까.

지금도 종종 필로리알 여럿에게 둘러싸이면 몸이 움찔한다.

"극복하든 방치하든 자각하고서 행동하면 그걸로 충분해."

"그렇지만…… 나는 극복할래!"

키르가 주먹을 들어 올리며 외쳤다.

개 모습이니까 귀엽다는 말밖에 안 나오지만…… 의욕이 있는 녀석을 부정할 필요는 없다.

"알았어. 하지만 증상이 심하면 주위 판단으로 치료를 멈출 수도 있어. 상관없지?"

"응! 나는 꼭 극복할 거야!"

"""오오!"""

트라우마를 자각하는 녀석들이 키르의 목소리에 찬동하는 소리를 냈다.

"그래서 라트, 이런 걸 치료하는 방법으로 짚이는 게 없을까?"

"역시 나에게 묻는 거네."

"그야 그렇지. 이런 때 유능함을 증명하라고. 아니…… 유능한 선조님 같은 호른에게 묻는 게 나은가?"

참고로 호른은 마모루가 있는 곳에 돌아갔다. 늘 이 마을에 있는 것은 아니다.

"대공은 여전히 도발이 심하네……. 나도 학회에서 본 논문 정도밖에 모르지만 그 녀석에게 부탁할 바에야 내가 하겠어."

"그래서 뭔가 방법은 있어?"

"좋은 거라면 꿈 요법이 있어. 그걸로 안 된다면 대공이 말한 대책을 시행하는 게 좋겠네."

"꿈? 최면 치료 비슷한 건가?"

최면술을 사용한 치료 등을 만화에서 본 적이 있다.

"그것과는 다른, 마법을 사용한 요법이야."

오오……. 역시 이세계. 마법을 사용한 정신 요법 같은 것도 있나.

"주로 환각 마법의 사용자가 시도하게 돼. 다행히도 여기에는 잔뜩 있잖아?"

"호오……."

천천히 환각 마법의 사용자들에게 시선을 돌렸다.

라프타리아, 루프트…… 그리고 라프짱들.

"어…… 저희에게 무엇을 하라는 말씀이신가요?"

그 대표인 라프타리아가 손을 들고 질문했다.

"구체적으로는 트라우마를 가진 피험체가 자는 동안 환각 마법을 사용해서 보고 있는 꿈을 유도하는 거야. 그 트라우마의 원인이 된 순간으로. 다음엔 그 악몽이라고 해야 할 꿈에 바람직한 결말을 준비하면 돼."

환각 마법으로 그렇게 편리한 것도 가능했나.

"결말이라니……."

"같은 상처를 아는 너희라면 알지 않아? 중요한 건 치료하는 것이고, 공포를 지우는 법은 개인마다 달라."

트라우마의 순간에서 바람직한 결말로 유도한다……. 케르베로스를 격파하는 꿈, 누군가가 구해 주는 꿈, 죽은 사람과 만날 수 있는 꿈 같은 걸까?

무슨 말인지는 알겠지만 어려울 것 같군.

"너도 지금은 이세계의 용사지? 다른 사람보다도 강력한 환각 마법을 쓸 수 있으니까 시도해 보는 게 어때?"

주로 물리적인 싸움을 하는 라프타리아지만 일단 용사로서 강력한 레벨레이션 클래스 마법을 사용할 수 있을 것이다.

마룡에게서 가호를 받았기에 쓰지 못했던 제한도 해금되어 있는 것 같고.

이건 어떤 의미로 라프타리아의 마법 연습이 될지도 모르겠다.

"……노력해 볼게요."

"라프타리아짱이 우리를 도와주는 거야?"

"그래요, 저도 처음 해 보는 일이라 자신은 별로 없지만 가능한 한 애써 볼게요."

"와우!"

라프타리아가 키르 일행의 트라우마를 치료하는 역을 맡게 될 줄이야.

뭐, 녀석들도 라프타리아라면 신용하고 있으니 안심할 수 있으리라.

이 방법이 잘 먹히면 문제없다.

하지만 이 사안으로 다른 문제가 떠올랐거든.

"어이, 라트. 그럼 왜 내 때는 시도하지 않았지?"

“대공의 경우는 충분히 치료를 받고 있었잖아.”

라프짱을 안고서 자는 것 말인가?

그것과 이건 다른 문제잖아!

“애초에 대공의 경우 어떤 바람직한 결말이면 치유되는데?”

……필로리알들을 내가 두들겨서 내쫓는 결말로 만든다거나?

아니면 필로리알이 갑자기 라프 종으로 변한다거나?

꿈에서 깨어나면 현실이 아닌 걸 알게 되니까 결국 트라우마가 낫지 않을 것 같다.

“이 치료 방법은 개인마다 효과가 다르니까. 대공은 어렵지 않을까? 나는 그렇게 보고 있어.”

제길…… 요즘은 왜 이렇게 나로서는 불가능하거나 대책이 없는 문제를 맞이하게 되는 경우가 많은 거지……. 탄식하고 싶어진다.

“굉장히 납득하기 어렵지만, 아무튼 의욕이 있는 녀석들은 치료에 전념하도록 해.”

“오~!”

그렇게 해서 그날 밤부터 라프타리아와 루프트, 라프 종들이 트라우마 극복 치료를 개시하게 되었다.

“그럼 키르 일행의 문제 해결 전망은 세웠군. 다음은…….”

사냥에 나가기 전에 생각했던 일을 실행에 옮기자.

다행히 목격자는 많으니까.

그런 생각을 하며 라프타리아에게 다가가자, 나를 본 라프타리아가 어째서인지 발을 끌며 거리를 쟀다.

"왜 그래?"

"저어…… 나오후미 님에게서 굉장히 불안한 분위기가 느껴지는데요……."

이건 감이 좋다고 판단해야 하나? 아니면 무인으로서의 뭔가에 각성한 건가?

"기분 탓 아닐까?"

"아뇨. 어쩐지 지금 나오후미 님의 대답 덕분에 확신으로 바뀐 것 같아요. 이런 때 특히 아무 속셈도 없는 나오후미 님은 '너무 예민한걸. 좀 긴장을 푸는 게 좋아.' 같은 말씀으로 저에게 주의를 주시니까요."

음……. 이건 늘 일상을 함께해서 평소의 내 상태와 다른 걸 눈치챈 걸로 보면 될까.

신뢰받고 있다는 점에서는 자랑스럽지만 지금의 나에겐 달갑지 않은 일일 뿐이다.

"어쩔 수 없다고. 요즘 주변 녀석들이 너무 귀찮게 구니까. 얌전히 있어!"

그렇게 말하자 라프타리아의 얼굴이 빨갛게 물들기 시작했다.

"나오후미 님! 아무리 그래도 주위가 떠든다는 이유로 저에게 뭔가 할 생각이신 건가요?!"

마침내 라프타리아가 검집째로 도를 붙들었다.

에잇, 저항이나 하고! 뭐가 그렇게 마음에 안 드는 거야!

"저기 렌. 저건 이와타니 공이 발작하고 계신 건가? 아니면 주위가 이와타니 공을 지나치게 부추긴 결과인가?"

"으음……."

렌과 에클레르가 우리를 가리키며 뭔가 이야기하고 있다.

메르티는 질린 얼굴로, 루프트는 멍한 표정으로, 라프짱들은 한숨을 쉬고 있군.

윈디아는 싸늘한 눈으로 이쪽을 보고 있다.

"형이 이상해! 멍멍!"

"키르! 성가셔!"

"아, 형이 발작을 일으켰어? 아트라, 이럴 때 형을 어떡하면 되지?"

"포울! 아트라가 살아 있었다면 편승해서 덮쳤을 거라고! 너는 질투의 시선이라도 보내고 있지 않았겠냐?!"

"그, 그런가! 응? 이건…… 형이 나를 안으려고 했을 때랑 비슷해! 역시 발작이야!"

"안 비슷해!"

너희가 바랐던 전개일 텐데! 조금은 돕지 그래!

스윽…… 스윽……. 나는 어째서인지 라프타리아와 다투듯이 간격을 재고 있다.

"저어…… 낮에 보고 방패 용사님의 생각을 상상할 수 있는데요."

"낮에? 묘하게 오한을 느낀 적이 있었는데, 혹시 이거였나요?!"

라프타리아가 짚이는 게 있는 것처럼 이미아의 말에 답한다.

그 제육감은 뭐야?

"라~프~."

라프짱이 질렸다는 듯 고개를 으쓱했다.

"제대로 사정을 들으면 납득해 주시리라고 생각하지만, 알고 있는 사람이 많으면 효과가 약해지니까……."

"이미아 양, 나오후미 님은 어떤 상황과 어떤 생각으로 움직이고 계신 거죠? 저에게만 알려 주세요."

"아, 네……. 실은──."

이미아가 다가가자 라프타리아가 비밀 이야기를 하듯 귀를 기울였다.

그리고 새빨간 얼굴로 도를 쥐고 있던 라프타리아가 나를 보고 눈을 가늘게 뜨더니, 점차 질렸다는 표정으로 바뀌었다.

그리고 경계를 풀고서는 나에게 다가와 작은 목소리로 물었다.

"저어…… 나오후미 님. 확인을 위해 묻는 건데, 사람들 앞에서 저에게 사디나 언니가 바라는 것 같은 일을 하시려는 건가요?"

"아닌데? 대체 그 수치 플레이는 뭔데. 나를 뭐라고 생각하는 거야."

모두의 앞에서 성교육? 그런 건 변태나 할 짓이다.

사성용사는 이곳과는 다른 세계 사람이지만, 내 도덕심을 뭐라고 생각하고 있는 건가.

그러자 라프타리아가 깊은 한숨을 쉬었다.

내가 그런 짓을 할 리가 없잖아!

그렇잖아도 요새 주위가 시끄럽다. 그런 짓을 했다간 나중에 어찌 될지 알고 있는 건가?

“대충 사정은 파악할 수 있었어요……. 그래서, 무엇을 하실 셈이셨던 건가요?”

“이건데?”

나는 손을 들어 라프타리아의 머리를 쓰다듬었다.

흠……. 이전에 쓰다듬었을 때와는 확실히 감각이 다르군.

그때는 어린아이였지만 역시 지금은 키가 크고 머리카락도 부드럽다.

약간 한숨을 쉬던 라프타리아였지만 조금씩 볼이 붉어지기 시작하더니 나에게 살짝 기댔다.

“아…… 휘이~ 휘이~!”

키르가 익살을 부리고 있다. 아무리 그래도 휘파람이라니 언제 적에 하던 짓이냐?

“정말이지…… 뭘 하는 거야…….”

대략적인 사정을 파악했는지 메르티가 한숨을 흘리며 다른 곳을 보기 시작했다.

“나 참……. 라프타리아를 쓰다듬기만 하는데 대소동이 일어나나.”

“나오후미 님이 설명을 하지 않으시니까 그렇죠.”

“하면 의미가 없잖아? 키르라든가는 이미아처럼 사정을 깨달을 거라고 생각했는데…… 정말이지.”

저 녀석은 둔감 운운할 차원이 아니다. 모토야스 급 바보로군.

그리 생각하며 라프타리아를 쓰다듬는데…… 키르처럼 가슴 같은 곳을 쓰다듬으면 안 되겠지.

아니, 쓰다듬는 것도 괜찮겠지만 그러면 성희롱이니 내 안에 있는 무언가가 브레이크를 건다.

역시 사람들 앞에서 가슴을 쓰다듬는 건 잘못이겠지.

키르? 그건 개의 가슴팍이었으니 완전히 다르다.

사디나의 가슴? 알 게 뭔가.

라프짱들이나 이미아처럼 목을 쓰다듬는 것과도 뭔가 다르고…….

그렇게 생각하다…… 자기도 모르게 꼬리에 시선이 향했다. 이 근처가 쓰다듬기 쉬우려나.

내 시선의 움직임을 쫓은 라프타리아가 꼬리에 손을 가져갔다.

"그건 좀…… 머리만으로 부탁드려요."

"아아, 그런가."

안 되나 보다. 아인의 인식으로는 꼬리를 쓰다듬는 것이 무례한 행동인 걸까?

어쩌면 가슴 같은 취급일지도 모르겠다.

"아니…… 그런 건…… 저기, 둘이 있을 때만…… 으음."

점점 얼굴이 붉어지는 라프타리아.

꼬리가 있는 아인은 손을 잡듯이 꼬리를 엮어서 구애한다던가.

실트벨트에서 본 기억이 있다.

가마에 타고 도시를 순회할 때 바보 커플 같은 녀석들이 나를 가리키더니 '방패 용사님도 우리를 축복해 주고 계셔.' 같은 느낌으로 찰싹 달라붙는 게 보여서 화가 났던 기억이 난다.

그 녀석들은 확실히 꼬리를 엮고 있었다. 아인이었고.

바보 커플이 손을 잡고 걷는 느낌일지도 모른다.

나에게 꼬리는 없지만.

슬쩍 건드렸다간 성희롱이 되려나?

"라~프~."

라프짱이 조금 더 쓰다듬고 싶은 내 뜻을 눈치채고 나를 향해 꼬리를 흔들었다.

"아, 그래그래. 고마워."

할 수 없이 라프짱의 꼬리를 쓰다듬었다.

폭신한 털은 어쩐지 이전의 라프타리아를 생각나게 해 주는군.

"나오후미 님의 생각은 알겠으니까…… 그럼 집까지 이러고 갈까요."

그렇게 해서 나는 라프타리아와 꽤 사이가 좋은 커플처럼 손을 잡고 집으로 돌아가게 되었다.

아, 방에 둘만 있게 되자 라프타리아가 조금 꼬리를 쓰다듬게 해 주었다.

창문 쪽에 시선을 향하고, 엿보는 녀석이 있는 걸 가르쳐 주면서.

이걸로 주위 녀석들이 조금은 조용해져 주면 좋겠지만…….

참고로 이때 잠들기 전에 키르 일행이 라프타리아에게 나와 방에서 무엇을 했는지 꼬치꼬치 캐물었다는 모양이다.

꼬리를 쓰다듬었을 뿐 아무 짓도 안 했다고.

그렇긴 해도 그건 라프타리아가 적당히 얼버무린 듯하다.

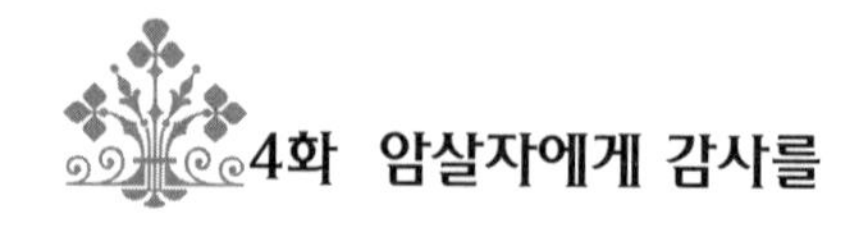

4화 암살자에게 감사를

키르 일행의 트라우마 극복 훈련이 시작되고 며칠 후.

"어이."

마모루가 시안을 데리고 우리 마을을 방문했다. 메르티와 루프트도 함께다.

"응? 웬일이지? 뭔가 있었나?"

"아, 이전에 라프타리아 씨를 닮은 인물 이야기를 했었잖아? 간신히 있는 곳을 알았거든. 나오후미 일행을 데리고 만나러 가고 싶지만, 어떡할래?"

그러고 보니 그런 이야기를 했었지.

아마도 라프타리아의 선조쯤 되리라. 만나 볼 가치는 있을 터.

"알았어. 그럼 준비하고 갈까."

"충분히 조심해 줘. 상대는 조정자를 자칭하는 용사들의 관찰자니까. 이상한 짓을 했다간 살해될지도 몰라."

"알고 있어. 그래도 이쪽에는 그 후손이 있거든."

우리에겐 쿠텐로에 뛰어든 전력이 있다고?

"아무튼 대화를 하기로 하고……."

이 경우, 상대에게 공격당해도 문제가 없도록 인원을 결정할 필요가 있으리라.

상대가 보기에 우리는 이레귤러 같은 존재다.
상대에게 우리 사정을 설명하는 경우 어느 정도 혼란시키는 것도 중요할 수 있다. 방패 용사가 둘 있는 것으로 상대의 호기심을 자극할 수 있으리라.
그러니까 나와 마모루는 함께 있는 의미가 있다.
렌은…… 이세계 검의 용사로 오해받을지도 모르니 교섭이 결렬되었을 때를 위해 대기시켜 두자.
상대를 더 놀라게 한다는 의미로는 라프타리아와 루프트가 적임자로군.
각각 천명의 가호를 받고 있으니까.
역으로 자극할지도 모르지만…… 데려가는 메리트가 더 크다.
앵천명석을 사용한 앵천결계에도 저항할 수 있으니까. 어떻게 되겠지.
그렇긴 해도 너무 많은 숫자로 가는 건 좋지 않다.
여차할 때 싸울 수 있는 정도의 인원이 바람직하겠지.
척후로 그림자를 데려가는 방법도 있지만 상대는 라프타리아와 동격의 존재다.
숨어 있는 인물을 발견하는 능력이 높으리라 생각하는 게 좋으리라.
"메르티, 라프타리아와 루프트에게 교섭 역을 맡기고 싶은데 너는 어떻게 생각하지?"
"글쎄……. 상대가 라프타리아 언니와 같은 종족이라면 괜히 내가 교섭하는 것보다 효과가 있을 거야. 전투가 되면 나도 참가하고 싶지만 조금 거리를 두는 쪽이 좋을지도 모르겠어."

메르티도 대충 같은 의견인가.

뭐, 무난하다면 무난한 인원이니까.

"그럼 그 조정자라는 녀석을 만나러 가 보도록 할까."

우리가 원래 시대로 돌아갈 단서를 잡을 수 있는가는 물론이고, 무슨 일이 생겼을 때 난입해서 상황을 어지럽힐 만한 요소는 먼저 제거해 둬야만 하니까.

"라프~."

"다프~."

라프짱들도 동행하고 있다.

"라프짱들을 데려가면 교섭이 복잡해지지 않을까요?"

"만약 교섭이 잘되더라도, 결국 그 뒤에 라프짱들을 보면 복잡해지겠지?"

이런 교섭에서 숨기지 못할 것을 숨겼다간 악수가 된다. 그 사실은 중요하다.

조정자라는 녀석과 교섭이 잘되어 우리 마을에 상태를 보러 왔을 때를 생각해 보자.

숨기지 않고 보여줘야 상대의 인상도 좋아진다.

상황을 잘 설명하면 적대하지 않고 끝날 수도 있다.

적어도 라프 종은 설명해 두는 쪽이 상황을 복잡하게 만들지 않으리라.

상대를 혼란시키는 수단으로 이용한다는 의미도 있다.

라프타리아가 라프짱을 처음 봤을 때의 반응을 생각하면 문제 없겠지.

"대화가 잘 풀릴까요?"

"해 볼 수밖에 없지."

이렇게 해서 교섭반으로 나, 마모루, 라프타리아, 루프트, 라프짱들을 본대로 데려가게 되었다.

별동대로 렌과 포울 등이 언제라도 달려올 수 있도록 약간 떨어진 곳에서 대기한다.

"포울, 잘 부탁해."

시안이 포울 상대로 주저하지 않고 인사를 했다. 시안은 마모루와 함께 왔기에, 포울 쪽에서 대기하게 되었다.

"어, 어어."

그러자 포울이 약간 미간을 찌푸리며 대답했다.

그다지 친하지 않은 모양이지만…… 나보다도 거리감이 없지 않나?

그건 포울 자신도 느끼고 있는지 고개를 갸웃거리고 있다.

세인과 레인은 언제라도 나타날 수 있으니까 마모루의 성 쪽에서 훈련을 하며 지켜보는 듯하다.

아무래도 대화 사이에 끼어서 쓸데없는 소리를 내뱉을 것 같은 레인은 절대 데려오고 싶지 않다.

나를 성적으로 희롱한 죄는 무겁다.

그렇게 마모루에게 전하자 곧장 납득해 주었다. 조정자도 곤란해하고 있었던 모양이다.

없을 때 대화가 편해진다는 점은 범고래 자매 같군.

……아니, 이러니저러니 해도 사디나는 우수하지만.

적당히 얼버무리면서 확실하게 상대를 간파하는 안력을 갖고 있다.

레인에게는 그런 게 없단 말이지.

뭐, 이 정도면 충분한 포진이겠지.

그런 느낌으로, 우리는 마모루의 전이 스킬을 이용해서 당대 천명이 있다는 나라로 이동했다.

그리고 성 밑 도시처럼 보이는 곳에 들어갔다.

물론 마모루가 대표로 문지기에게 통행증을 제시했고.

로브를 덮어써서 얼굴을 감추고 입장했다.

"너무 소란을 일으키지 마. 피엔사의 침략을 물리칠 정도로 실력이 있는 나라이기도 하니까."

"호오……. 그렇게 힘이 있는 나라인가……."

잘 모르겠지만 상당한 국력이 있는 걸지도 모르겠다.

"실트란과 피엔사와의 싸움에는 간섭하지 않았던 나라야."

"어부지리라도 노리는 것 같군."

"그럴 거라고 생각해. 하지만 다른 나라로의 국민 유출이 심각해. 정치도 이것저것 부패했고…… 그래도 아직 강국인 건 변하지 않았어."

마모루에게 안내받아 도착한 장소를 둘러보았다.

확실히…… 고요하달까 살벌한 느낌이 든다.

이세계는 어디든 이런 식으로 고요한 도시가 있군. 역시 치안을 유지하는 건 어려운 거겠지.

그런 생각을 하고 있자니 우리가 가려고 하던 쪽에서 사람들이 이쪽으로 도망쳐 왔다.

그리고 멀리서 무엇인가 쿠웅 하고 커다란 소리가 들려왔다.

"……다프!"

라프짱 2호인 다프짱이 소리가 난 쪽을 가리키며 전진하라고 신호를 보냈다.

"가자!"

"그래!"

마모루가 달리고 우리도 서둘러 뒤를 쫓았다.

"다프~!"

다프짱이 필로리알의 성역에서 발견한 창을 조작해서 하늘을 나는 빗자루처럼 타고 날아갔다.

뭐야 저거? 굉장히 재밌어 보이는걸.

"라프라프~."

라프짱이 손을 흔든다. 마음이 따스해지지만 긴장감이 사라지니까 적당히 해 줘.

어쨌든 다프짱이 날아간 곳은 소리가 난 방향……. 연기를 뿜는 성으로 내려갔다.

어째 이 광경은 이전에도 본 적이 있는 것 같은데?

그런 생각을 하면서, 고레벨의 신체 능력을 살려 지휘 계통이 엉망이 된 성문을 억지로 돌파해 성을 보았다.

들어가자 넓은 홀에서 연기가 피어오르고 있고…….

"끄아아아아아아아아아아아악!"

단말마의 비명이 울렸다.

"가, 갑자기 뭔가요?!"

거기에는 라프타리아를 닮았지만 머리카락이 짧고 무녀복 차림에다 해머를 든 여자와 다프짱이 있었다.

그리고 머리를 창에 꿰뚫려 죽어 가는, 꼬리 아홉 달린 여우 괴물.

저 시체…… 본 적이 있는 것 같다. 구체적으로는 타쿠토와 함께 있던 여우였던가.

아니…… 그 녀석보다 털색이 선명한가? 내 착각일지도 모르지만.

"막무가내로 죽여 버리다니……."

"다프……."

다프짱이 약간 민망해하는 표정으로 울었다.

"게다가 이 힘의 파동은 대체……."

"다프?"

그 직후, 다프짱이 갖고 있던 창이 떨리기 시작하더니 깨져서 흩어졌다.

그리고 부드러운 빛을 발하는 무언가가 라프짱에게 흡수되어 갔다.

그 빛의 파편은 짧은 머리에 라프타리아를 닮은 여자에게도 닿았다.

"과연……. 원념으로 벼려 낸 무기가 자신의 역할을 끝마치고서 스스로 무너진 건가…….”

“다프~.”

뭔가 감사의 말이라도 들은 것 같은 대사로군.

“그런데…… 당신은 대체?”

“…….”

구멍 뚫린 홀 위에서 동양의 용이 내려와 작아지더니 라프타리아를 많이 닮은 짧은 머리 여성 옆에 두둥실 자리를 잡았다.

이 녀석들은 뭐지? 아니, 만나려고 했던 인물인 건 분위기를 보면 한눈에 알겠지만.

쿠텐로의 전통을 생각하면, 무녀복을 입고 있는 이상 이 시대의 천명은 이 녀석일 게 틀림없다.

“음?”

우리 모습을 눈치챈 여자 일행이 이쪽을 본다.

“아, 미안하군. 내가 데리고 있는 마물……은 아닌가. 그 녀석이 갖고 있던 창이 멋대로 날아와 버렸거든.”

한 발 앞으로 나서서 여자에게 말을 건다.

동시에 여자가 마모루 쪽을 보고 눈썹을 찌푸리더니, 경계심을 드러내며 해머를 고쳐 잡았다.

“당신은 방패 용사……. 이런 곳에 무슨 일로 왔죠? 혼란을 틈타 침략 행위라도 할 요량인가요?”

“그럴 생각은 없어. 하지만 조정자를 자처하는 너에게 꼭 이야기하고 싶은 안건이 있어서 이렇게 만나러 온 거야. 오히려 네가 이런 소동을 일으키다니…… 무슨 이유가 있는 거야?”

마모루는 전혀 적의가 없다는 듯 자세도 취하지 않으며 말했다.

"이것도 조정자의 일 중 하나예요. 나라에 기생해서 사람들을 괴롭히는 어리석은 마수의 정체를 폭로하고 퇴치하려고 했을 뿐입니다."

"그래……. 그럼 다행이지만. 이 뒤에 어쩔 셈이었던 거야? 꽤 혼란스러워하고 있는데."

"그야 물론 이 나라 왕족에게 이유를 설명한 후, 그를 타고 곧장 이탈할 생각이었어요. 속고 있던 자들이니까 제대로 이해하지 못할 가능성도 있지만……."

가볍게 이야기를 들은 바로는 앞뒤 가리지 않고 행동하는 것 같다.

이게 이 시대의 천명인가.

아무래도 위층에서 해머로 바닥을 부수면서, 천장을 뚫고 여우를 1층에 때려 박는 형태로 쓰러뜨린 것 같다.

"그래서 그 왕족의 반응은 어떻지?"

어? 그 왕족 같은 녀석이 엄청 화난 표정으로 오는걸. 흑발 미남이다.

"네, 네놈! 잘도 내 아내를!"

"그 아내는 나라를 썩게 만드는 악녀였고, 사실은 이런 마수였던 걸 당신도 이해했을 터. 속고 있었던 건 당신이에요."

"닥쳐라! 내게서 아내를 앗아간 죄! 만 번 죽어…… 아니, 고문하고 삼족을 멸해 주마!"

왕 같은 녀석이 발끈해서는 당대 천명을 공격하라고 부하에게 명령했다.

역시 대책 없이 저지른 일이었잖아.

"통탄스럽군. 결국 마수에게 회유되는 무능한 것. 고작 그 정도 존재다. 나라를 생각하지 않는 왕은 퇴장해야 하지 않겠나."

둥둥 떠 있는 용 같은 녀석도 어쩐지 어딘가에서 본 적이 있는 것 같군.

구체적으로는 아버지 가엘리온과 마룡뿐이지만.

이곳은 과거의 세계다. 분명 용제의 파편이라도 갖고 있는 거겠지.

"기다려요!"

당대 천명이 막는 목소리를 무시하고, 달라 붙어 있던 용이 크게 숨을 삼키더니…… 고압력 물줄기를 왕 같은 녀석에게 뿜었다.

"끄악――!"

직후…… 왕 같은 녀석이 사라져 버렸다.

그로테스크하군.

그리고 왕 살해 현장에 말려들고 말았다. 괜찮으려나?

"이, 임금님까지 붕어하셨다?"

병사와 대신이 모여 놀라는 목소리를 내는 것과 동시에…… 절반쯤이 좋아하며 얼굴이 환해지는 분위기였다.

……인망이 없는 왕이었군.

예를 들어 윗치가 여왕이 된 미래의 메르로마르크 같은 상황이었겠지.

인망이란 그 사람이 죽었을 때 분명해지는 법이니까.

역으로 선대 여왕이 죽었을 때 메르로마르크의 병사들은 살기를 내뿜었다.

"……서둘러 빠져나가는 게 좋을 것 같은데 어떻게 생각해?"

내 질문에 당대 천명은 진땀을 닦아내며 고개를 끄덕이고 달리기 시작했다.

"괜한 불똥이 튀기 전에 우리도 도망치자."

상황적으로 어떻게 생각해도 우리…… 정확히 말해서 마모루는 공범이다.

우연히 거기 있었을 뿐 진실은 아니라고 해도 주위는 그렇게 생각하겠지.

"그, 그래."

방패 용사가 이 나라를 쓰러뜨리려 한다거나 하는 소문이 돌면 우리에게도 불똥이 튈지 모른다. 서둘러 도망쳐야 한다.

"갑작스러운 사태를 따라갈 수가 없어요."

"라프~."

"나는 많이 익숙해졌어. 오히려 라프타리아 누나가 더 익숙하지 않아?"

"알고는 있지만, 알고 싶지 않은 거예요."

라프타리아와 루프트가 그런 문답을 나누며 도망치는 우리 뒤를 따라왔다.

물론 라프타리아와 루프트, 라프짱들이 환각 마법을 사용해 도망치기 쉽게 해 주어서, 우리는 곧장 성 밑 도시로 탈출할 수 있었다.

나중에 얻은 정보지만 문제의 왕족과 왕비가 암살자에게 살해되면서, 나라의 가혹한 세금 문제가 해소되어 다음 날부터 국민들은 환호하며 자유를 구가했다는 모양이다.

이거…… 흑막이 구미호였던 걸 생각하면 선인을 봉인하는 소설이 뇌리를 스쳐 가는군.

그런 식으로 정치가 썩은 나라였던 모양이다.

결과적으로는 암살자에게 감사를! 이라는 느낌으로 꽤 어영부영 넘어간 것만이 다행일지도 모른다.

그렇게 해서 우리는 성에서 도망쳐 근처 숲 같은 곳까지 온 다음, 추격자가 오지 않는 걸 확인하고 한숨 돌렸다.

"하아……. 한심하군. 바깥 세상이 이렇게도 썩은 자들로 형성되어 있을 줄이야……."

"세상은 원래 그런 법이잖아. 이상하게 이상을 품으니까 실망하게 되는 거야."

지금까지 사건을 돌이켜 보면 이세계의 정치는 썩지 않은 쪽이 드물었다.

그런데 생각해 보면 현대 사회라고 안 썩었던가? 그렇게 생각하며 TV와 인터넷 정보를 떠올려 보니 다르지 않았던 것 같다.

"누구인지는 모르겠지만, 꽤 살벌한 이야기를 하는 분이로군요."

이 시대의 천명은 그렇게 답했다.

"애초에……."

이 시대의 천명은 우리를 살펴보고서 미간을 찌푸리며…… 고개를 갸웃거렸다.

특히 라프타리아가 신경 쓰이는 듯하다.

뭐, 당연한가. 그걸 노리고 데려온 거니까.

"그걸 설명하려고 만나러 온 거야. 갑자기 공격하진 마."

"당신은 조정자를 어떻게 생각하는 거죠? 확실히 우리 나라의 대표가 입는 옷을 입고 있는 저분이 굉장히 신경 쓰이지만…… 이유도 없이 공격하진 않아요."

아니…… 조금 전을 생각해 보면 넌 공격할 것 같았거든?

힘을 갖고 있으면 단락적인 수단에 의지하기 쉬워지니까.

애초에 이유가 있으면 덤비겠다고 암암리에 긍정하고 있는 셈이고.

"아무튼, 왜 당신은 우리 나라의 대표용 의상을 입고 저와 닮은 모습을 하고 있는 건가요?"

이 시대의 천명이 라프타리아에게 질문했다.

"어딘가의 연금술사가 저의 복제를 만들었을 가능성을 생각했습니다만…… 오늘은 없군요?"

어딘가의 연금술사…… 호른 이야기겠군.

그 녀석은 요즘 뭔가 이것저것 하는지 그다지 이야기를 할 수가 없으니까.

오늘은 마모루와 함께 있지 않았고, 라트와도 따로 행동하는 느낌이었다.

"으…… 으음."

"기다려……. 정식으로 천명의 가호를 받은 기운이 있군. 적어도 복제는 아니다. 게다가 이자도 의식을 경험했군."

이 시대의 천명에 얽혀 있던 용이 라프타리아와 루프트의 상태를 간파했다.

그걸 들은 이 시대의 천명이 뒤이어 시선을 보낸 건 나와 방패.

"방패의 정령구…… 성무기의 반응도 있어요. 게다가 기운을 보면 앵천명석에 대한 저항력도 있는 느낌이군요."

순식간에 이해한 걸 보면 라프타리아보다도 기량이 위인가.

"설명을 해 주겠지요?"

"마모루가 아까부터 그러려고 왔다고 말했잖아. 천명님은 언제까지 고압적인 태도를 유지할 셈이지? 조정자라는 모양이지만 그냥 전투광으로밖에 안 보여. 조정이란 의미를 떠올리라고."

대화로 타협을 이끈다는 단어가, 언제부터 상대를 고압적으로 대한다는 의미가 된 거냐고.

이 시대의 천명은 약간 발끈한 표정으로 나를 보았다.

"후……. 한판 내줬군. 확실히 맞는 말을 하고 있어. 권력을 갖고 있다고 해서 오만해도 되는 건 아니지."

용이 그렇게 중얼거리며 이 시대의 천명에게 주의를 주었다.

이 시대의 천명은 약간 불만을 느끼는 표정으로 일단 심호흡을 했다.

"그럼 가르쳐 주세요. 애써 보고하러 와 주신 것에는 감사드립니다."

"그, 그래……. 꽤 갑작스러운 이야기이긴 하지만, 그들은 이 세계의 아득한 미래…… 다음 파도가 발생하는 시대에서 온 미래의 방패 용사 일행이야."

이 시대의 천명이 눈을 크게 뜨더니 조금 생각하기 시작하는 모습을 보였다.

"호오……. 그건 재미있는 이야기로다……. 미래의 방패 용사라니……."

"잠시 실례."

이 시대의 천명이 내게 다가와서 방패를 잡고 보석 부분을 만진 후, 라프타리아 일행을 확인했다.

용은 내 앞에서 똬리를 틀고서 보고 있다.

이 녀석은 뭘까……. 동양계 용은 그다지 본 적이 없는데…….

……머릿속에 쿠텐로에서 소용돌이에 휘말렸을 때 본 무엇인가가 떠올랐다.

"상당히 호의적인 기운이 깃들어 있어……. 정말로 미래의 방패 용사라면 고마운 일이로군."

"나오후미 님은 마물은 물론이고, 묘하게 드래곤에게 인기가 있지요?"

"만만하게 본다는 뜻으로 말이야. 묘한 체취라도 나는 건가?"

내 체질을 한탄하고 싶어졌다.

마룡을 시작으로 가엘리온도 쓸데없이 따른다.

특히 마룡은 대체 왜 이러는지 싶을 정도라고. 이 녀석이 마룡 2호가 아니기를 빌자.

도발하듯이 용의 턱…… 어딜 봐도 역린 같은 곳을 만져 봤다.
화내도 되거든? 나를 깔보지 마라.
“오, 오오오…… 그곳에── 우오? 기, 기분이 좋군…… 왜지? 아…… 아…….”
……싫은 예감이 들어서 만지는 걸 그만뒀다.
그러자 용의 눈에 열기가 깃든 것 같았다.
“새로운 발견이다. 조금 더 여기를 만져 주지 않겠나? 설마 이곳을 만졌는데 기분이 좋을 거라고는 생각도 못했다.”
“레인이 말했던, 아프지 않다는 게 증명──.”
중얼거리는 마모루를 노려 봐서 입 다물게 했다.
닥쳐! 이런 부위로 느끼는 이 녀석 잘못이잖아!
“…….”
라프타리아는 이 시대의 천명과 같은 시선으로 이쪽을 본다.
질렸다는 시선으로.
“이자는 재미있군! 마음에 들었다!”
“나는 재미없어!”
“형은 인기 넘치네.”
“루프트, 이건 인기 있다고 말하는 게 아냐.”
“하아……. 이쪽은 열심히 조사하는 중인데……. 확실히 반응은 완전히 천명이고, 무기에 깃든 정령과도 목적 의식에 괴리가 생기지는 않았어요. 사적으로 무기를 사용하는 자는 아닌 것 같네요.”
적의를 지운 이 시대의 천명이 경계를 풀었다.

"게다가 당신을 그새 회유하다니……."
"회유당하지 않았다. 단순히 흥미가 생긴 것에 지나지 않아. 이곳을 만지고 이런 기분이 될 줄 몰랐을 뿐이다."
"비슷한 거예요. 게다가…… 아득한 미래에서 왔다는 이야기, 그건 무슨 소리인가요?"
"아아, 실은 말이지."
나는 이 시대의 천명에게 세인의 언니 세력에게 공격받아 마을째로 과거 시대로 날려 왔음을 설명했다.
그 후, 마모루 일행과 조우해서 사태를 파악하고 협력 관계가 된 이야기 등도 포함해서.
"과연, 사정은 이해했어요. 그러니까 방패 정령님의 반응이 둘이 되어 있었던 거군요. 그리고, 당신은 그 밖에도 정령이 깃들어 있지 않나요?"
"상당히 감이 좋군. 그래, 여기와는 다른 이세계에서 거울의 권속기가 힘을 빌려줬어."
그 영향인지 방패 이외에 거울 요소가 섞인 것이 해방되는 경우가 있다. 거울의 방패라든가.
"여러 정령의 힘을 빌렸다는 건 걸맞은 신뢰와 힘이 있다는 증거. 조정자라고는 해도 함부로 벌할 수 없는 분이로군요."
"책의 정령과 거울의 정령이 경쟁했을 정도예요."
"그렇다니…… 매우 덕이 있군요."
거기에 라프타리아가 말참견을 했다.
그건 도와준 것에 대해 은혜를 갚고 싶다는 느낌이었잖아.

"미래에는 상당히 축복받은 용사가 있군요."

이 시대의 천명은 그런 말을 하며 마모루 쪽을 보았다.

경멸하고 있나? 무슨 문제…… 아, 활의 용사와 다투는 관계였지.

"축복받은 건 아니라고 생각한다만."

실제로 나를 소환한 녀석들은 어처구니없는 놈들뿐이다.

"보고해 주셔서 감사합니다. 그렇지 않으면 오해할 뻔했어요. 설마 미래의 쿠텐로 여러분…… 천명까지 있을 거라곤 생각 못 했네요."

"그래서 말인데. 그래서 너, 지금 우리의 문제를 해결할 수단 같은 거 몰라? 우리 목적은 원래 시대로 돌아가는 거다만."

"안타깝게도 저 역시 조정자의 지식을 전부 가진 건 아니라서…… 이런 현상이 일어났을 때의 대처법까지는 몰라요."

이 시대의 천명이 내 말에 약간 미간을 찌푸리며 답했다.

"너? ……저기, 빨리 나오후미 님께 자기소개를 하는 게 좋아요. 이름을 알지 못하면 멋대로 묘한 닉네임으로 부르시는 분이라서."

"이름을 대지 않아도 딱히 곤란할 건 없잖아. 이 시대의 천명 정도로 부르면 되고."

"아무리 그래도 그건 너무 스트레이트하지 않을까요."

"……나타리아라고 불러 주세요."

"그건 본명인가? 가명? 어느 쪽이지?"

꽤 적당히 말했는데. 본명인지 아닌지 의심스럽다.

라프타리아와 이름이 닮아서 착각할 것 같다.

나와 라프타리아를 섞은 것 같은 이름이고 말이지.

라프타리아가 굉장히 미묘한 표정을 짓는다.

"이야기를 되돌리죠. 저는 시간 도약의 술법을 모르지만, 과거의 전승을 조사하면 뭔가 힌트가 있을지도 몰라요."

"전승이라……."

"뭐, 각지에 전설이 있고, 찾아보면 뭔가 무기도 잠들어 있곤 하니까 나쁜 방법은 아니야."

하지만 그런 걸 할 여유가 있나?

그렇긴 해도 웨폰 카피가 있는데도 지금까지는 어딘가의 명공이 남긴 전설의 무기 같은 걸 복제해서 입수한다거나 한 적이 거의 없었던 것 같다.

유명한 패턴처럼 어딘가에서 소지자를 기다리며 받침대에 꽂혀 있는 전설의 검 같은 걸 렌에게 잡게 하고 복제할 수 있다면 전력이 늘어나겠군.

……아니, 왜 생각하지 않았는지 깨달았다.

전설의 방패 같은 게 받침대에 꽂혀 있거나 할 리가 없잖아.

마모루는 아무렇지도 않게 말하고 있지만……. 그렇게 생각하며 라프타리아 쪽을 보았다.

"옛날이야기 같은 데에 나오는 용사의 동료가 가진 강력한 무구는 존재하겠지요……."

인상적이었던 건 삼용교의 교황이 쓰던 사성 무기를 모사한 연비 나쁜 무기로군.

그거 말고는 고작해야 쿠텐로에서 과거의 천명이 봉인한 괴물들에게서 나온 정도고, 나머지는 무기점 아저씨나 대장장이가 만들어 준 것뿐이다.

오래되니 열화되어 사라졌나? 오래오래 계승하라고.

그렇긴 해도…… 신을 참칭하는 자가 우리의 적인 듯하니, 전생자를 부려서 훼방을 놓은 걸까? 그렇다면 이 시대에서는 트레저 헌팅으로 좋은 무기를 발견할 수 있을 것 같다.

"어쨌든 말이죠……. 하나 묻고 싶은 게 있는데."

"라프~?"

나타리아가 라프짱을 들어 올리며 말했다.

"이 생물은 대체 뭔가요?"

"라프짱은 라프타리아의 모발을 기반으로 태어난 사역마야. 내 단짝이지."

"이런 기묘한 생물을……. 정령이 잘도 허가해 주었네요."

"정말로 곤란해요……. 마을에도 잔뜩 있고."

"……이건 한번 시찰하러 가는 게 좋겠네요. 아니면 빨리 귀환하는 술법을 찾아서 미래로 돌려보내는 게 최선일까요. 아니면 처벌하거나."

"어이어이, 사적으로 용사를 벌해도 되나?"

용이 나타리아에게 주의를 주자, 나타리아가 작게 혀를 찼다.

뭐지? 이 녀석 말을 잘 따르는데?

"자기소개를 하다 말았잖아? 이 녀석은 뭐지? 용제인가?"

사람 말을 하는 드래곤 하면 용제가 생각나는데, 어떨까?

"분류로 말하면 틀린 건 아니지. 이 몸은 조정자의 수호를 담당하는 용이다. 이름은…… 쿠텐로에서는 수룡이라고 불리고 있지."

"……."

사디나의 고향에서 신앙하는 대상이잖아. 왜 당연한 듯이 나타나고 있어.

미래에선 숨어 있던 주제에.

"세대 교체도 하나?"

"이 몸이 살아 있는 한 교체는 없다만?"

"네가 살아 있다면 미래에 쿠텐로로 들어가려는 우리를 억지로 끌어들인다고. 심해에 틀어박혀서 쿠텐로의 결계를 유지하는 용!"

"호오……. 그렇단 말이지. 쿠텐로도 오랜 시간 속에서 병들 때가 오는 거로군. 용사를 끌어들인다면 그런 사태라서겠지."

사디나 자매가 이쪽에 있다면 고개를 숙이려나?

"아무튼 그 수룡이 이런 곳에 있어도 괜찮나? 쿠텐로는 어떡한 거야?"

바닷속 깊이 숨어서 쿠텐로의 결계를 유지하고 있는 게 아니었나?

아니면 분신 같은 건가? 핵석을 나누어 준 부하들처럼.

"파도의 흐름 탓에 간단히 들어올 수는 없고, 결계가 깔려 있으니 말이지……. 그렇게까지 엄중할 필요는 없을 테지만…… 미래에는 뭔가 일이 생겨서 움직이지 않게 된 거겠군."

이세계라도 과거와 현재 사이에 이것저것 있었을 테고, 전생자의 폭주도 있다.

그쪽에서 뭔가를 지키고 있는 걸까…….

"뭐, 알고는 있겠지만 이 몸은 방패 세계의 수호를 담당하는 용이다. 용제의 일종이지만 파편 쟁탈전에 참가할 마음은 없군. 활의 수호룡도 그럴 테고."

뭔가 당연히 아는 걸 전제로 한 이야기를 들었다.

"너는 무슨 말을 하는 거지?"

그런 녀석은 모른다. 쿠텐로처럼 어딘가의 나라를 지키는 용이 있는 건가?

이번엔 그런 녀석을 만나러 가야 한다거나 하는 건 싫거든.

"호오…… 뭐, 그 나라는 쿠텐로보다 가는 게 귀찮고 혹독한 땅이니까, 찾기 어려울 테지."

"너무 많이 떠들면 안 돼요. 그 나라도 알려지면 곤란하잖아요?"

"그 말투를 보면 조정자의 나라란 것도 여럿 있는 모양이군."

키즈나 쪽 세계를 생각하면 우리 시대에도 어떤 이유로 멸망했을 것 같다.

정보는 많을수록 좋지만, 몰라도 그렇게까지 곤란하진 않으려나……?

"당신들의 사정을 들었으니 저도 조금은 이야기하는 게 좋겠죠. 알고 있으리라 생각하지만, 저는 정령구라고 불리는 성무기와 권속기의 소지자가 길을 벗어났을 때 징벌을 내리는 조정자예요. 문제가 있다면 벌을 내릴 테니, 혹시라도 잘못을 저지르지 마시기를.”

“문제없어. 이쪽에도 그 역할을 담당하는 동료가 있으니까 말이야.”

“그러네요. 제 목적 말인데, 쿠텐로의 제단에 정령의 목소리가 도달해, 길을 벗어날 가능성이 있는 용사가 있을 곳에 파견되었어요. 파도에 의한 세계 규모의 문제가 일어나는 상황에서 성무기의 소지자를 함부로 주살할 수는 없겠지만, 폭주하기라도 한다면 그렇지도 않다는 것…… 마모루, 당신은 이해하고 있지요?”

제단에서 정령의 목소리를 듣고 파견……. 어쩐지 쿠텐로의 성에서도 그런 전승을 들은 것 같다.

실제로 목격한 적은 없지만. 제단이라는 건 용각의 모래시계가 있던 거긴가? 뭐가 있었지?

“물론이야. 하지만 오히려 파도를…… 피엔사를 어떻게든 하는 게 중요하잖아?”

“저는 전쟁에 관해서 간섭할 생각이 없어요. 이런 때 다투다니 어리석다고는 생각하지만.”

격하게 동의하고 싶지만, 그건 외야니까 할 수 있는 말이지.

“다프! 다프다프!”

다프짱이 꾸짖듯이 나타리아를 향해 뭐라고 울고 있다.

“이자는 좀 더 진지하게 간섭해야 한다고 말하고 있군. 용사를 전쟁에 투입하다니 언어도단이라고.”

“일리는 있지만…… 무턱대고 주모자를 처형하면 되는 것도 아니겠죠……. 하지만 저도 반성해야겠군요.”

오오, 일단 반성은 하는군. 이쪽에 대해 이해하지 못하는 어리석은 놈들이라고 일방적으로 말하려나 싶었다.

“그나저나 꽤 과격한 발언인데 당신은 대체 무엇이죠?”

“…….”

다프짱이 또 침묵했다?

“아무튼 이 세계의 미래에는 이미 세계 융합이 일어나고 만다는 이야기. 믿고 싶지 않은 부분이군요.”

“어떻게 되는 건지는 나도 몰라. 많이 비슷한 역사를 걸어 온 세계에 온 거라면 좋겠지만.”

“어느 쪽이라도 당신들을 시찰해야 한다는 건 알겠어요. 동행할 건데 괜찮겠죠?”

“우리 거점을 파악하자마자 날뛴다면 반격할 거야.”

“앵천명석의 반응이 있는 당신들을 처분하는 건 힘들어요. 정령들이 자신의 의사로 협력하고 있는 한, 제가 직접 처벌하는 건 어려울 테니 안심하세요.”

그렇게 답한 나타리아는 경계를 풀고 수룡을 따라오게 했다.

아무래도 우리와 동행해 줄 모양이다.

하지만…… 라프타리아와 루프트랑 다르게 어딘가 상당히 고압적인 느낌이 드는 녀석이군.

이후, 우리는 떨어져서 대기하고 있던 렌 일행과 합류해 마을로 귀환하게 되었다.

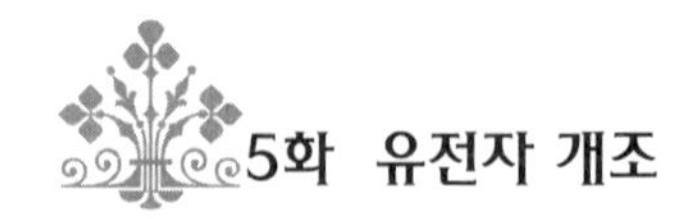

5화 유전자 개조

갑자기 마을에 데려가면 이것저것 자극할지도 몰라서, 마모루의 포탈로 마을 근처까지 가기로 했다.

"하지만…… 제게는 이계의 용사인 검의 용사가 당연한 것처럼 있는 건 받아들이기 어려운 상황이네요."

나타리아가 렌을 보고 미간을 찌푸리며 중얼거렸다.

"그, 그런 말을 해도……."

"아니…… 제가 받아들이기 어려워하는 것뿐이니 신경 쓰지 마세요. 정령도 딱히 이의를 제기할 기색은 없고."

뭐어…… 현재 이 세계는 방패와 활의 세계인 모양이니 적인 검의 성무기를 가진 렌은 동료로 세고 싶지 않겠지.

본래 이세계 여행은 성무기의 허가가 없으면 불가능하고, 조정자가 보면 곧장 아웃일 거다.

아니, 성무기의 용사는 세계의 기둥이니까 다른 세계에 갈 필요가 없다.

내가 키즈나의 세계에 갔던 건 영귀의 에너지를 강탈당했다는 예상 외의 사태가 있었기 때문이고, 방패의 정령을 포함한 사성의 정령들이 있었던 덕분이다.

그 정도까지 신용을 얻었다고 말할 수도 있고…… 생각해 보면 이쪽의 사성 정령이 도와 거울…… 책의 권속기의 정령에게 부탁을 받았다거나 할 수도 있겠지.

적어도 사적으로 성무기를 이용하는 게 아님을 나타리아는 파악하고 있는 모양이다.

어떤 이능력일까? 아니면 앵천명석에 그런 능력이 있나?

슬그머니 라프타리아를 보았다.

좋은 기회니까 세인처럼 이것저것 배워야 하는 게 아닐까?

"음……. 나오후미 님이 저에게 무엇을 기대하시는지는 모르겠지만, 우선은 나타리아 씨가 침착해지는 걸 기다리는 게 좋다고 생각해요."

"나는 나타리아 씨랑 알게 되어서 기뻐!"

여기서 루프트가 나타리아를 향해 미소를 지었다.

그러나 당사자인 나타리아 쪽은 루프트를 복잡한 표정으로 보고 있다.

"저와 동족…… 친척 같은 분위기를 풍깁니다만, 당신은……."

"에헤헤, 어때? 나, 이 모습이 마음에 들어!"

수인 모습이 된 루프트가 자랑스러운 듯 자신을 가리키며 답했다.

자신이 귀엽다는 자각이 있으면서 그 모습이 마음에 드니까 할 수 있는 태도로군.

싫은 느낌이 들지 않는 건 그 모습을 정말로 좋아해서일지도 모른다.

"그다지 달가운 기분은 아니네요. 그 사악한 자칭 연금술사에게 인체 실험을 당한 걸로 보여요."

호른 이야기를 하는 거려나. 그 녀석 신용 없구나…….

"음…… 제 모발로 만들어진 라프 종의 힘을 매개로 클래스 업을 했더니 이런 변신이 가능해졌다고 하는 것 같아서…… 엄격히 말하면 나오후미 님이 범인이세요."

"본인이 라프 종으로 클래스 업을 하고 싶다고 부탁하니까 들어줬을 뿐이야."

"용의 가호를 독자 분석해서 다른 힘으로 운용한 것이겠군. 흥미로운 기술이다."

수룡이 루프트를 보며 중얼거렸다.

"당신이 수룡님이시군요. 미래에서 실디나에게 들었어요. 부디 앞으로 저희가 미래에 돌아가기 위한 조력을 부탁드립니다."

"흠……. 정중한 태도도 취할 수 있군. 성장이 기대되는 자로다. 나타리아, 네 아이도 이렇게 변신할 수 있게 되면 재미있을지 모르겠구나."

"진짜 화낼 거예요?"

나타리아가 핏줄을 드러내며 수룡에게 살기를 뿌렸다.

그러나 수룡은 나타리아의 분노를 신경 안 쓰는 태도다.

"너희는 어떤 관계지? 천명과 수룡이라는 건 알겠지만……. 쿠텐로의 왕과 수호룡이라는 관계만으로 행동하는 느낌인가? 무녀가 끼어들 자리가 없는데."

사디나와 실디나는 필요 없다고 말했던 것 같은데?

그 녀석들이 말려들지 않은 게 다행인가?

“이 몸을 돕는 무녀 말인가……. 지금은 쿠텐로를 맡고 있지. 뭐, 알기 쉽게 말하자면 젊은 천명에게 이것저것 가르치는 것이 임무다. 중요한 때인 것은 알고 있으니.”

젊은 천명이 폭주하지 않게 보좌하는 건가.

“나라의 방비를 단단히 하고, 대표가 국외에서 용사를 감시한다는 건가.”

“그렇다 할 수 있지. 게다가 쿠텐로에는 선대 천명도 있다. 이 자에게 무엇이 있더라도 치명적인 문제는 되지 않아.”

천명의 교육을 하면서 세상을 바로잡다니……. 겸사겸사 해도 되는 일인가 싶지만.

아무튼 과거의 쿠텐로는 잘 돌아가고 있었던 모양이다.

“게다가…… 이매망량이라 불리는 녀석들이 이런저런 악행을 저지르고 있으니. 용사만으로는 힘에 부치겠지. 하는 김에 퇴치와 봉인도 하는 게지.”

“아아……. 그렇군.”

적어도 실트벨트를 포함한 이 세계에는 괴물이 봉인된 유적 같은 것이 다양한 곳에 점재하고 있다.

자료를 참고하면 쿠텐로 근처에서 온 녀석들이 봉인했다고 추측할 수 있었지.

“왜 봉인하는 거지? 끝장을 내는 게 빠르잖아?”

“그런 것조차 전해지지 않았나요……. 그건 만약의 경우 파도의 침공을 완화하는 방파제 효과가 있어요. 봉인된 것에 의미가 있는 거지요.”

"헤에……. 그러니까 쿠텐로에도 이런저런 괴물이 봉인되어 있었던 거로군."

"……?"

나타리아가 고개를 갸웃거렸다.

"아니, 쿠텐로에 갔을 때 싸웠거든? 봉인된 오로치니 어쩌니 하는 이름이었지만 그 밖에도 이것저것이랑."

렌이 상태 이상이 될 걸 각오하고 저주받은 아메노무라쿠모노츠루기로 검을 변화시켜 보였다.

곧 원래대로 돌아왔지만, 렌은 가벼운 현기증을 느끼는 듯하다.

"꽤 귀찮은 저주가 걸린 것이로군. 하지만 그 안에 뭔가 빛도 섞여 있어."

"그러고 보니 그 무기를 사용할 때 나타나는 숫자는 어떻게 되어 있어?"

"조금씩 줄고는 있지만 잘 모르겠어. 좀 더 경과를 기다려 줘."

등록하고 나서 꽤 지났는데도 아직 그런 상태인가.

렌이 가질 강력한 무기로 변화해 주기를 빌 뿐이다.

적어도 죽음의 카운트는 아니면 좋겠군.

"쿠텐로에 무수한 봉인을 쳐야 할 필요는 없을 텐데…… 대체 어떤 마법식을 펼쳤는지 경위가 불명이군요."

"우리 시대와 이 시대에는 인식에 차이가 있는 것 같군."

알 수 없는 일이 많아서 곤란하다.

그래도 이 시대에서 알게 되는 일이 있으면 된다.

그저 돌아갈 방법을 찾는 것만이 아니라, 이후의 싸움에도 대비할 수 있을 정보는 모아 두고 싶다. 우리는 절대 일방적으로 손해만 보는 일이 없거든?

그런 식으로 현재 상황을 설명하며 시간을 들여 마을에 도착했다.

그러자 이미아가 나를 보고 달려왔다.

"방패 용사님."

"왜 그래? 우리가 나가 있는 동안 무슨 일이라도 있었어?"

"아뇨, 어쩌면 별것 아닐지도 모르지만, 키르 군이 행상을 나갈 시간인데 오지 않아서…… 찾고 있던 참이에요."

"키르가?"

"그 시끄러운 녀석이? 별일인걸?"

포울도 걱정하고 있다.

"그 개가? 어차피 어딘가에서 노느라 집합 시간을 잊었다거나 한 게 아닐까?"

"그러면 좋겠지만……."

그때 나타리아가 포울을 응시했다.

"아까부터 신경 쓰였는데, 이계의 권속기…… 아마도 건틀릿, 아니면 주먹과 관련된 용사인가요?"

"내 이름은 포울. 이건 건틀릿이고…… 나는 건틀릿의 칠성용사야."

"흠……. 어쩐지 본 것 같은 외견을 한 종족이군……. 이세계의 아인종인가."

수룡이 포울을 보며 말했다.

아아, 그렇지.

파도로 세계가 융합하기 전에 없었다는 말은, 하쿠코 종은 검과 창의 세계에 있었을 가능성도 있나.

"하지만…… 누님의 선조라지만 정말 많이 닮았군. 멀리서 보면 착각할 것 같아."

"머리 길이가 다르니까 구분은 할 수 있지만 말이야."

완전히 빼닮았다고 할 정도는 아니라도 의복이 매우 닮았다.

게다가 선조와 자손이기까지 하니 착각할 가능성이 없지는 않은가.

"암튼 키르가 없다는 말이지?"

"예."

"키르 군, 이런 중요한 때 대체 어디로 놀러 간 걸까요."

"피엔사의 자객에게 유괴되었다거나? 그런 전개는 엄청나게 싫지만 그 개는 꽤 강해서 쉽게 잡히진 않을 텐데."

그때는 짖어대며 날뛸 테고.

필로리알을 포함해 시끄러움이 생물 형태로 움직이는 것 같은 녀석이라고.

"하지만 트라우마 건도 있고, 허를 찔리면……."

음……. 확실히 라프타리아의 말 대로다.

"그런데 방패 용사님…… 찾을 수 없으세요?"

키르는 형식상 내 노예로서 노예문이 새겨져 있다.

나 말고는 확인할 수 없다. 그렇기에 포울과 이미아가 묻는 거겠지.

스테이터스에서 노예문 항목을 찾아 키르가 어디에 있는지를 확인한다.

"흠, 그리 멀리는 가지 않았군. 저기야."

마커로 어디쯤 있는지 판명이 가능하다.

마력적 자장이 있거나 방해 공작이 들어오면 탐지할 수 없는 게 난점이지만.

그러나…… 이렇게 계속해서 문제가 일어나면 느낌이 안 좋군.

조정자인 나타리아가 시찰하러 온 직후에 이렇단 말이지.

나 참…… 나중에 키르에게 벌을 줘야 하려나?

그런 생각을 하며 마을 안으로 들어가자 나타리아가 주위를 힐끔힐끔 둘러보았다.

"저 식물로 만들어진 집은 뭔가요? 미래에는 묘한 마법이 있군요."

"저건 바이오 플랜트를 방패의 기능으로 개조해서 만든 캠핑 플랜트야. 바이오 플랜트도 이 시대에는 없는 모양이군."

"여기에는 묘한 것들이 넘치는군요. 이세계에서 온 유입물이나 사악한 연금술사의 작품으로밖에 보이지 않아요."

이곳과 다른 이세계에만 있는 물품은 알아볼 수 없게 되어 제대로 기능하지 않게 되는 것도 있지만, 바이오 플랜트는 키즈나의 세계에서도 기능했었다.

어떤 기준인지 지금은 전혀 모르겠지만 본 적이 없는 물품은 이세계의 것이라고 생각하면 특별히 이상할 게 없을지도 모른다.

"심으면 곧장 자라지만 변이성이 과도해서 개조하기 전까진

재해만 불렀던 위험한 식물이었어. 다행히 개조했더니 가설 주택으로도 쓸 수 있는 편리한 식물로 변했지만.”

“편리하다고는 생각하지만…….”

“마음은 알겠어요. 이곳은 원래 제가 자랐던 마을이지만, 나오후미 님이 개척을 시작하면서 점점 원형에서 멀어져 가고 있어요.”

“용사는 환경에 다양한 영향을 끼치는 경향이 있군요……. 그저 나쁜 것이라고 단언할 수 없어서 고민하는 건 어느 시대나 똑같네요.”

나타리아와 라프타리아가 어쩐지 의기투합한 듯한 느낌으로 이야기를 나눈다.

괜히 험악한 분위기가 되는 것보다는 나으려나?

그런 이야기를 하던 나타리아가 걸음을 딱 멈추더니 눈을 가늘게 떴다.

“……왜 앵광수가 이 마을에?”

“아, 그것도 바이오 플랜트와 교배해서 옮겨 심은 거야. 뿌리가 잘 내리게 하는 데 고생했지.”

“앵광수에도 손을 댈 줄은…….”

나타리아가 부들부들 떨리는 목소리를 냈다.

“아, 곤란해! 나오후미!”

마모루와 렌이 함께 초조한 표정을 지었다.

“흠흠……. 이건 재미있게 되었구만. 저 망나니 나무조차 이렇게 사역할 수 있다니, 화내기 전에 감탄해야 하지 않겠나?”

여기서 수룡이 나타리아를 달래듯이 말을 걸었다.
“그것과 이건 별개예요! 이런 모독을 받아들이라는 건가요!”
“모독이라고 받아들이는 건 너뿐이지. 이 마을에 들어올 때 눈치채지 못했나? 망나니 나무가 내는 의지를. 이건 나무가 동의한 후에 이설한 게야.”
“뭐라고요?”
“라~프~.”
여기에서 라프짱이 마을에서 가장 높이 자란 앵광수를 가리키고 인도하듯이 손으로 신호를 보냈다.
나타리아는 앵광수에 다가가 줄기에 손을 댔다.
후웅 하며 잠시동안 앵광수의 빛이 약간 강해졌다.
“…….”
나타리아가 약간 미간을 찌푸리고, 한숨을 내쉬며 돌아왔다.
꽤 재주가 많구나……. 라프타리아도 저런 느낌으로 이것저것 배웠으면 좋겠다. 나중에 도움이 될 듯하다.
“세계를 위해 앵광수도 힘을 빌려주고 있는 것이겠지. 부지내의 반응에서 보아 앵광수 자체를 크게 변질시키지는 않았으니 말이다.”
그러고 보니 쿠텐로를 공략할 때 가엘리온이 파편을 통해 수룡에게서 앵광수의 조작 방법 같은 걸 배웠던가? 즉 수룡은 앵광수에 대해 잘 알지도 모른다.
“결계의 효과도 있는데, 묘한 의식이 그 범위를 악용한 모양이로군.”

오? 수룡도 호른과 같은 말을 하고 있군.

어떤 단서가 될지도 모른다.

"앵광수가 힘을 빌려주고 있다는 건 알겠습니다만 납득이 가지 않아요."

"머리가 딱딱하면 앞날이 걱정되는걸."

수룡이 어쩔 수 없다는 듯 나타리아를 달랜다.

이건 일단 넘어간 거지?

"마음은 알겠어요."

"알아주는 게 또 서글퍼요."

라프타리아와 나타리아가 점점 사이 좋아지는군.

상사인 나를 가상의 적으로 삼아 친해진다면 그건 그거대로 움직이기 좋지만.

"나오후미 님, 나타리아 씨를 회유하고 싶으시다면 요리를 대접하는 게 빠르다고 생각해요."

라프타리아가 흘기는 눈으로 지적했다.

큭……. 최근 라프타리아의 감각이 한층 더 예리해진 느낌이 든다.

눈치가 빨라져서 좋은 걸지도 모르지만 얼버무리기 어렵다.

"독물이라도 내놓을 생각인가요?"

"나오후미 님은 차라리 그쪽이 낫다고 생각하게 할 수 있는 분이에요."

"흠……. 그건 기대되는군."

"미래의 방패 용사님은 당신을 즉각 포섭할 수 있는 사람인 모양이니까요."

"포섭은 무슨, 듣기 거북하군……. 그건 발견이라고 하는 것이다."

뭘까.

쿠텐로라는 연결 고리로 라프타리아가 저 둘을 점점 포섭하는 느낌이 들었다.

빨리 이야기를 돌려야겠는걸.

"읏차, 그런 것보다 키르를 빨리 찾아야지. 귀찮으니까 노예문을 발동해도 되겠지만……."

그런 식으로 키르의 반응을 좇았더니…….

"어라, 대공. 사람을 잔뜩 데리고 뭘 하고 있어?"

라트의 연구소 앞에 도착했다.

윈디아와 함께 마을의 마물을 진찰하고 돌아온 듯한 연구소 대표 라트가 나에게 말을 걸었다.

"검의 용사와 이 시대의 천명이란 사람을 만나러 간다고 들었는데……."

윈디아의 시선이 나타리아와 수룡…… 아니 수룡 쪽에 못 박혔다.

"용에게서 총애를 받는 냄새가 나는 자로군. 이 몸은 수룡, 용제인 동시에 수호룡이다."

"수호룡……. 잘 부탁드려요."

그 윈디아가 정중하게 대답했다. 신사적으로 대화하는 드래곤 상대로는 저렇게도 반응하나.

렌이 조금 복잡한 표정을 짓고 있다.

"이야기를 나눌 수 있었거든. 우리 마을에 시찰을 왔는데 공교롭게도 키르의 행방을 모른다는 모양이라. 이렇게 마을을 돌며 찾고 있어."

"무슨 상황인지는 알겠는데 우리 연구소에 무슨 용건?"

"그게, 키르가 이 앞에 있는 것 같거든."

"그 애가? 대체 무얼 위해?"

"……키르 군? 그러고 보니…… 확실히 방패 용사랑 사람들이 나가기 조금 전이었나? 이 여자의 선조일지도 모르는 여자랑 뭔가 이야기를 하고 있었는데?"

라트의 선조…… 호른 말이지?

호른과 키르가 이야기를 했다고? 으음……. 접점을 상상할 수가 없다.

그렇게 생각하고 나타리아를 경계하는지 침묵하던 마모루를 보자 약간 안절부절못하며 우리를 보고 있다.

"마모루 오빠?"

시안이 불안한 듯 마모루에게 말을 걸었다.

"방패 용사, 그 반응……. 뭔가 짚이는 것이라도 있습니까?"

"다프~!"

다프짱도 나타리아와 함께 마모루에게 질문한다.

굳이 따지자면 네 동료니까.

"호른이라고! 내가 그 녀석 하는 일을 관리할 수 있을 리 없잖아!"

"그렇겠죠. 그 사악한 자칭 연금술사가 폭주한면 분명히 막을 수 없을 거예요."

"그렇게 넙죽 이해하는 거냐."

나도 모르게 태클을 걸고 말았다.

호른의 위험성이 얼마나 잘 알려져 있는 건데? 유능하다고 생각했지만 위험한 존재였던 거냐?

라프타리아가 내 팔을 잡고 흔들었다.

"그렇다면! 키르 군의 몸이 위험해요! 나오후미 님! 빨리 찾죠!"

"뭐라고 해야 하지, 그런데 나타리아가 용케도 벌을 안 줬군."

"벌하고 싶지만, 채찍의 권속기가 굉장히 호의를 보이는 소지자인 듯해서요. 파도와 맞설 때는 성실하게 일하니까서 벌하는 건 보류하고 있어요. 적어도 그 사람이 유능한 건 알고 있으니까요……."

채찍의 정령의 판단 기준을 모르겠어!

그 정령, 타쿠토의 소유물이기도 했고, 이래저래 맛이 간 성격인 거 아냐?

물론 타쿠토 때는 붙잡혀 있던 것이지만.

그건가? 쓰레기를 마음에 들어 하는 지팡이의 칠성무기랑 같은 원리인가?

"그렇긴 해도 그렇게까지 위험한 녀석을 벌하지 못하다니, 너……."

질린 내가 나타리아 쪽을 불쌍해하듯 바라보자, 본인이 땀을 흘리며 시선을 피했다.

"이쪽에도 다양한 사정이 있는 걸요! 그렇게 보는 걸 멈추지 않으면 천명의 무서움을 알게 해 드리겠어요!"

"참으로 딱한 모습을 보이고 있군……."

수룡조차도 나타리아를 불쌍해하는 어조로 중얼거렸다.

점점 입지가 좁아져 가는군.

반대로 말하면 라프타리아와 분위기가 닮아서 호감도가 오르고 있다.

"다프~!"

이때 다프짱이 소리를 내며 연구소를 몇 번이고 가리켰다.

쓸데 없는 소리 그만두고 빨리 가라는 뜻인가?

"아아, 알겠어. 그럼 나타리아는 그 여자를 혼내기 좋은 명분이 생긴 것 같으니 죽지 않을 정도로 벌을 줘."

"……알았어요."

죽으면 곤란하니까.

제길……. 그렇게 생각하면 호른은 정말 골치 아픈 포지션에 있는지도 모르겠다.

그리고 우리는 키르 탐색을 재개해 연구소 안으로 들어갔다.

그래서…… 연구소 안으로 들어가 라트의 연구실 앞까지 금방 도착했다.

키르의 반응도 일단 이 방을 가리키고 있긴…… 한데.

어쩐지 묘하게 아래쪽으로 화살표가 나타나는 게 신경 쓰인다만…….

"이 앞방에…… 있다고 생각해."

"왜 그러시나요?"

"뭐라고 해야 하지…… 확실히 좀 묘해서."

"하아……."

라트는 연거푸 연구소 안에 있는 파이프를 보고 있지만, 대체 왜 그러지?

"경비 장치 같은 게 이 앞에 있나?"

"대공도 이곳 건설에 관여했잖아. 특별한 건 없는데……."

어쩐지 평소보다도 라트가 안절부절못하는 느낌인데?

"이 여자가 좋아하는 마물의 모습이 없는 거야. 평소에는 연구소에서 돌아오면 곧장 파이프를 통해 나타나는데."

윈디아의 설명으로 떠올렸다. 그렇지…… 라트가 기르고 있던 묘한 마물인가.

무슨 마물인지 잘은 모르겠지만 시험관 안에 있던 그것임은 알겠다.

그런데 그 생물, 이 연구소 안의 파이프를 타고 이동할 수 있었나.

분명히…… 라트가 미 군이라고 부르던 녀석이었으리라.

"미 군은 내 친구야! 무얼 해도 잘 안 되지만 노력가인 좋은 애라고."

"그래그래. 그래서 그 녀석은 뭔데?"

마물을 좋아하는 연구자……. 포브레이에서 추방당한 연금술사인 라트가 소중히 여기는 마물이니까 꽤 위험할 것 같다. 큰 상처를 입은 탓에 시험관 안에 있다는 모양이지만.

예를 들어 라트가 만들어 낸 오리지널 괴물로, 시험관 밖에 나오면 영귀 급의 강함을 갖고 날뛴다거나…….

"내가 포브레이에서 추방당할 때 타쿠토를 따르던 파벌 녀석들이 이단이라며 내가 신세를 진 마물들을 학살했고…… 그때 간신히 지켰던 유일한 애야. 빈사 상태였지만."

라트는 포브레이에서 상당히 유능하다고 알려진 연금술사였던 모양이지만 타쿠토 때문에 한 번 모든 걸 잃었다고 했지.

그 포브레이에 있을 때 소중히 여겼던 마물 중에서 살아남은 개체인가.

플라스크 안을 떠다니는, 풀린 근섬유 같은 생물…… 얼핏 보면 털뭉치로밖에 보이지 않았다.

그 배양액은 비쌀 것 같았다. 바이오 플랜트로 생성했을까?

"그 애를 최고의 마물로 만들고 싶다는 것도 내 꿈이야."

그러고 보니 라트는 내 마을에 왔을 때도 비슷한 말을 했었군.

마물도 파도를 상대로 싸울 수 있음을 증명하겠다고.

미 군이란 녀석은 그 꿈을 짊어지고 있는 건가.

"……레벨을 올려서 클래스 업을 하면 평범하게 강해지지 않을까?"

이렇게 생각하는 건 나의 오만인가?

이 세계는 꽤 게임 같고, 몸을 단련할 거라면 우선 레벨을 올린 후에 하면 된다는 이미지가 앞선다.

모두 단련을 하고 있지만 우선은 토대부터 만들어야 한다고 생각했었다.

뭐…… 저레벨에 단련하면 그만큼 성장이 좋아진다는 법칙이 있는 것 같긴 해도.

어쨌든 채찍의 강화 방법이 판명된 지금이라면 우리에게 부탁하면 될 텐데.

"그게 가능하면 고생하지도 않아! 그 애는 연명 장치의 영향으로 이것저것 문제가 있다고! 경험치를 몸이 받아들이지 못하니까!"

으헉……. 그런 증상까지 있나. 이젠 강화가 아니라 치료를 해야만 하겠는걸.

"가엘리온에게서 채취한 거라든가 이것저것 모았으니까, 치료 일정이 세워지면 그 애를 바깥 세상으로 내보내 줄 셈이었어."

"완성하기 전에 세계가 멸망할 것 같은 연구로군."

이단으로 쫓겨난 것치고는 연구 방법이 견실하다고 할까, 준비에 준비를 거듭하는 스타일이니까.

호른이 그 점을 지적할 정도로 라트는 움직임이 느리다.

역시 이것도 타쿠토와 관련되면서 생긴 트라우마 같은 것일지도 모르겠군.

……지금까지의 행동에서 보면 생명을 우선해서 인체 실험까지는 손대지 않을 듯한 느낌도 든다.

"상당히 진행됐다고!"

"그래, 알겠다니까."

"저어…… 너무 쉽게 넘어갔지만, 꽤 위험한 연구 아닌가요?"

"라프타리아, 파도에서 나오는 녀석을 포함해 우리의 적은 어떤 비열한 수단이라도 쓰거든? 이 정도 일을 양식 밖의 일이라며 막으면 이길 수 있는 싸움도 지게 되지 않을까?"

"……귀가 따가운 말이네요."

나타리아가 약간 탄식하듯 중얼거렸다.

"채찍의 정령이 저 연구자를 좋아하는 데는 그만한 이유가 있겠죠. 마음에는 안 들지만."

"너무 긴장하고 있으면 지칠걸? 릴랙스하고 우리가 할 수 있는 일을 하면 되는 거야."

루프트가 편안한 어조로 말했다.

뭐랄까, 루프트는 서서히 거물 느낌이 나오지 않나?

"나오후미 님의 실험체가 된 루프트 군이 할 말이 아니네요."

"어라~?"

어이, 루프트. 그건 실디나 흉내냐?

"……."

"마모루 오빠?"

그런 대화를 조용히 지켜보던 마모루에게, 시안이 고개를 갸웃거리며 말을 걸고 있다.

이야기에 끼어들 필요는 없지. 그보다 호른과 키르가 중요하다.

"뭐, 됐어. 쓸데없는 이야기는 이쯤하고 방에 들어간다! 단순히 키르가 라트가 좋아하는 마물과 이야기를 하고 있을 뿐인지도 모르고."

가능하면 그랬으면 하는 바람을 말하고, 나는 연구실 문을 열었다.
그러자 거기에는…… 아무도 없었다.
"없네요?"
"예."
"미 군도 없어."
커다란 수조에 라트가 좋아하는 마물이 없다.
"키르의 반응은……."
있는 방향을 조사하자…… 살짝 아래를 가리키고 있다.
이 방에 아래로 뚫린 길 같은 건 없었을 텐데…….
키르 녀석은 대체 어디에 있는 거지?
"나오후미 님? 키르 군은?"
나는 말없이 아래로 시선을 옮겼다.
"이미아, 마을 지하에는 너희가 사는 구역이 있었지?"
"예. 하지만 이 근처는 파지 않았는데요? 라트 씨의 연구소를 함몰시키면 위험하다고 생각해서……."
이미아를 대표로 하는 르모 족 노예들은 영리하다.
절대로 함몰 같은 게 일어나지 않도록 지하를 팠으리라는 건 나도 알고 있다.
거주 구역을 시찰했을 때 본 바로는 꽤 튼튼하게 만들어져 있고, 지지대 같은 것도 설치해서 본격적인 지하 거주 구역이라는 느낌이었다.
"이런 공간 인식은 범고래 자매가 있으면 편했을 텐데."
그 녀석들은 초음파로 주위를 파악하는 모양이라 벽 너머에 있는 상대도 어느 정도 구분하니까, 뭔가 있다면 금방 발견해 줄 정도로 우수하다.

으음……. 라트가 연구실에 설치된 단말, 이 세계 독자적인 석판 같은 기재를 다닥다닥 두드리기 시작했다.

"음…… 묘한 장소는…… 어? 뭔가 이상해. 교묘하게 뭔가 숨겨져 있잖아?"

계속해서 다닥다닥 기재를 조작하는 걸 보며 나도 불길한 예감이 들어 캠핑 플랜트의 조작 항목을 체크했다. 그리고 마법 언어를 사용했다.

"……관리자 권한, 최중요 항목, 잠금 해제. 열어라."

이건 캠핑 플랜트를 제작했을 때 설치한 것으로, 마을 녀석들이 자물쇠를 걸어도 내가 억지로 들어갈 수 있도록 한 것이다.

다른 용사들이 뭔가 해서 캠핑 플랜트를 조작할 수 있게 되어도 내 명령에는 거역할 수 없도록 초기 프로그램에 끼워 넣었다.

이걸 파괴한 경우 캠핑 플랜트는 정상적으로 기능하지 못하고 자멸하게 되어 있다.

나는 모두에게 선의로 캠핑 플랜트를 제공하고 있을 뿐이다. 독점하려는 녀석에게 쓰게 할 마음은 없다.

물론 초기화도 가능하다.

연구실 정중앙에 푸욱 하는 소리를 내며 지하로 가는 계단이 나타났다.

"앗! 이게 뭐야!"

라트 쪽도 뭔가 알아챈 듯하다.

"대공, 봐! 저기에 설정한 기억이 없는 배관이 있어!"

라트가 수조를 가리켰다. 그 앞에는 계단과 마찬가지로 구멍이 나타나 있다.

"점점 불길한 냄새가 나는걸."

"게다가 꼼꼼하게도 지하 시설을 만든 후에 캠핑 플랜트에서 응고제를 생성해 굳힌 것 같아. 이러면 대공도 건드릴 수 없어."

이런 짓을 할 법한 녀석의 책임자에게 시선을 돌렸다.

그러자 책임자, 즉 마모루가 움찔해서 땀을 닦으며 시선을 피했다.

"이건 호른이 한 거라고 봐도 문제 없겠지?"

"아마도 그렇겠네요. 그 사악한 연금술사가 좋아할 장치예요."

나타리아와 함께 마모루를 노려본다.

역시 이 정도까지 오면 간과할 수 없다.

"그, 그렇다고 생각하지만 나는 아무것도 몰라!"

"……."

이번에는 시안이 말없이 고개를 숙이는데?

뭔가 짚이는 곳이라도 있나……. 뭐, 호른은 사고 칠 것 같지.

"그렇겠지. 아니면 일부러 이런 곳까지 함께 오진 않을 테니. 그렇긴 해도 우리에게 숨기고 뭘 했는지 밝혀내야만 해."

"우수한 분인 건 알았지만 왜 이런 짓을……."

라프타리아가 탄식한다. 렌과 포울도 비슷하게 어처구니없어 하고 있다.

"나오후미를 상대로 이런 짓을 하다니……."

"겁이 없군."

그 반응은 이상한데?

이전부터 생각했지만 너희가 나에게 품고 있는 이미지를 한 번 파헤쳐 보고 싶다.

"그렇다는 건…… 빨리 키르를 찾는 게 좋을지도 모르겠군. 이전에 키르와 사람들의 트라우마 건을 그 녀석이 들었을 때 '왜 나—에게 상담하지 않을까?' 고 중얼거리는 걸 들었어!"

포울이 이제 와서 초조한 듯 말했다.

늦어! 연구소에 온 단계에서 기억해 냈어야지!

뭘까. 호른과 키르와 라트가 좋아하는 마물이라는 조합이, 점점 싫은 방향으로 상상을 부풀려 간다.

그 녀석은 키르의 트라우마를 어떻게 해결할 셈인데!

"서둘러 내려가자!"

라트가 우리보다 먼저 지하를 향해 달려갔다.

"어, 어이!"

"그 여자, 용서 못해! 아무리 선조라고 해도 미 군에게 뭔가 했다간 갈가리 찢어서 바라는 대로 실험 재료로 써 주겠어!"

으앗, 라트에게 이상한 스위치가 켜진 것 같다. 평소에는 쓰지 않을 법한 위험한 말을 내뱉고 있어.

"좋아! 우리도 가자!"

"아, 방패 용사."

윈디아가 나를 멈췄다.

"우리가 들어간 후에 그 여자의 선조가 여기서 도망치지 않는다고 단정할 수 있어?"
"그렇군."
라트를 잘 아는 윈디아이기에 할 수 있는 발상인지도 모른다.
"그럼 렌과 포울, 윈디아와 이미아는 대기하면서 마을 녀석들에게 명령해 연구소를 감시해 줘. 개미 한 마리 놓치지 마!"
이 표현이 통할까 생각했지만, 렌과 포울은 고개를 끄덕였다.
직후, 주위에 지진이 일어나기 시작했다.
"뭐, 뭐지?!"
서둘러 연구소 밖으로 나오자, 마을을 둘러싸듯 바이오 플랜트로 만들어진 듯한 탑이 쑥쑥 생겨나고 있었다.
"탑?"
그리고 탑 최정상이 번쩍 번쩍 빛을 냈다.
굉장히 불길한 예감이 든다.
살펴보니…… 타워 플랜트라는 마물명이 보였다.
그 직후, 연구소 안에서 목소리가 들려왔다.
「이런 이런, 들키고 만 모양이네.」
"호른! 무슨 속셈이야!"
마모루가 미간을 찌푸리며 물었다. 그러나 호른은 들리지 않는지, 아니면 사전에 녹음해 둔 목소리였는지 무시하면서 설명을 계속했다.
"내—가 만든 연구 구획에 들어오려면 밖에 있는 탑들 최정상에 있는 장치 모두에 한 명씩 대기해서 접촉해야만 해. 탑은 전부 일곱 개 있고. 열심히 조건을 채워 봐. 그럼 기다리고 있을게~."

치직 하는 소리가 나며 목소리가 끊겼다.

"……."

마모루가 질렸다는 느낌으로 어깨를 축 늘어뜨리고서 머리에 손을 댔다.

"저 연구자가 좋아할 만한 장난이네요. 이번에 적당한 완구가 들어와서 이런 실험을 하는 거겠죠."

완구란 바이오 플랜트 말인가? 가당치도 않은 짓을 하는군.

꼼꼼하게도 내 명령을 받지 않게 하는 장치까지 넣어 둬서, 명령이 무력화되어 있다.

이제는 바이오 플랜트를 참고로 다른 대용품을 만들었다고 해도 과언이 아니다.

"이런 장난을 벌였으니 제대로 벌해 봐."

"그러고 싶지만, 이런 장난 뒤에 파도가 오면 비슷한 느낌으로 악의가 어린 함정이 있곤 하거든요……. 정말 싫지만 그 덕에 극복한 적도 있었고……."

뭐? 파도 때 그런 귀찮은 일이 일어나기도 하나?

그저 마물이 들이닥쳐서 쓰러뜨리면 되는 게 아니었나?

렌 쪽을 보자 시선을 돌리며 수긍했다.

"파도가 일어났을 때의 이벤트 설정에서 본 기억이 있어. 기간 한정이었지만. 그것도 몇 명이 동시에 행동하지 않으면 안 되니까 혼자서는 귀찮았던 기억이 나."

으헉……. 짜증 나는 이벤트가 있군.

"사람이 죽을 정도의 장난은 아니겠지만 참 귀찮은 짓을…….

호른은 뭘 꾸미고 있는 거지."

"그런데…… 이 장치는 곧장 부술 수 없나?"

"시험해 보자! 헌드레드 소드 X!"

렌이 탑 하나를 향해 무수한 검을 출현시켜 퍼붓는 스킬을 날렸다.

째재쟁 하고 탑의 결계를 넘어 탑 하나가 무너지고…… 다음 순간 새롭게 생겨나 빛나기 시작했다.

"지시대로 장치를 해제하지 않으면 안 되는 거겠지. 재생하는 것 같으니 파괴해도 의미가 없겠어."

정말 귀찮구만!

"다프~!"

다프짱이 처음부터 의욕 만점인 건 어째서일까.

"나오후미, 탑 쪽은 우리가 어떻게든 할 테니까 너희는 머리를 써서 연구소 지하를 빠져나가 주지 않겠어?"

렌이 터무니없는 요구를 했다.

번거로운 탑 공략은 맡기고 과감하게 돌파하라니……. 뭐, 나도 그게 가능하면 좋겠지만.

"……알았어. 일단 가능한지 실험은 해 볼게. 그쪽은 부탁해."

"마모루 오빠, 나도 함께 가고 싶어."

시안이 마모루의 손을 잡고 제안한다.

"시안은 의외로 전투 센스가 있으니까 말이지. 허를 찌를 수 있을지도 모른다고?"

"……그래, 알았어. 시안…… 도와주겠어?"

"응!"
"좋아! 가자!"
이렇게 해서 우리는 연구실 지하 통로로 들어가게 되었다.

6화 미 군

자, 우리는 라트의 연구소에서 발견한 새로운 지하 시설로 침입했는데, 그 멤버를 확인해 두자.
상황 판단은 중요하니까.
우선 나, 라프타리아, 루프트, 라트, 마모루, 시안, 나타리아, 수룡, 그리고 라프짱 1호와 2호다.
다른 녀석들은 연구소 밖에 생겨난 탑을 공략하고, 탈출 통로 등이 확보되어 있을 경우에 대비해 정찰하고 있다.
이런 장치를 준비한 정도로 우리에게서 도망칠 수 있다고 생각하면 안 되지.
이 마을에는 르모 종이라는 땅속 엑스퍼트가 있다.
탈출 통로 같은 게 있다면 거꾸로 발굴해 주지.
또, 세인과 레인은 아직 오지 않았다. 소란이 일어난 건 봤을 테니 곧 오겠지.
그렇게 해서 지하 시설에 침입한 우리였지만…… 들어오고서 금세 살풍경한 복도에서 정체 불명의 투명한 장벽에 부딪혔다.

"방벽인가?"

쿵쿵 벽을 두드려 봤다.

"나오후미 님의 유성방패 비슷한 거네요."

"흠."

일단 이 중에서 가장 공격력이 높을 듯한 라프타리아에게 부수도록 눈으로 신호를 보냈다.

일단은 힘으로 밀어 보는 게 제일이겠지.

라프타리아가 작게 심호흡을 하고 칼을 쥐었다.

"순도(瞬刀) · 하일문자(霞一文字)!"

팅! 하고 수수께끼의 장벽에 불꽃이 튀고 소리를 내며 찢어졌다.

좋아! 돌파했나?

그렇게 생각한 직후, 장벽이 즉시 재생되어 원래 형태로 되돌아가고 말았다.

"아무리 공격력이 있어도 금방 재생하면 의미가 없다……는 거로군."

"예상대로이긴 하지만, 귀찮군……."

베는 동시에 빠져나간다거나 할 수는 없을 것 같다.

우선 결계에 손을 대고 플로트 실드를 안에 출현시키자 곧장 튕겨 나왔다.

"거기에 반발 작용까지 있는 모양이군요."

엄중한 결계로군. 무슨 수로 이렇게 튼튼한 결계를 만든 거야.

갑자기 침입이 막혔잖아.

위쪽에서 쿵쿵 하고 시끄러운 소리가 들려왔다.

렌과 포울 일행이 바이오 플랜트 탑을 공략하고 있는 광경이 상상된다.

"어떻게든 하고 싶지만 완력으로는 무리일 것 같군……."

"이런 방어 결계를 돌파하는 방법은 도리어 방패 용사들 쪽이 잘 알지도 몰라."

초조해하는 라트가 중얼거렸다.

어디 보자, 이 결계는 반응상 유성방패랑 같지?

원격 조작으로 발생시킨 유성방패라고 생각하면 된다. 유성벽이라고 말해도 될지 모른다.

그럼…… 유성방패의 근본적인 약점은 뭐지?

참고로 내 경우 기를 불어 넣어 파괴된다 해도 그건 유성방패뿐이지 나 자신에게는 대미지가 없다.

"아군이라고 인식한 자는 빠져나갈 수 있는 편리성이로군."

마모루가 그렇게 말하는 것과 동시에 나도 설명한다.

"같은 파티에 속해 있으면 지나갈 수 있어. 그럴 수 있다면 인증만 통과하면 탑의 장치를 해제할 필요가 없지."

"저어…… 그건 어떻게 하는 건가요?"

"음. 구조 자체는 이해할 수 있어도 끼어드는 건 어렵군."

나는 거기서 수룡 쪽을 보았다.

"쿠텐로에서 수수께끼의 결계를 생성하고 있는 너라면 잘 알지 않아? 그리고 여기를 생각해. 앵광수가 마을을 지키듯이 자라고 있잖아?"

"아아, 그렇군. 결계에 결계를 부딪쳐서 연결 통로를 만들면 되겠네."

라트가 뭔가 떠오른 듯 중얼거리더니 계단을 올라 기재를 조작하기 시작했다.

그러자 캠핑 플랜트가 결계를 향해 덩굴을 뻗더니, 어째서인지 덩굴 끝이 빛났다.

"결계에 결계……."

나와 마모루가 호흡을 맞추어 유성방패를 전개해 장벽을 향해 전진시켰다.

하지만…… 장벽에 부딪칠 뿐 그 이상 전진시킬 수 없다.

생각한 것보다 어렵군.

"라프~."

"귀찮은 짓을……. 그렇긴 해도 신속하게 사태를 해결하려면 필요한가."

수룡도 결계에 접촉해 중얼거렸다.

"쿠텐로의 결계 구조를 앵광수의 파동에 맞추어 신청…… 어이, 도와주지 않겠나."

수룡이 나타리아에게 말을 걸었다.

"……알았습니다."

그리고 나타리아가 심호흡을 하고서 품에서 부적 같은 걸 꺼내 쥐었다.

"오행천명진(五行天命陣) 전개."

아, 이거 본 기억이 있다.

라프타리아도 이전에 사용했던, 앵천명석의 힘을 발동시키는 진을 작동시키는 행동이다.

"그럼 나도 도울게."

루프트도 나타리아의 마법진에 끼어들어 영창에 들어갔다.

라프타리아? 여기서 참가하지 않으면 힘만 센 캐릭터가 되어버릴걸?

"나오후미 님, 그런 눈으로 저를 보지 말아 주세요. 알고 있어요."

물론 라프타리아도 함께 영창을 시작했다.

"……셋이나 있으니 상당한 힘이 나오는군요. 본래는 허락해선 안 될 행동이지만……."

"앵광수도 있다. 이러면 간단히 할 수 있겠지……. 문제는 타이밍이다. 외부의 녀석들이 하나라도 탑을 공략하면 그만큼 알기 쉬워질 터다."

신속하게 공략이라……. 이루어지면 좋겠군.

"하지만 방패 용사들은 상성이 그다지 좋지 않군. 물러서 있게."

"그래그래."

이윽고 라프타리아 쪽에서 전개한 마법진이 장벽에 부딪혀서 불꽃이 튀었다.

라트가 조작하는 덩굴이 그걸 휘감아 더더욱 불꽃이 튀게 하며 마력적인 무언가를 흘리기 시작했다.

이렇게 보면 상당히 볼만하군.

나와 마모루는 지켜보기만 하는 상태인 게 미묘하게 신경 쓰이지만.

장벽 셋이 부딪히며 혼선을 일으켜 라트도 힘겨워하는 걸 알 수 있었다.

모두의 협력 덕분인지 마침내 장벽에 한 명이 지나갈 정도의 틈이 생겨났다.

"좋아, 갈 수 있나!"

"그, 그렇게 말하긴 어렵군……."

수룡이 힘들어하는 모습으로 말했다.

"간신히 반발 작용을 무효화하고 인증을 속이는 정도야. 이쪽 결계의 발생원인 드래곤과 천명들 덕분에 유지할 수 있지만, 그만두면 즉각 튕겨나."

라트가 조작을 멈춘 듯 계단을 내려왔다.

원격으로 그 정도까지 알 수 있다니 꽤 대단한걸.

"그럼…… 결계를 만든 사람들은 갈 수 없단 말인가?"

"아뇨……. 유지만이라면 저와 수룡이 어떻게든 할 수 있습니다. 오히려 이 이상 다른 사람의 힘이 흘러드는 걸 수정하는 쪽이 어려운 단계이니, 모두 들어가서 그 연금술사를 포박해 주세요."

나타리아가 그렇게 말하며 우리에게 먼저 가도록 재촉했다.

"음…… 그게 좋겠군. 하나 방패 용사들도 착실히 결계를 생성해 두도록. 안의 반발력은 그 정도로 강력하다."

"즉 후방에서 원군을 데려와서 모두 이 틈을 통과하는 건 어렵다는 거로군?"

내 질문에 수룡과 나타리아가 괴로운 듯한 표정으로 수긍했다.

"알았어. 빨리 호른을 포박하거나 이 폭주를 멈추게 하지. 기다리고 있어 줘."

마모루가 둘에게 그렇게 말하며 시안과 함께 틈을 빠져나가 유성방패를 다시 펼쳤다.

……다른 방법이 없나.

나도 유성방패를 꺼내 틈과 겹치도록 세우고, 모두가 지나가기 쉽게 했다.

"라프타리아와 루프트. 그리고 라프짱들."

"예……. 나타리아 씨, 정말로 괜찮을까요?"

"저를 얕보지 말아 주세요."

라프타리아는 나타리아를 걱정하며 틈을 지나갔다.

"그럼 나도 갈게."

루트도 힘을 전달하는 걸 멈추고 나아갔다.

"그 여자를 붙잡는 것보다도 이 결계 생성 장치에 액세스하는 걸 우선해야겠네. 그걸 잊지 않도록."

라트도 루프트를 따랐다.

확실히…… 이 결계만 파괴할 수 있으면 호른을 붙잡는 정도는 쉽겠지.

장소가 장소라 세인과 레인이 오기 어려운 것이 난점이지만 오는 걸 기다리고 있을 순 없다.

"라프~!"

"다프~!"

라프짱들도 구멍을 빠져나가 나만 남게 되었다.
라프타리아와 루프트가 빠지면서 걸리는 부하가 증가해 나타리아의 이마에 땀이 맺히고 있다.
“빨리 가세요. 그렇게 오래 유지할 수 있는 건 아니니까.”
“알았어.”
시간 제한이 딸린 공략인가.
실패할 경우…… 키르가 호른의 좋지 않은 실험체가 되는 결말이 나오기라도 하려나?
그런 생각을 하면서, 우리는 나타리아와 수룡에게 뒤를 맡기고 전진했다.

통로 앞은 작은 방 단위로 나뉘어져 있는 듯했다.
아무리 그래도 내 마을 지하에 대규모 지하 연구 시설까지 만들 수는 없었으리라.
르모 종 녀석들과 토양 정비를 하는 마물들은 땅속에서 활동하는 경우가 많으니까.
어딘가에서 부딪혔다간 들통나고, 호른 일행이 마을에 오고서 그다지 날짜가 지나지도 않았다.
캠핑 플랜트라면 불가능한 건 아니지만…….
그런 생각을 하며 문을 열었다.
“이곳은…….”
커다란 수조가 있는 방으로 나왔다.
수조 안에는 4미터 정도 크기의 라프 종이 떠 있어서, 마치 배양 중인 듯한 느낌이었다.

"오오!"

"오오오!"

나와 루프트가 찰싹 달라붙어서 거대 라프 종을 관찰했다.

거대화한 라프짱보다도 한층 크다.

저게 움직여서 우리를 태워 준다면 굉장히 승차감이 좋으리라.

라프짱도 부탁하면 해 주겠지만 라프타리아의 눈도 있어서 그다지 시도할 수 없었다.

"나오후미 님, 설마 저게 키르 군은 아니겠죠?"

"아니겠지. 저게 키르라면 귀여워할 후보에 넣었을 거야."

루프트가 내 말에 동의하듯 응응 고개를 끄덕였다.

키르의 반응은 이 방보다 더 안쪽에 있는 듯하다.

"……두 사람의 마음을 얻으려고 저렇게 얼토당토않은 걸 만든 걸까요?"

"어떠려나. 하지만 라프 종에 관해 나름 흥미가 있는 것 같았고, 대공이 바라는 물건으로 만들었을 가능성은 부정할 수 없겠네."

음. 호른 녀석도 제법 좋은 취미를…… 통찰력이 높군.

저런 식으로 라프 종을 더더욱 좋은 느낌으로 어레인지해 준다면 이번 폭거도 용서하지 못할 건 없다.

하지만…… 저 거대 라프 종, 조금 조형이 안정되지 않은 느낌이 드는군.

하반신 근처가 점토처럼 끈적거리고 있다.

미완성품인가? 경우에 따라서는 연구를 계속하라고 허락해 보는 게 좋을지도 모른다.

"호른 녀석…… 무슨 짓을……."

마모루는 내 생각과는 대조적인 말을 중얼거렸다.

뭐, 나와 루프트가 라프 종을 좋아할 뿐이지 하는 짓은 상당히 위험하니까.

동료가 이런 짓을 하고 있다면 마음이 편하지 않겠지.

"나오후미 님?"

"라프~!"

"다프~!"

라프타리아가 도의 손잡이를 쥐었기에 돌아서서 주의를 준다.

"파괴하면 안 되거든? 이런 곳에서 파괴하면 실내가 수몰될 거야. 그렇게 되면 이동이 귀찮아."

"그 본심은?"

"꼭 완성하게 하고 싶어."

"파괴합니다!"

"기다리래도!"

"……대공의 급소를 정확히 찌르는 연구를 한 건가, 어떤 의미로는 무서워."

"채찍의 칠성무기에게 선택된 것도 사실은 채찍의 정령이 바라는 걸 만들고 있다거나 해서가 아닌가요?"

으으음……. 이 무슨 무시무시한 연구를 하는 연금술사인지. 꼭 완성까지 보고 싶다.

"됐으니까 앞으로 이동하죠! 커다란 라프 종은 도망치지 않아요."

라프타리아의 지적에 우리는 마지못해 전진하기로 했다.

그리고 다음 방의 문을 연다.

그러자 이번 방은, 방 정중앙에 붉게 빛나는 코어 같은 것이 떠 있었다.

뭔가의 동력원인가?

……영귀의 체내에서 쿄와 싸웠을 때가 생각나는 배치에다 어쩐지 싫은 분위기로군.

"여기는 어쩌면…… 결계 생성의 조작실일지도 모르겠어."

라트가 달려가서 실내의 단말 같은 것과 접촉했다.

그러자 알람이 울려퍼졌다.

부웅 하며 실내에 호른이 비치는 홀로그래피 같은 것이 떠올랐다.

"아……. 예상보다도 빨리 침입할 수 있었네. 역시 미래의 방패 용사인걸."

"그야 이런 소동에는 익숙해져 있고, 나타리아 일행도 도와주고 있으니까. 악당 흉내도 작작 좀 해. 안 그랬다간 조금 따끔한 정도로는 끝나지 않을걸."

"오, 무서워라. 하지만 나—도 악의는 없거든. 미래의 방패 용사의 동료에게는 깊은 마음의 상처가 있어. 그 고민을 내—가 해결해 주려고 하는데 이런 처사는 너무한걸."

"키르 군에게 무슨 짓을 할 셈인가요! 그만두세요!"

"그 소녀……."

그렇게 말한 시점에서 지직 하고 약한 노이즈가 섞이더니, 약간 질린 표정의 호른이 시선을 오른쪽으로 틀었다.

"그 소년이 바랐기에 내—가 그 고민을 해결해 주려고 하는 것뿐인데? 잘된다면 같은 고민을 가진 자들을 포함해서 도움이 될 거라고 생각해서 말이야."

그라고 고쳐 말한 걸 보면 키르는 아직 건강한 모양이다.

"키르 군이 거기 있나요? 그럼 나와 주세요!"

라프타리아가 그렇게 반응했지만, 호른은 라트 쪽으로 시선을 옮겼다.

라트는 호른의 이야기를 무시하고 계속해서 단말로 뭔가를 타닥타닥 두드리고 있다.

"그 정도로 내— 시큐리티를 돌파할 수 있다고 생각하지 않았으면 좋겠네."

"적당히 해! 미 군에게 손을 대면 용서하지 않을 거야!"

"흠……. 이제는 그쪽을 계속 건드려 대는 것도 귀찮네. 이쪽도 조금 거친 수를 쓸 수밖에 없겠어. 버튼 꾸욱."

……옛날 만화에 나올 것 같은 효과음인데?

그러자 보글보글…… 하는 소리가 뒤쪽 방에서 들려왔다.

돌아서서 확인하자 거대 라프 종이 떠 있던 수조의 배양액이 빠져나가고 칸막이가 올라가 있었다. 쿠웅 하는 소리를 내며 거대 라프 종이 일어서서…… 느릿하게 눈을 뜨고 걷기 시작했다.

이미 완성되어 있었나!

그러나…… 저 큰 몸이 이 방에 들어올 수 없을 텐데?

라프짱처럼 한 번 소형화하는 건가?

마모루와 함께 방패를 고쳐 들고 경계하며 상태를 지켜봤다.

거대 라프 종은 문 앞까지 와서…… 벽을 부수고 들어올 거라는 상상과는 다른 방법으로 실내에 들어왔다.

그건…… 늘어난 팔을 실내에 넣은 후, 주룩 하고 액화해서 한 번 고깃덩어리로 변한 다음 문 부분만큼 형상을 변환해서 실내로 들어오는 것이었다.

뭐야 이게? 겉은 라프 종인데 안이 완전히 다르잖아!

""속았어!""

나와 루프트가 동시에 외쳤다.

사기다! 저러면 촉감도 나쁠 것 같고, 라프 짱의 좋은 점이 완전히 없어지잖아!

"라프~!"

가짜 거대 라프 종이 두꺼운 꼬리로 우리를 쓸어 넘기려고 했다.

"갑니다!"

라프타리아가 도를 뽑아 가짜 거대 라프 종의 목을 베었다.

상쾌한 써걱 소리와 함께 거대 라프 종의 목이 옆으로…… 으, 라프짱을 베는 것 같아서 혐오감이 든다.

"라~프~!"

하지만 베는 즉시 액체화해서 머리와 몸통이 다시 연결되고 말았다.

침입하는 방법을 보고 이럴 가능성도 생각했지만 틀림없다. 슬라임 같은 요소를 섞어서, 단순히 목을 베는 것만으로는 치명상이 되지 않는 거다!

그다음 가짜 거대 라프 종은 라프타리아를 가리키며…….

"가짜!"

엉……? 가짜? 누가 가짜란 거냐?

"누구더러 가짜라는 건가요!"

"아아, 미안. 내—가 아는 조정자가 곧 내방할 걸 알았기 때문에 어느 쪽이 지금의 조정자인지를 구별하는 기능을 탑재했었는데, 그걸 빼는 걸 잊었네."

그리고 가짜 라프 종은 루프트를 가리켰다.

"라~프~."

이번에는 평범하게 울었다.

그러자 라프짱과 다프짱도 마찬가지로 라프~ 하며 울었다.

"천명 관련인 건 마찬가지인데 왜 루프트 군은 평범하게 울고 저는 가짜인가요!"

"그 차이를 조사하는 것도 재밌겠는걸."

"재미없어요!"

어째 김빠지는 대화로군. 그렇긴 해도 해야만 한다.

"마모루!"

"그래! 실드 부메랑!"

마모루가 내 외침에 맞춰 방패를 던져 동체에 명중시켰다.

푸욱 하는 소리를 냈지만 관통할 정도까지는 되지 못했던 방패가 일단 사라져서 마모루의 손에 돌아왔다.

새삼스러운 감도 있지만 마모루가 자연스럽게 공격 스킬을 사용하고 있어서 복잡한 기분이 든다.

렌과 모토야스, 이츠키 정도는 아니라고 해도 나 역시 어느 정도는 공격 능력을 달라고 푸념하고 싶어지는군.

"이건 어떨까?"

마물에 대해 잘 아는 라트는 움직임을 예측해 회피 행동을 하며 주사기를 던졌다.

푹푹 하고 필로조차 전투 불능으로 만들었던 라트의 공격이 가짜 거대 라프 종에게 명중해서 약물이 주입된다.

이걸로 움직임을 억누를 수 있다면 다음엔 동료들에게 명해서 몰아치면 된다.

거기에다 나와 마모루가 각자 가짜 거대 라프 종의 움직임을 방해하도록 실드를 꺼내면 더 싸우기 쉬워진다.

……그렇게 생각했지만, 가짜 거대 라프 종은 주사기를 뽑고는 우리를 향해 곧장 걷기 시작했다.

"못 지나갑니다!"

"가짜~!"

달려드는 라프타리아를 향해서…… 등에서 촉수 셋을 신속하게 뻗더니…… 내 유성방패를 빠져나가 라프타리아를 옆으로 후려쳤다.

"윽!"

"라프타리아!"

서둘러 이동해서 라프타리아를 지탱했다.
“고, 공격을 예측할 수 없어요!”
“굉장히 강한 슬라임 같은 생물이야. 외견이 라프 종이라고 해서 똑같이 상대했다간 좋은 꼴을 못 보겠어.”
“형…….”
루프트가 불안해하는 듯한 소리를 내며 내 손을 잡았다.
그보다…… 이 가짜 거대 라프 종, 우리의 유성방패를 빠져나가 라프타리아를 공격했잖아?!
“소용 없어. 그 정도로 내―가 만든 바디가 막힐 리 없잖아.”
“약도 효과가 없어……?”
“라프~!”
그리고 팔을 크게 휘둘러 강하게 때렸다.
“맡겨 줘!”
마모루가 방패로 받아냈지만, 거기에서 또 주변으로 촉수가 뻗어서 다시금 타격을 가했다.
제길, 지키기 어려운 데다가 유성방패를 관통하다니 뭘 어떻게 한 거냐!
게다가 마모루 덕에 서 있던 라트에게까지 공격이 닿고 있다.
“아윽…….”
“여기가 어딘지 알고 있지? 여기라면 결계의 통과 같은 조작도 할 수 없어.”
라트는 가볍게 날려가고, 거기에 가짜 거대 라프 종이 결정타라는 듯 팔을 휘둘렀다.

"……라프~."

가짜 거대 라프 종과 라프의 시선이 맞았다.

"……미 군?"

"라, 라프~?!"

한순간의 교차……. 그 직후, 가짜 거대 라프 종이 머리를 감싸며 신음했다.

"이건 무슨 짓이야!"

"잘 눈치챘네! 그래, 이 녀석은 네가 소중히 하던 마물이 바란 모습이야."

"그렇다고 해서…… 멋대로 이런 짓을!"

어? 잠깐만…… 상황을 정리하자.

저 가짜 거대 라프 종은 라프가 아끼던 미 군이라는 녀석이 변한 모습인가?

"라트, 저게 네 미 군이라는 건 사실이야?"

"그래, 틀림없어. 나는 알 수 있어!"

어쩐지 확신을 갖고 말하지만 나는 전혀 모르겠는데.

"무수한 라프 종이 모여 있더라도 라프짱을 찾을 수 있는 나오후미 님과 루프트 군과 같은 능력이 라트 씨에게도 있는 게 아닐까요?"

라프타리아의 지적에는 납득할 수밖에 없다.

그거라면 나도 알지. 라트, 너도 제법인걸.

"라프타리아 씨 굉장해요!"

"아니…… 납득한 표정을 짓지 말아 주세요. 슬퍼지니까."

“그건 이 마을에서 연구를 하던 때였어. 네가 없을 때, 내—가 연구실에서 연구 기록을 보고 있는데 수조를 똑똑 두드렸거든.”

호른은 자신의 연구 성과를 자랑하듯이 경위를 설명하기 시작했다.

“그리고 조금 이야기를 했는데, 이 녀석은 당장에라도 모두를 위해 싸우고 싶은데 네가 그걸 이해해 주지 않는다며 한탄했어. 나—도 확실히 확인했거든? 어떤 실험이라도 견딜 각오가 있느냐고.”

……뭔가 보충이라도 하듯 영상이 떠오르더니 미 군을 개조하는 호른의 모습이 비치기 시작했다.

“그러니까 나—는 채찍의 권속기에 내포된 힘을 살려 이것저것 개조를 실시했어. 바이오 커스텀, 연금술 관련, 기타 등등…… 유전자 개조를 말이야.”

영상은 수정을 이용한 장치인 것 같지만, 쓸데없이 공이 들어가 있군.

“자, 네가 바란 강함을 이미지하는 거야. 내—가 바람을 들어줄 테니까.”

다시 수조에 떠 있는 털뭉치 같던 미 군이 고개를 끄덕이고, 호른 앞에 있는 석판에 무엇인가를 떠오르게 했다.

“그런가……. 그렇게까지 강함을 바라는 거구나. 어떤 아픔과 저주에도 견뎌 보이는 거야!”

계속해서 미 군이 호른의 기술로 개조되는 영상이 이어진다.

그것은 얼핏 보면 기묘한 변화였다.

지금의 모습과는 근본적으로 다른 붉고 둥근 수정구슬 같은 형상으로 변화…… 개조되어 간다.

그러더니 위장을 위해, 변화 전의 털뭉치 같은 모습을 인형 옷처럼 만들어 붉은 수정에 덮어 썼다.

이걸로 지금까지의 모습을 보여서 변하는 모습을 숨겼던 것이리라.

그리고 다음 영상에서, 지금의 모습을 한 거대 라프 종이 떠 있는 수조가 보였다.

그 수조 안에서 털뭉치 미 군이 커다란 라프 종과는 별도로 헤엄치는 모습이 비친 후 영상이 끝났다.

"그러니까 나—는 이렇게 해서 힘을 준 거야. 어때. 꽤 근사하게 됐지?"

"근사하긴 무슨! 이건 내가 할 일이지 네가 할 일이 아니야! 나는 안전하게 미군을 강화하는 게 목표야! 이런 위험한 짓은 절대로 용서하지 않을 거야!"

"호른! 아무리 본인의 요청이 있었다고 해도 나오후미의 동료에게 이런 짓을 해선 안 되잖아!"

"흥. 마모루, 너는 알지 못해. 내— 탄식을. 할 수밖에 없는 일을 깨닫고 만 서글픈 두뇌를. 그렇다면 다른 일에서 아주 조금 탐구를 한다고 해서 책망당할 이유는 없겠지."

……응? 무슨 말을 하는 거지? 영문을 알 수 없는 소리를 하는 녀석이다.

애초에 지인밖에 모르는 일을 말해도 곤란하다고.

아무튼. 지금은 눈앞의 적, 라프 종을 기반으로 한 괴물이 된 미 군을 어떻게 쓰러뜨리느냐가 중요하다.

죽이는 것도 시야에 넣어야겠지만…… 우선은 분석하는 게 중요하다.

영상으로 안 건 일단 붉은 수정 같은 형태가 된 후에 지금까지의 외형을 한 무언가를 껍질처럼 뒤집어썼다는 사실이다.

붉은 수정체…… 돌, 핵…… 호른이 관여했다는 건 뭐였지?

틀림없이 드래곤 관련으로, 피엔사 쪽에서 연구를 했었다.

그것도 드래곤이 마물의 우두머리가 될 바에야 벌룬을 개조해서 최강으로 해 보이겠다는 식의 발언까지 했다.

그리고 지금 미 군의 모습은 라프 종을 베이스로 한 슬라임 같은 고깃덩어리다.

RPG 등으로 내가 아는 게임 지식에서 슬라임은 어떤 생물이지?

액체 생물이라는 공통점 외에는, 핵이 있는 단세포 생물 같은 측면이 있다.

베어도 즉각 메꿔지는 것은 그런 특성, 그리고 이전의 모습을 흉내 낸 껍질을 써서 위장하고 있을 뿐으로, 사실은 저것도 껍질이 아니라면 어떨까?

"라프으으으으!"

"다프으으으으!"

라프짱들이 내 어깨에 타서 위협하고 있다.

"라프~!"

라프짱들과 미 군이 찌릿찌릿 눈싸움을 시작했다.

당장에라도 싸울 느낌이로군.

“라트, 우선은 어떡하고 싶은지 듣고 싶어. 우리가 미 군을 끝장내겠다고 하면 받아들일 수 있겠어?”

“그럴 리 없잖아!”

“뭐, 그렇겠지…….”

외견이 라프 종이니까 싸우는 게 매우 괴로워서 곤란하지만 어쩔 수 없지.

“그래서 라트. 지금 미 군이라는 녀석을 쓰러뜨리지 않고 다음 방으로 갈 수 있을까?”

“……어려워. 그건 대공네가 어떻게든 시간을 벌어줄 수밖에 없겠어.”

“흐하하하하하! 괜찮아. 실험체 2호인 그의 개조가 끝나면 이쪽도 무장을 해제해 줄 테니까.”

제기랄, 호른이 키르 개조를 끝내기 전이라는 시간 제한까지 붙나!

“그런 짓은 절대로 용서받을 수 없어요!”

이 말에 라프타리아가 격앙한다.

“어쩔 수 없지. 라트. 조금 거친 작전이 되겠지만 참고 내 말을 들어.”

“뭐? 무슨 짓을 할 건데?”

“우선 내가 저 녀석에게 어택 서포트를 맞춰서 대미지를 배가할 거야. 다음에 라프타리아가 베지 않고 타격…… 광범위 충격을 주는 스킬로 미 군의 몸통을 날려."

"네? 나오후미 님, 그랬다간 완전히 쓰러질 텐데요……."

"아마 괜찮을 거야. 내 추측에 의하면 저 녀석의 본체는 붉은 수정 부분……. 즉 주위의 살덩어리를 날려서 그 수정을 노출시키기만 하면 생포하는 것도 불가능은 아냐."

내 추측으로는, 용제의 핵석을 참고해서 만든 교체가 가능한 육체가 아닐까 싶다.

생각해 보면 영귀도 비슷한 구조였다.

……호른이 영귀를 만들었을 가능성도 없지는 않나.

"어머어머, 미래의 방패 용사는 상당히 예리하네. 정답이야. 하지만 그게 가능할 만큼 간단히 만들지는 않았어."

"라프~."

쩌억 하고 소리를 내며 미 군이 둘, 넷으로 분열해 실내를 이동하기 시작했다.

"아닛?"

"일정 범위라면 본체에서 원격 조작이 가능한 보디야. 자, 본체가 어떤 건지 알겠어?"

우리가 나뉜 미 군을 눈으로 좇자, 한곳으로 모여 하나로 돌아왔다.

뭐랄까…… 예전에 플레이한 적이 있는 게임의 보스 중에 이런 녀석이 있었지.

하나로 돌아갔을 때 강력한 충격으로 날려버리고 코어가 노출되면 거기를 공격해야 한다거나, 분열 중에는 무적이라 공격이 통하지 않는다거나 하는 귀찮은 녀석.

젠장……. 쓸데없이 시간을 잡아먹게 생명력을 우선해서 마물화하다니.

나와 마모루가 각자 방패를 꺼내 움직임을 방해해도, 몸을 액체화해서 가볍게 빠져나가겠지.

"……끝장내도 된다면 다른 녀석들에게 공격시키면 어떻게든 되겠지만."

"……."

라트가 뭔가 무언의 압력을 뿜고 있다.

키르의 몸인가 라트의 신뢰인가. 이건 어느 쪽인가를 희생할 수밖에 없겠군…….

"……고민할 시간은 있나?"

아아, 정말 귀찮아!

"어차피 키르가 어떤 개조를 받든 본인이 바란 거라면 불평하지 않아. 편하게 트라우마를 극복하라고."

"나오후미 님?"

"나오후미?!"

내가 던지듯 말하자 라프타리아와 마모루가 놀라는 소리를 냈다.

"아까부터 이야기를 듣자니 호른은 기본적으로 부탁받은 걸 하고 있을 뿐이잖아. 수단은 문제라고 생각하지만 어찌 되든 우리 전력이 강화되긴 할 것 같고."

채찍의 칠성무기가 호른을 인정하는 이유를 어쩐지 알 것 같다.

이것도 전부 파도를 극복하기 위해서라고 생각하면 어느 정도는 관용을 보일 수 있다.

지금 경우는…… 아마 범행이 밝혀졌지만 키르가 개조를 속행하기를 바라기에 시간을 벌고 있는 거겠지.

"다프! 다프다프!"

다프짱이 내 대답이 마음에 들지 않는지 나를 찰싹찰싹 때리고 있지만 알 바 아니다.

"귀찮아졌구나, 형."

"라프~."

아, 라프짱이 어쩔 수 없다는 태도로 손을 들었다.

"그래, 정직히 말하자면 아무래도 좋을 일에 계속해서 소란을 피우고 싶지 않다는 기분이야."

"나오후미 님, 알고 말씀하시는 거지요? 여기서 포기하면 키르 군에게 큰일이 생기고 말아요!"

"무슨 일이 있다고 해도, 기껏해야 키르가 라프 종…… 자진해서 루프트처럼 되는 정도겠지."

"절대로 안 돼요! 그런 걸 납득할 수는 없다고요!"

나와는 반대로 라프타리아의 전의는 더욱 상승했다.

아니, 내 어깨를 붙잡았을 때의 수상한 살기가 놀라울 만큼 나를 압박한다.

"나오후미 님, 아무리 저라도 진심으로 화낼 거예요!"

"라프타리아, 말하고 싶은 건 알겠어. 그렇지만 가령 여기를 넘어서 호른을 포박하고 키르를 붙잡는다고 해도, 키르가 다시 비슷한 짓을 하지 않는다고 장담할 수 있겠어?”

“제가 설득해 보이겠어요. 그러려고 치료를 하고 있잖아요?”

“하지만 키르는 라프타리아의 치료보다도 호른에게 기댔어. 이번 소동으로 호른을 붙잡는다고 쳐도…… 호른을 죽일 거야? 마모루, 너는 그래도 괜찮겠어?”

마모루에게 결의의 정도를 물었다.

“엇…… 그, 그건…….”

마모루가 지금까지 없었을 정도로 당황해하며 대량의 땀을 흘렸다.

“하아…… 하아…….”

심지어 과호흡에 가까운 상태에 빠졌다.

“마모루 오빠, 정신 차려요!”

시안이 불안한 듯 마모루의 손을 잡고 안정시켰다.

이런 질문을 한 나도 문제라고 생각하지만, 너무 동요하는 거 아닌가.

……아니, 이 상황은 트라우마가 되살아난 키르와 비슷한 느낌인데?

지금은 그보다도 라프타리아가 우선이다. 마모루의 이 반응으로 이후 행동이 결정된 것 같지만.

“알겠지, 라프타리아. 가령 호른을 붙잡고 키르를 풀어 주더라도 개조해 줄 때까지 키르는 포기하지 않을 거야. 그러면 처분할 수 없는 호른과 다시 접촉하겠지.”

“하지만…….”

"키르를 설득한다고 해도, 다음엔 다른 녀석이 부탁하지 않는다고 단언할 수 있을까? 육체 개조잖아? 우리의 강화를 기쁘게 받은 마을 녀석들이 더욱 강해지기를 바라서 호른에게 부탁하지 않는다고…… 너는 단언할 수 있겠어?"

이미 트라우마는 관계가 없다.

마을 녀석들은 우리의 격한 싸움을 지켜보며 더욱 강해지려고 하고 있는 것이다.

봉황과의 싸움에서 잃은 동료들만큼, 아니, 그 이상으로 강해져서 마을을 지키고 싶다고 생각한다.

그걸 위해서는 되돌릴 수 없다 해도 힘을 바랄 수밖에 없다.

아무리 우리가 막는다 해도 그곳에 수단이 있다면 선택하겠지.

우리가 모든 방법을 동원해 강해진 것처럼.

"……."

라프타리아가 호소하는 듯한 눈으로 나를 바라보았다.

그래도 이건 잘못이라고 말하고 싶은 거겠지.

그런 건 안다.

하지만 키르가 올바른 수단을 택하기를 바란다고 단언할 수는 없다.

"잠깐! 미 군은 어떻게 되는 거야!"

"저건 이미 늦었잖아. 포기해. 아니면 호른보다도 대단한 개조를 최우선으로 해 줘."

"완전히 포기하는 거잖아! 대공!"

아아, 정말 귀찮아!

힘으로 해결된다면 굉장히 편할 텐데 어째서 내게 닥치는 문제는 이렇게 뒤틀리거나 비겁한 것밖에 없냐.

그거냐! 내 평소 소행 탓인 거냐!

“미래의 방패 용사는 상황을 잘 이해하네.”

“그러니까 호른, 라프타리아가 도저히 포기할 수 없는 모양이니까 설득할 기회를 주지 않겠어?”

“그렇다면 할 수 없군. 이쪽도 유치한 짓을 했고, 개조 이외의 연구도 계속하고 싶으니까 마침 잘됐어.”

호른이 내 제안을 받아들였는지 무엇인가를 조작했다. 그러자 방 안쪽 문이 멋대로 열렸다.

음? 유성방패에 걸리던 압력 같은 것이 사라졌군.

“말이 통해서 다행이군.”

“그 말은 그대로 돌려줄게. 그리고 건물 안에서는 자유로이 이동할 수 있게 했어.”

지금껏 싸운 녀석은 말이 통하지 않는 경우가 많았으니까.

그 점을 생각하면 호른은 그나마 나은 편인가.

하는 짓은 최악이지만 일단은 좋은 뜻으로 하는 것 같으니까.

“라프~.”

미 군이 작게 손짓하며 길을 양보한다.

교섭이 성립됐군. 아무래도 싸우지 않고 사태가 수습될 것 같다.

문제는 이 뒤에 나타리아와 마을 녀석들에게 사정을 설명해야만 하는 것이지만.

"……미 군?"

라트가 우뚝 서서 미군을 한껏 노려보았다.

"라프?!"

미 군이란 녀석은 라트가 노려보자 불편해하는 느낌이다.

"사람들에게 얼마나 폐를 끼치면 만족할 건데!"

라트의 목소리에 미 군이 움찔하며 털을 거꾸로 세웠다.

"정말로 걱정했단 말이야! 그것도 모르고 이런 나쁜 짓에까지 가담하더니 나보다도 그 여자를 믿다니 어떻게 된 거야! 왜 나에게 말하지 않는데!"

"라, 라프."

미 군은 바닥에 턱 드러누워 배를 보이며 복종의 포즈를 취하고 연거푸 용서를 빌기 시작했다.

"혼날 건 알고 있는 모양이네. 오늘의 나는 관대하지 않거든? 이런 짓을 저지르고!"

"라프으으으……."

어쨌든 상하 관계는 확실한 모양이군.

이것도 어떤 의미로는 신뢰라고 해야 할까.

"대공, 나는 미 군에게 설교할 테니까 먼저 가 줘. 그게 끝나면 나는 돌아가서 이 시대의 천명 일행에게 사정을 설명해 둘 테니까."

"아, 고마워. 그럼 가자, 라프타리아."

"……."

"상대는 키르야. 우선은 그 녀석의 이야기를 듣고, 그 뒤에 어떡할지 생각하는 게 좋아.”

“……알겠어요.”

납득하진 못한 듯하지만, 라프타리아는 고개를 끄덕여 주었다.

그럼…… 이제부터 어떻게 되려나.

“어째 순순히 지나갈 수 있었네.”

“라프~.”

“다프! 다프다프다프!”

이해가 빠른 루프트와 라프짱은 순순히 응해 주었지만, 다프짱 쪽은 불만인 듯 발을 동동 구르고 있다.

납득하지 못한 건 알겠지만 시간을 낭비하는 것보다 좋겠지.

나는 포기하라며 다프짱을 안고서 일행과 함께 다음 방으로 향했다.

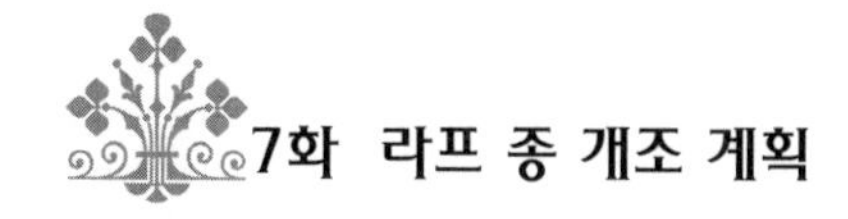

7화 라프 종 개조 계획

다음 방은 제어실 비슷한 곳인지 배관이 아까 있던 방에서 안쪽 방까지 아무렇게나 뻗어 있었다.

개축 중인 듯한 구조로군.

일단 호른과의 약속은 지켜야 하기에, 파괴 명령은 내리지 않는다.

라프타리아가 약간 망설이는 듯한 표정을 짓고 있다.

뭐, 강행 돌파해서 왔을 경우는 방해하는 의미도 겸해서 파괴하라고 했겠지만.

마모루는 아까의 쇼크에서 회복했는지 시안과 손을 잡고 말없이 따라오고 있다.

"……정말로 면목 없다."

"신경 쓰지 마. 무해한 라트처럼 생각하고 감시하지 않았던 우리에게도 잘못이 있어."

애초에 호른의 수단에는 문제가 있어도 그 근거에 있는 건 의뢰를 달성하려는 마음이다.

무엇보다도 단시간에 이만큼의 설비를 만들 수 있는 인재라면 미래로 돌아갈 방법을 연구시키는 의미가 있다.

"키르와 이야기할 기회가 있으니까 아직은 괜찮나. 문제는 앞으로 마을 녀석들이 어떤 선택을 할 것인가지만……."

마을이 인외마경으로 변하는 데 속도가 붙을 것 같아서 무섭단 말이지.

이것저것 마을을 개조해 온 나지만 그래도 이건 멈춰야 할 라인을 가뿐히 넘은 듯하다.

몇 번이고 생각했지만 마을 녀석들에게 강해진다는 것에 대한 의식을 너무 심은 걸까?

하지만 앞으로도 싸우지 않으면 안 되고 그 녀석들도 그걸 바란다.

게임풍으로 말한다면, 우리 같은 에이스 플레이어라도 동료가 허약하면 이길 수 있는 싸움도 수에 밀려 질 가능성이 있다.

타쿠토라든가 세인의 숙적 세력이라든가…….

지켜야만 하는 녀석이 너무 많은 만큼, 지킬 대상도 어느 정도 강해지는 쪽이 부담이 줄어드는 법이니까.

어떻게 될지, 호른의 연구 내용이 어떨지에 따라 다르지만, 어느 정도 교섭은 해 두고 싶다.

"라프 종 진화 붐인가……."

라프타리아가 움찔 몸을 떨었다. 나도 모르게 중얼거린 말이 들렸으리라.

"나오후미 님, 지금까지 없었을 정도로 등골이 오싹했는데요!"

"가능성이라고 말하는 거잖아."

하지만…… 그거라면 호른에게 부탁하지 않아도 라프짱들이 다시 클래스 업을 시켜 주면 가능할 것 같다.

고작해야 루프트 정도로 끝날까?

하지만…… 라프타리아도 이것저것 고민이 늘어난 모양이다.

주 원인은 내 탓 같기도 하다. 라프 종이 된 마물들이라든가.

점점 친척이 늘어나는 느낌일까?

슬슬 나도 라프짱 관련으로는 자중해야만 할지도 모른다.

그런 생각을 하며 다음 방의 문을 열고 안으로 들어갔다.

그러자 거기에는 불만스러운 표정으로 캡슐 안에 들어가 있는 키르와 의자에 앉은 호른이 기다리고 있었다.

하지만 경계는 하고 있는지 방에 투명한 벽이 설치되어 있어 쉽게 다가가지 못하게 되어 있다.

"오오, 잘 왔어. 약속대로 이야기를 할 기회야."

호른이 간결하게 키르 쪽을 가리켰다.

"형이랑 라프타리아짱! 왜 방해하는 건데!"

"방법을 생각하라고. 어떻게 생각해도 위험한 녀석에게 기대지 마."

"나오후미 님의 말씀대로예요! 키르 군은 이미 충분히 강한걸요. 중요한 건 마음이잖아요? 트라우마가 그렇게 간단히 낫는다면 아무도 고생하지 않아요!"

"거짓말이야! 라프타리아짱은 형과 뭔가 있어서 간단히 극복한 게 틀림없어! 나에게는 그렇게 해 주지 않으니까 호른 누나에게 부탁한 거야!"

"아니에요. 저는…… 간단히 극복하거나 하지 않았어요. 게다가 키르 군도 조금씩 극복하고 있었잖아요! 앞으로 조금이라고요!"

"라프타리아짱의 치료는 확실히 해낸 것 같은 느낌을 주지만, 꿈이라는 걸 아니까 깨어났을 때 힘이 빠진다고!"

키르는 멍멍 짖으며 엄청나게 날뛰고 있다.

……이런 문제도 상정해 두었어야 했나.

만약 그때 지금의 강함을 갖고 있었다면…… 같은 꿈을 꾸게 해서 잘 해결시킨다 해도 결국 꿈에 지나지 않는다. 무서워하던 적을 쓰러뜨린 달성감은 있어도 과거가 변할 리는 없다.

정말 그걸로 극복한 거냐고 물으면, 이전보다는 잘 움직일 수 있을지도 모른다는 불확실한 대답이 고작일 것이다.

스테이터스처럼 눈에 보이는 것이 존재하는 이 세계에서 이 정도로 불확실한 강함은 없겠지.

간단하게 유혹에 넘어가는 것도…… 모를 바는 아니다.

"키르 군……. 과거는……."

라프타리아는 말을 찾지 못한 듯 나를 바라봤다.

그렇지……. 여기는 과거의 세계다.

사건을 잘 조절할 수 있다면 앞으로 일어날 라프타리아와 키르의 불행도 어떻겐가 할 수 있을지도 모른다.

우리는 무엇이 일어나도 이상하지 않은 장소에 있는 것이다.

그 가능성을 눈치챈 라프타리아도 망설이는 표정을 짓고 있다.

"트라우마는 본인의 문제야. 간단하게 육체 개조로 해결할 수 있다면 고생할 것도 없지. 머릿속을 조작한다면 세뇌나 마찬가지고."

시간 법칙이 어떻게 되어 있는지 모르겠다.

나타리아와 이야기하러 갔을 때 여우 괴물을 처단했다.

가령 그게 타쿠토의 측근이던 여우였다고 하면 미래는 바뀌었겠지.

그런데도 우리는 그 여우 여자를 기억하고 있다.

운 좋게 최초의 파도가 일어난 곳에 도착했다 해도…… 미래는 바뀌지 않을지도 모른다.

그런데 호른은…… 우리의 대화를 듣고 있지 않군?

왜 마모루 쪽을 보는 거지? 마모루 쪽은 불쾌한 듯 미간을 찌푸리고 있다.

"형이 전에 말했잖아! 자기 미래는 자기가 결정하라고! 그러니까 나는 호른 누나에게 부탁해서, 강해져서 케르베로스 같은 마물을 무서워하지 않게 되고 싶은 거야!"

역시 그곳을 찌르는군.

이건 내가 부정할 수 있는 게 아니다.

"……호른."

"왜?"

"만약 키르를 개조한다고 쳤을 때, 실패하지 않는다고 단언할 수 있나?"

"실험에 실패는 늘 있는 법이야. 하지만 이 정도로 실패한다면 난— 자살하겠어."

그 정도로 자신이 있단 말인가.

"애초에 지금 개조는 솔직히 말해서 1호보다도 재미없거든."

"왜 재미없는 거지?"

"미래의 아인, 수인이 어떻게 변화했는지 그 과정을 엿본 후에 조작하는 것만큼 시시한 일은 없으니까."

영문 모를 소리를 하지 마라.

"호른……!"

마모루가 책망하듯 호른을 노려보았지만 호른은 마모루를 아랑곳하지 않는 모습이었다.

……생각을 되돌리자.

"다음 질문이다. 키르를 개조한다고 치고, 그걸로 트라우마를 극복할 수 있나? 애초에 어떤 개조를 할 생각이지?"

"아아, 그 질문이 나오기를 기다리고 있었어."

호른은 그렇게 말하고는 단말을 조작해 무언가를 표시했다.
이건 키르의 설계안 같은 건가?
"우선은 무기에 내포된 기능인 '생명 윤리'를 기동, 바이오 커스텀도 같이 작동시켜서 실험체가 바라는 힘이 성장하도록 강화를 확장하는 거야. 물론 재료와 마력, SP가 많이 필요하지."
"생명 윤리? ……어떤 소재로 나오는 기능이지?"
"이런, 그건 나—도 잘 몰라. 출현한 무기에 멋대로 들어 있었으니까."
제길, 귀찮은 대답을……. 하지만 생각해 보면 '분노의 방패'처럼 감정 같은 것을 재료로 출현하는 특수한 방패도 존재하니까.
호른은 원래 연금술사였으니까 그걸 보좌할 만한 게 자동으로 나오는 경우도 있을 법하다.
내 경우는…… 바이오 플랜트라도 조작해서 진화시켜 새로운 방패를 나오게 하면 얻을 수 있을지도 모르겠다. 비슷한 기능은 있었을 테고.
"그래서 이 개조를 실시하면 키르는 어떻게 되지?"
"개조 정도에 따라 달라. 아인 모습을 버리고 수인 모습만 남긴다거나 하는 식으로 어느 정도 조작할 수 있어."
"흠……."
키르를 괴인처럼 개조하는 것까지 가능하단 말인가.
"하지만 그 정도까지 하면 폭주 가능성이 생기니까 안전한 라인을 추천할게."

"그걸로 트라우마를 극복할 수 있나?"

"본인이 만족하면 자신감도 늘어나겠지. 요구 사항도 어느 정도 알고 있으니 극복할 수 있다고 생각해."

"억지로 약물을 투여할 것처럼 보이는데?"

"그건 삼류 이하의 범재나 할 짓이야."

흠……. 정직히 말해서 호른의 설명으로는 키르가 트라우마를 극복할 수 있을지 판단하기 어렵다.

자신은 있는 모양이지만…….

"그럼 호른이 추천하는 방법은 뭐지?"

"실험적 요소도 있지만, 변화 수인종처럼 선조 회귀 같은 게 가능하도록 하는 거야."

"변화라니…… 키르는 이미 수인이 되어 있잖아."

최근엔 늘 개 모습으로 놀고 있다.

"나—는 선조 회귀라고 말했잖아. 혹시 미래에는 없는 거야? 얼핏 보면 마물 같은 모습으로 변하는 변화 수인종. 물론 거기에 다다르려면 상당한 강함과 단련이 필요하지만 말이야."

"혹시 수화를 말하나?"

포울과 사디나처럼 일부 녀석이 할 수 있는 강력한 형태.

발동 조건이 불명확한 수화 보조를 통해서 간신히 가능했던 수화를 자유롭게 할 수 있게 된다고?

그러고 보면 타쿠토의 수하이던 아오타츠 종도 가능했지.

채찍의 권속기를 지배했던 타쿠토니까…… 뭔가의 기능으로 발동시켰던 것일지도 모르겠다.

어쨌든 유지 코스트가 극심한 그걸 키르 단독으로 할 수 있게 된다면 확실히 나쁜 이야기는 아니다.

"아인종과 수인종 중에서도 극히 일부밖에 없는 게 난점인, 강력한 잠재 능력의 표출이야."

"극히 일부라면 어느 정도지?"

"내― 추측이긴 하지만 전 세계의 아인종 중에서 몇 종족밖에 사용할 수 없어."

포울과 사디나처럼 수화 가능한 아인종은 몇 종밖에 없단 말인가.

흐음…… 그렇게까지 변하니까. 마물화라고도 말할 수 있고.

"……뭐, 하쿠코 종이라고 불리는 포울과, 이 연구소에 있던 사디나와 실디나라는 녀석들의 샘플 데이터에는 치명적 차이가 있는 것까지는 알아냈어."

"포울과 사디나에 차이가 있다고?"

둘 다 수화가 가능한데?

호른은 정말로 적은 자료만 보고도 많은 걸 알아내는 녀석인 것 같다…….

"적어도 사디나라고 불리는 실험체의 선조 회귀는 진짜라고 표현할 수 있을 정도였어. 꼭 건드려 보고 싶네."

아니, 아무리 그래도 호른이 사디나와 실디나를 생포하는 건 불가능할걸.

그것만은 어쩐지 알 수 있다. 교묘한 말솜씨로 꼬드겨도 역으로 이용할 것 같은 녀석들이다.

"포울은 어머니가 인간이니까……."

어쩐지 아인의 측면이 강하긴 하지만, 포울의 모친은 쓰레기의 여동생이다.

그러니까 그런 요소들 중에 호른이 신경 쓰는 것이 있었겠지.

"그런 건 관계없어. 시조 격인 인자의 이야기거든. 말하자면 사디나라는 자는 개조 흔적이나 마법 흔적이라고 할 만한 게 전혀 없이 깨끗한 육체 구성이었어."

응? 호른은 내가 뭔가 착각하고 있다고 지적하는 듯하다.

"너무 장황해. 얼버무리지 말고 말해."

"말한 대로의 의미야. 부모 한쪽이 인간이라도 그건 흔들리지 않거든."

하쿠코 종과 범고래 종은 근본적으로 뭔가 다르다고 말하는 건가?

개조 흔적, 마법적 흔적……. 채찍의 강화 방법이 유전자에도 영향을 준다거나?

확실히 채찍의 강화 방법에는 자손 번영이라는 항목이 존재한다.

그 밖에도 채찍의 강화 방법을 쓰면 레벨을 대가로 자질을 향상시키거나 능력치를 올리는 게 가능하다.

이건 용사에게만 한정된 게 아니라 신뢰하는 동료들에게도 사용 가능한 것이다.

그 강화 항목은 굉장히 소비가 격하고 횟수 제한이 있지만 태어나는 아이들에게 능력 상승 효과 부여를 걸 수도 있다.

생명의 순환 사이클이 격심한 마물 같은 것에 걸어서 몇 대에 걸쳐 개조……. 내가 있던 세계인 일본에서도 비슷한 일은 일어나고 있었다.

늑대를 길들여 다루기 편한 개로 변화시킨다거나 하는 일이다.

그걸 조금 하기 쉽게 만든 것이겠지만…… 인간과 아인 상대로 이건 불가능에 가깝다.

오래 사는 종족이 관리해 주기라도 하지 않으면 도저히 할 수 없다.

설령 있더라도 꽤 사용하기 힘든 강화 항목이다.

아마도 이 세계의 인종에는 이 강화를 받은 녀석의 자손이 꽤 있겠지.

그리고 사디나 쪽 혈맥은 그런 강화를 받은 흔적이 전혀 없는 거고.

그런데도 그런 스펙……이란 말인가.

"이야기가 엇나가고 있네."

"그렇군. 키르가 더욱 수화할 수 있게 된다는 거였나."

"정답이야. 선조 회귀와 비슷한 인자, 수화를 추가로 부여하는 거지."

"어?! 형! 그런 게 가능하다면 나도 되고 싶어!"

여기서 루프트가 눈을 빛내며 입후보했다.

루프트의 경우…… 어찌 생각해도 지금 모습에서 더더욱 라프 종처럼 변하겠지.

사디나와 포울을 생각하면 커다란 라프 종처럼 변하겠군.

생각해 보면 라프타리아는 할 수 없는 것 같고, 본래는 자질 같은 것이 존재하지 않는 종족이리라.

"루프트, 그 얘기는 나중에 해. 그렇지 않으면 라프타리아에게 죽는다."

"으, 응."

라프타리아가 빤히 보고 있다.

노려보고 있는 것은 아니다. 그러나 살기가 흐르고 있어서 아까보다 더 무서워졌다.

적당히 하지 않으면 라프타리아가 갖고 있는 도의 권속기에서 커스 시리즈가 발현할지도 모른다.

"그럼 키르를 수화할 수 있다고 치고, 그 모습은 어떻게 되는 거지? 라프 종이 되는 건가?"

"형, 나를 라프짱으로 만들 생각이야?! 그르르릉!"

키르가 갑자기 위협한다.

"선택할 수 있다면 벌을 겸해서 그렇게 하는 것도 나쁘진 않겠군."

"진짜로?! 호른 누나! 하지 마!"

키르가 굉장히 당황해서는 호른에게 애원한다.

이 노선으로 찌르면 포기해 주려나?

"그건 무슨…… 아니, 아무것도 아니에요."

라프타리아가 입을 닫았다. 뭐, 어떻게 진행되어도 곤란할 테니까.

"미래의 방패 용사가 낸 아이디어도 있으니 어쩔까. 나—로서는 그쪽이 재미있을 것 같은데."

"끄악! 형! 진짜 하지 마!"

"그럼 포기할래?"

"싫어! 나는 강해져서 모두를 지키고 싶어!"

제길……. 고집 센 녀석.

"뭐…… 이번은 간단하고 후유증도 없는 방법으로 수화 체험을 시켜 줄게."

호른이 버튼을 꾸욱 누르자 키르의 수조에 액체가 주입되고 거품이 일었다.

"키르 군?!"

"안심해. 지금은 라프 종의 인자를 추출한 걸 잠시 마법적으로 부여하는 것뿐이라 1회 한정, 다시 말해 시험이니까."

"……라프타리아나 라프짱의 환각 마법으로 키르가 변화하는 모습을 일시적으로 보이는 것과 같은가?"

"큰 차이는 없을 거야. 키르의 요망에 맞춰서 내— 개조를 실시한 결과가 보이겠지."

물을 빼는 소리가 나나 싶더니 키르가 있던 장소에 머리가 셋 달린…… 케르베로스가 있었다.

다만 라프짱 등이 변신해 보였던 케르베로스처럼 무서운 모습은 아니고, 굉장히 마스코트 같은 케르베로스다.

혀 짧은 소리로 '께루베로쑤' 정도로 읽는 게 어울릴 것 같은 녀석이다.

"오? 오~! 어때 형! 이걸로 나는 트라우마를 극복했어!"

"안됐지만 미래의 방패 용사 일행에게 알기 쉬운 예상도를 보이는 것뿐이야. 아직 그 모습이 된 건 아니야."

"뭐?! 그럼 이건 뭔데!"

"인형 옷 같은 거네."

"뭐라고! 하지만 어쩐지 형들을 내려다볼 수 있는데? 커진 거지?"

……나는 방패를 '이방의 왕국 거울 방패'로 바꿨다. 그리고 거울 부분으로 키르가 자신의 모습을 보게 했다.

"뭐, 뭐야 이거?! 좀 더 커지는 거 아니야?!"

"신경 쓸 부분은 그게 아니잖아."

아기 케르베로스의 모습이라고 밖에 표현할 수 없다.

그게 성체 모습이라면 기대를 어긋나도 보통 어긋난 게 아니고.

"키르 군은 그걸로 트라우마를 극복할 수 있나요?"

라프타리아가 나에게 질문했다.

몰라. 키르를 이해할 수 있는 건 오히려 라프타리아, 네 쪽이잖아.

하지만 그렇겠군. 자신이 무서워하던 생물이 되어 공포를 극복한다는 심리…… 어딘가에서 비슷한 이야기를 들은 기억이 있다.

원시적인 생각이었던가? 강한 외적을 쓰러뜨리고 그 고기를 먹음으로써 상대의 강함을 자신의 몸에 깃들게 한다는 식의 샤머니즘적 발상이었을 것이다.

야만적인 느낌이지만 그에 가까운 심리겠지.

키르는 공포의 대상인 케르베로스가 되어서 공포를 극복할 수 있다고 생각하는 것이다.

"라프~."

"그보다 키르, 이전부터 말하고 싶었는데."

"뭐, 뭐야, 형. 무서워하는 것도 아니고 불쌍해하는 듯한 그 눈은."

"네 수인 모습 포지션은 이미 수인이 아니라 동물…… 귀여운 호객용으로, 라프짱 같은 마스코트 수준이라고."

키르의 이런 강아지 모습은 귀여운 차원으로, 이 녀석이 가게를 보는 모습이나 사람에게 살가운 부분에 인기가 있는 것이다.

"네 행상 성과가 좋은 건 말이지, 그 귀여운 외견과 살가운 성격 덕이야. 멋있는 거랑은 반대라고."

"뭐라고?"

새삼 놀라지 말라고. 흐릿하게나마 알고 있었을 거잖아.

현실도피하고 있는 부분이 있었던 모양이다.

"확실히 키르 군은 귀여워. 나도 라프짱들과 만나지 않았다면 키르 군에게 빠졌을 거라고 생각하고."

"루프트까지 그렇게 생각하고 있었어?! 호른 누나, 나를 좀 더 멋지게 만들어 줄 수 없어?"

"아쉽지만 그 모습이 한계네. 절대로 떼어낼 수 없는, 너를 구성하는 중요한 핵이니까."

"젠장!"

"하지만 전투 면에서는 이렇게 돼."

호른은 그렇게 말하며 키르의 예측 스테이터스를 표시했다.

호오……. 저 모습이면 모든 능력이 1.5배인가.

"하지만 대가로 과자 종류를 밝히게 되고 수면계 공격에 약해진다 이거지."

약점을 붙이고 파워 업인가.

당연하다면 당연하지만…… 으음.

"그럼 키르를 라프 종에 가깝게 하면 어떻게 되지?"

"이 형태보다도 귀여운 요소를 유지할 수 있으니 조금 더 능력에 여유가 생길 거야."

"자, 잠깐! 하지 마! 싫어! 나는 라프짱이 되고 싶지 않아! 라프타리아짱 도와줘!"

후후후후후…… 하고 호른과 함께 웃고 있자 키르가 라프타리아에게 도움을 청했다.

아, 휙 소리가 나고 키르에게 실시한 가상 모습이 사라졌다.

"라~프……."

"다프다프다프! 다프다프!"

라프짱들도 아연한 표정이군.

"키르 군, 그만두세요. 자력으로 극복하죠. 그런 모습 정도라면 세인 씨에게 부탁해서 인형 옷을 만들어 줄게요."

"싫어! 나는…… 좀 더 강해질 거야! 포울 형이나 사디나 누나처럼 굉장한 파워 업을 하고 싶단 말이야!"

……키르는 액세서리상에게 제자 입문을 애원하던 라르크처럼 소리치고 있다.

하지만 라르크든 키르든 본인은 진지하게 생각하고서 한 일이란 말이지.

"쓸데없는 옵션을 빼면 더 강해지기는 하겠네."

"그럼 그 정도로."

"나오후미 님?"

"이해가 빨라서 살았어. 참고로 얌전하게 확장시키면 이런 느낌으로 선조 회귀하게 돼."

호른이 다른 버튼을 누르자 보글보글 하며 키르가 아까와 같은 느낌으로 액체에 잠겨…… 색조가 다른 키르가 되었다.

어째 조금 줄무늬가 생긴 것 같은데? 기분 탓인지 조금 찐 것 같기도 하고?

하지만 체형은 그대로다. 귀여운 강아지인 채로 조금 커진 느낌. 그리 차이는 없다.

"뭐야 이게! 전혀 변하지 않았잖아!"

"속성 베리에이션이야. 합성 스킬의 요령으로 수화시키면 속성에 맞춰 능력을 변화시킬 수 있거든."

"오오, 확실히 편리하겠는데."

"현재는 수인종이 자주 사용하는, 자신을 강화하는 마법 계통의 모습이야."

아, 그러고 보니 키르의 적성에서 무의식중에 발동할 수 있는 마법이 이거였을 것이다.

"우리 시대에는 속성 구분이 어렵다고 했었는데? 짐승 속성이었나."

확실히 포효의 마법 같은 것도 있었던 것 같으니. 울부짖으면 셀프 부스트가 가능한 속성이다.

“미래에는 달 속성이 없나 봐?”

“달?”

“밤이나 어스름, 지역에 따라 달라져. 공통적으로 밤의 어둠, 짐승 등을 나타내는 속성이야.”

“비슷한 거로군.”

“그리고 지금 보인 패턴은 용제의 변신을 모델로 한 거야.”

“헤에……. 우리 쪽 용제는 꽤 고정된 모습을 하고 있었지만…… 아니, 마룡이 내 라스 실드를 이용해 변화했었나.”

그것과 같은 느낌이겠군. 가볍게 변신 패턴을 바꿀 수 있다면 편리하려나.

“키르는 기민하게 움직일 수 있으니까 속도가 오르는 게 바람직하지만.”

“그거라면 바람이나 번개 속성 마법을 사용하면 되겠네.”

“저기! 멋대로 내 파워 업 방향을 결정하지 마, 형! 내가 선택하게 해 준댔잖아!”

“께루베로쑤보다는 이쪽이 낫잖아. 어떤 모습으로도 변할 수 있게 되는 것 같고.”

“그렇지. 그 모습도 아마 가능할지 몰라.”

“호른 누나는 될지도 모른다고 하잖아! 그리고 형이 케르베로스 부르는 방법 뭔가 이상해! 절대로 내가 아는 케르베로스가 아니었어!”

“두 분, 키르 군을 개조하는 노선으로 나가지 말아 주세요.”
“그럼 라프타리아는 키르를 라프 종으로 만들고 싶어?”
“그곳으로 돌아가지도 말아 주세요!”
그렇게 해서 키르의 개조는 멈추고, 키르가 멋대로 한 번 변신하면 다시는 개조를 해제할 수 없는 선에서 멈추는 걸로 해결되었다.
호른은 이미 키르의 개조안을 보류하고 우리에게 확인받을 걸 전제로 진행하고 있었던 듯하다.
“그러니 미래의 방패 용사에게는 이걸 헌상할게. 라프 종에 딱 맞을 거야.”
호른이 그렇게 말하며 버튼을 누르자, 벽에서 내 눈앞에…… 녹색 이파리 같은 것이 몇 장 나타났다.
“뭐지 이거? 나뭇잎?”
“라프?”
라프짱이 나뭇잎을 받아 들고 내게 보였다.
요괴 너구리가 변신할 때 사용하는 나뭇잎이로군.
어쩐지 라프짱에게 굉장히 어울린다. 라프타리아에게도 주는 게 좋을지 모르겠다.
“앵광수의 힘을 응축해서 라프 종들의 힘을 끌어내는 액세서리야.”
“호오…….”
내 환심을 사려고 이런 걸 만들었나.
“물론 천명도 사용 가능한 물건이고.”

"“……."

라프타리아가 굉장히 곤란해하는 표정을 짓고 있다.

“가장 아래의 마른 갈색 잎은?”

“그건 별도로, 미래의 방패 용사를 위해 다른 인자를 혼합한 거야. 방패에 넣어 봤으면 해.”

“그래.”

일단 묘한 마법 같은 게 걸려 있는 건 아닌 듯하다.

설마 방패에 넣으면 저주에 걸린다거나 하면 싫지만…… 그렇게 생각하고 있자니 방패의 보석이 연한 빛을 내기 시작했다.

넣어도 괜찮다고 말하는 듯한 느낌이다.

나는 갈색 나뭇잎을 방패에 넣었다.

수왕의 방패 II의 조건이 해방되었습니다.

수왕의 방패 III의 조건이 해방되었습니다.

앵천명석+수왕의 방패의 조건이 해방되었습니다.

0 용왕의 방패의 조건이 해방되었습니다.

수왕의 방패 II 0/100 C

능력 미해방……장비 보너스, 수화한 자의 능력 상승(중), 스킬 『수화 보조 확장』, 『수화 가능자 증가』

전용 효과 「충의의 힘」, 「신뢰의 힘」

숙련도 0

수왕의 방패 Ⅲ 0/120 C
능력 미해방……장비 보너스, 수화한 자의 능력 상승(대), 스킬 『수화 보조 확장』, 『수화 보조 조건 완화』, 『임의 수화 보조』, 『코스트 경감(대)』
전용 효과 「충의의 힘」, 「신뢰의 힘」, 「군세의 포효」
숙련도 0

앵천명석+수왕의 방패 0/110 C
능력 미해방……장비 보너스, 스킬 『조정 보조』
전용 효과 「조정자의 짐승」
숙련도 0

0 용왕의 방패 0/0 C
능력 미해방……장비 보너스, 윤회 시인, 0의 시작, 스킬 『변신 보조』
전용 효과 「원시의 용」
숙련도 0

……뭐랄까.

실트벨트에 있던 방패 용사 전용 방에서 카피한 방패가 발전된 것이 나타났다.

수화 보조계 확장 요소로 채워져 있군.

언제 사용할 수 있는지 전혀 알 수 없는 수수께끼의 스킬이 보다 사용하기 쉬워진 느낌인가.

하지만…… 이 0이 붙은 시리즈는 뭐지?

0의 방패에서 파생된 방패지만 전용 효과와 해방으로 나오는 것 이외의 스테이터스가 0의 방패와 같다.

"뭐가 나왔군?"

"그래, 수왕의 방패 시리즈라든가 이것저것 나왔어."

"……나는?"

여기서 지금껏 방관하던 마모루가 자신을 가리키며 질문했다.

"마모루는 보류야."

"왜?!"

"미래의 방패 용사용으로 만든 거니까. 지금의 마모루에게는 불필요한 물건이야."

아아…… 그런가? 뭔가 기묘한 물건만 나왔는데? 이거 괜찮은 거지?

"내― 예측으로는 마모루와 나오는 무기가 다를 테니까."

헤에…….

"아마도 선조 회귀를 보조할 수 있는 무기가 나올 거야."

"잘 아는군."

"그쪽과 관련된 물품으로 구성했으니까. 미래의 방패 용사, 그걸로 동료를 보조하면 더 싸우기 쉬워질 거야."

확실히 입수한 방패 전부가 어떤 보조 효과가 있는 물건 같다.

하지만 0에서 파생된 방패는 뭔가 다른 것도 섞여 있는 느낌이 든다.

“ ‘윤회 시인’ 이라니 뭐지? 전생자를 간파할 수 있게 되는 건가?”

그렇다면 편리하다. 나중에 해방해 두도록 하자.

다음은…….

0 시리즈와 라스 실드, 자비의 방패 트리로 나오는 미해방 방패와 추가로 연결되어 있군.

어떻게 해서 해방시킬 수 있는지 모르지만…… 조건이 채워져 있는데?

“아무튼 이렇게까지 성의를 보였으니까 이것저것 눈감아 줬으면 해.”

“알고 있어. 그러니까 어서 마을에 설치한 탑이나 설비들의 방어 설비를 해제해.”

“물론이야.”

그렇게 해서 호른은 마을에 설치한 것들을 정지시켰다.

참고로 마을에 돋아난 탑 말인데, 짧은 시간 새에 거의 전부 클리어하기 직전까지 갔던 모양이다.

호른 말로는 상정한 이상의 연대와 공격 속도였다고 한다.

뭐, 위에는 렌과 포울이 있었으니까.

이것도 여차할 때 신속하게 움직일 수 있다는 증거로군.

“라프타리아, 미안해. 나중에 마을 녀석들에게 키르와 같은 개조를 받을지 어떨지를 물어보기로 했어.”

“아뇨……. 하지만 가능하면 그다지 받지 않았으면 좋겠어요.”

“그것도 나중에 상담하는 걸로 하자.”

"으…… 라프타리아짱! 뭔가 생각한 거랑 달라!"

"자업자득이에요, 키르 군. 이런 일이 생기니까 이상한 사람을 따라가면 안 되는 거라고요."

"라프~."

"다프다프!"

"좋겠다, 나도 완전히 라프짱처럼 되고 싶어라~."

나는 루프트가 가볍게 말하는 걸 흘려들으면서 마모루에게 말했다.

"다행히 전면 전쟁은 피했군. 하지만 네 쪽에서도 주의를 줘."

"정말로 미안해!"

마모루는 아까부터 계속 사죄하고 있다.

시안은…… 사건이 해결되어서인지 자기 일이 아니라는 듯 얼굴을 닦고 있다.

그 모습은 고양이 그 자체로군.

"호른도 이번엔 좀 반성해 줘!"

"내— 호기심은 이 정도로 멈추지 않는걸."

……이건 어쩔 수가 없군.

"너무 대책 없는 짓을 벌이면 우리 쪽 천명이 앞뒤 생각 않고 목숨을 빼앗을지도 모르니까 적당히 해."

"아무래도 그럴 것 같네. 나—도 조금은 배려해 둘게."

호른도 라프타리아가 뿜는 살기를 느꼈는지 얌전히 수긍했다.

이걸로 얌전해지면 좋겠지만.

이렇게 해서 호른이 일으킨 소동은 일단 해결되었다.

하지만 호른에게 늘 라트와 윈디아의 감시가 붙게 되었음은 말할 것도 없겠지.

호른을 설득해서 연구소 밖으로 연행하자 나타리아 일행이 굉장히 미간을 찌푸리고 있었다.

“적당히 하지 않으면 벌할 거예요.”

“나—는 부탁받은 일을 했을 뿐이야. 혹시 이 채찍이 내—가 용사로서의 길을 벗어났다고 말하기라도 해?”

호른은 알 바 아니라는 듯 흘려 넘기며 채찍의 칠성무기를 나타리아에게 보였다.

채찍의 보석 부분이 빛나는 듯했고, 나타리아는 그 빛에 입술을 깨물며 분한 표정을 지었다.

“개인적으로 한 대 때리는 정도는 괜찮지 않을까? 나는 책임지지 않겠지만.”

“나오후미, 아무리 그래도 그건…….”

마모루가 주의를 주고, 도착한 렌도 동의하듯 고개를 끄덕였다.

“나는 딱히 여자라고 구별하지 않아. 렌은 알잖아?”

렌에게 묻자 시선을 피했다.

“그 여자라면 나도 막지 않겠지만…….”

그래, 역시 윗치를 벌하는 일이라면 누구도 막지 않는다.

하지만 그게 다른 상대라면 대응이 바뀐다니 이상한 일이로군.

“……너무 감정적이 되면 좋지 않아요. 알았어요, 저도 양보하죠.”

어? 나타리아가 포기했군? 어떻게 된 심경의 변화지?

어쩐지 나를 응시하고 있지만.

"하지만…… 그러네요. 지금의 벌은 채찍의 정령님이 받는 걸로 하죠."

나타리아는 그렇게 말하더니 호른이 갖고 있는 채찍을 향해 해머를 내리쳤다.

"음? 어쩔 수 없군."

호른은 피하지 않고 나타리아의 해머를 채찍으로 받아 냈다.

까앙! 하고 경쾌한 소리가 난다 싶더니, 채찍의 보석 부분이 점멸하기 시작했다.

"슬슬 정령구의 권속이라도 한도를 넘었다는 걸 이해해 주시죠. 채찍의 정령님?"

호른의 책임이 무기 쪽으로 넘어간 걸로 되는 건가.

"……한동안 채찍을 이용한 재미있는 일을 할 수 없게 될 것 같네."

기능 제한이라는 느낌의 벌인가? 뭐, 괜히 폭주시키는 것보단 이 정도로 받아들이는 거겠지.

무기의 힘이 없다고 해서 아무것도 못하게 되는 것도 아닐 테고.

"정령조차도 벌을 받을 줄이야."

권속기라면 기능을 정지시킬 수 있다……. 그래, 생각해 보면 나도 비슷한 느낌으로 타쿠토에게서 칠성무기를 박탈했지. 그렇다면 조정자만 가능한 벌칙도 아닌 듯하다.

이건 무기에 깃든 정령의 선악과 관계가 없는 걸까?

"가령 정령님이라도 길을 어긋날 때는 있습니다. 이번 경우도 지금보다 큰 사태가 되었다면 죄가 너무 무거워졌겠지요. 파도도 있고…… 새로운 소지자를 찾을 시간은 없어요. 이 이상 악화되면 곤란하고."

아, 조정자도 확실히 파도를 신경 쓰고 있군.

애초에 파도라는 중대한 시기에 성무기의 용사가 길을 벗어나는 경우는 죽이는 것도 어려운가. 다른 한쪽 용사도 죽이지 않으면 재소환할 수 없으니까 말이지.

나타리아의 고충은 해소될 것 같지 않군.

"이게 조정자의 일인가……. 내 시대와는 꽤 다르군."

"미래에서는 어떻게 되어 있지요?"

"쿠텐로에 틀어박혀서 전혀 나오지 않았어."

"형들이 오기 전에 쿠텐로에 있는 용각의 모래시계가 강하게 빛을 낸 시기가 있었던가? 마키나가 나에게 아무것도 아니라고 했었어."

……그거 틀림없이 출동 요청이었겠지. 완전히 무시하고 말았잖아.

"세상은 언제나 변하는 법……. 이 몸이 감독하고 있기에 더더욱 그렇게까지 변하고 만 것이겠지."

"도리어 편승했을 정도니까 말이야."

하지만 지금 아련한 눈을 하는 수룡 자신이 초래한 사정. 정말 어처구니가 없다.

"……그 이야기는 그다지 듣고 싶지 않네요. 어떡하면 미래가 바뀔지 생각하고 싶어질 정도예요."
"힘내라고. 좋은 미래로 만들어 줘."
"바뀌면 저희도 곤란한데요……."
"그 수수께끼가 어떻게 되어 있는지도 풀 필요가 있을지 모르니까."
예를 들면 우리가 이 시대에 오는 것이 이미 정해진 사항으로서 존재했다거나…….
파도란 신을 참칭하는 자가 일으키는 세계 융합 현상이라는 것 같지만, 이번엔 다른 세계의 녀석들이 간섭해서 과거로 날려 왔으니까 아귀가 맞지 않는다.
하나의 선으로 연결되는 과거, 현재, 미래가 다른 선과 혼선되는 게 파도겠지?
우리의 시대보다도 미래가 있다면 설명이 되겠지만…… 파도에 패배하면 세계가 멸망할 터.
세인이 실제로 체험하고 있고 말이지.
본래 우리가 있던 시대가 그 시대의 끝이거나, 중요한 지점인 것만은 틀림없을 것이다.
미래로 전이라도 하지 않으면…… 세계 융합이 정규 노선이라는 증명은 할 수 없다.
우리처럼 미래 세계에서 용사가 온다거나 하는 전개가 되면 싫군.
애초에 세계란 것이…… 어떤 구조를 하고 있는지조차도 나는 알지 못한다.

지금까지의 정보를 모은 것으로밖에 알지 못하는 것이다.

……아트라와 오스트, 방패 정령과 다시 이야기라도 하지 않으면 어렵겠지.

마법을 영창할 때 나타나는 마룡 인격에게라도 물어볼까? 사실은 연결되어 있지 않은 건가?

『……?』

유사 인격을 이식했을 뿐이니까 상정 외의 일까지는 생각하지 못하나?

으음……. 어떤 시대에서도 일제히 파도가 일어나고 있다……든가? 과거, 현재, 미래와……. 그렇다면 있을 수 없는 일은 아니지만 이래서야 답이 나올 것 같지 않군.

"아무튼 과격한 환영이었네요. 이것저것 지적하고 싶은 게 잔뜩 있지만 사정은 파악했어요. 조정자이기에 그렇게까지 간섭하고 싶지는 않지만, 어쩔 수 없죠. 되도록 빨리 미래로 돌아갈 수 있길 빌겠어요."

나타리아가 이때라는 듯 우리를 향해 단언했다.

평가가 떨어진 듯한 느낌이 들기도 한다. 하지만 배제한다는 선택은 하지 않을 모양이다.

"하지만 성무기와 권속기…… 정령구를 악용하려고 하면 가만 있지 않으리라는 것을 기억해 두세요."

"그래. 그건 알겠고, 이 뒤에는 어떡할 거지?"

솔직히 말해서 나타리아가 무슨 일을 하는지 잘 모른다.

"활의 용사에게도 경고는 했고, 그 나라도 현재는 얌전히 있을 테니까……. 큰일은 어느 정도 정리했어요. 다가올 때 대비해 불온한 요소를 배제하고 싶은 참이네요."

아, 피엔사의 세계 전쟁 같은 것도 감시한단 건가.

"풍문으로는 방패 용사가 다른 세계의 용사를 다수 끌어들였다……고 했지만, 사정을 듣고 알았어요. 설마 미래에서 온 용사들일 줄은 생각 못하겠죠."

"그래서 말인데, 아까 미래로 돌아가는 방법이 없겠냐고 물었더니 모른다고 했었지? 정말로 짚이는 곳은 없어?"

"거기 있는 사악한 연금술사에게 묻는 게 어때요?"

"이미 했고, 아직 단서는 찾지 못했다고 해."

"……알았어요. 본국에 사자를 보내서 선대에게 물어보도록 하죠."

쿠텐로의 조언자에게 질문하는 건가. 빨리 대답이 오길 빌 수밖에 없군.

"그러고 보니…… 수다쟁이 새 씨가 안 계시네요?"

"나 말이야~?"

지명당한 레인이 세인과 함께 손을 올렸다.

아니, 있었구나. 조용히 있으니까 몰랐다.

"거기에 있었나요……. 없었어도 상관없는데. 당신도 언제까지나 여기 있지 말고 자신의 세계를 지키러 가는 게 어떤가요?"

"괜찮아. 저쪽 동료들은 이미 다 이해했으니까."

대답이 경쾌하군.

뭐, 라프타리아의 도도 그렇고, 정말로 위험한 경우에는 강제로 불러들이겠지.

"그것보다도 상태는 어때? 꽤 재밌는 상황인 것 같은데?"

"전혀 재미있지 않아요. 농담이면 얼마나 좋을지……."

나타리아도 라프타리아와 마찬가지로 꽤 고생이 많은 타입이군.

용사를 감시하는 조정자라는 입장 때문에 생기는 고민인가.

하지만…… 이 시대 녀석들은 나타리아의 목숨을 노리거나 하지 않겠지?

내 시대라면 이런 귀찮은 녀석은 어떤 수단을 써서라도 주살하려고 들 것 같은데 말이야.

그런 생각을 하고 있자니 키즈나의 얼굴이 떠올랐다.

……과연, 그래서 용사와 용사가 다투거나 하는 거로군.

저쪽 세계에는 이미 천명에 해당하는 존재가 없는 것 같지만.

어쨌든 마찬가지다. 이 시대의 활의 용사나 다른 권속기 소지자가 끼어들려 해도 앵천명석의 힘으로 억누를 수 있겠지. 분쟁은 우리가 원래 시대로 돌아간 다음 맘껏 하면 된다.

"그리고…… 당신이 미래의 재봉 도구의 용사인가요……."

나타리아가 세인을 보고 중얼거렸다.

"그래그래, 세인짱이라고 한대. 아마 우리 종족의 후손일 거야. 귀엽지?"

레인은 그런 말을 하면서 너무나도 친근하게 세인을 쓰다듬었다.

"당신은 변함이 없군요. 여동생에게도 그런 태도였고."
"그럼! 정말이지 세상은 어떻게 될지 모르는 법이라니깐!"
"……."
당사자인 세인은 굉장히 불쾌한 듯 미간을 찌푸리고 있다.
세인의 태도가 친언니를 닮았기 때문일까?
그런 이야기를 하는 그룹과는 좀 떨어진 곳에서, 키르가 마을 녀석들 상대로 뭔가 이야기를 하고 있다.
"키르 군, 어땠어?"
"어떻기는! 형들에게 붙잡혀서 라프 종이 될 뻔했어!"
"그건 아니지~."
"하지만 호른 누나에게 부탁하면 방패 용사님들의 강화보다도 강해질 수 있는 거지?"
"아까 한동안 못 한다고 말하지 않았어?"
"아까워……."
"아, 호른 누나가 히죽대고 있어. 틀림없이 이 정도는 되는 거야."
처음엔 혼나고 있는 줄 알았는데 흥미가 있어서 이야기를 하고 있을 뿐인 모양이다.
이놈들…….
"그럼 어떡하지~."
"이미아짱은 어떤 개조를 받을래?"
"어, 어어……."
이 녀석들은 진짜로 내가 상상한 대로 떠들고 있었다.

조금 더 수단을 가리라고. 라프타리아가 노려본다.

“역시 방패 용사님을 위해서도 조금 더 인간에 가까워질 수 있나 빌거야?”

왜 인간 모습이 되려는 부탁이 날 위한 게 되지?

이미아가 인간화라니, 이미 수인이고……. 그렇다는 건 아인에 가까워지고 싶은 건가?

“뭐야? 뭔가 재미있는 이유라도 있는 거야?”

“저기…….”

호른과 노예들이 몰래 이야기하고 있다.

“그건 그다지 재미가 없는걸. 나—는 선조 회귀하는 쪽이 재미있는데.”

아니, 자중하라고. 아까 한 말을 그새 뒤집고 있냐고.

“애초에 말이지. 내— 조사에 의하면 역대 방패 용사에게는 어떤 특징이 있거든. 그건 상대를 그 종족으로 구분하지 않는다는 공통점이야.”

너는 무슨 소릴 하는 거냐.

호른의 말에 떨어져서 이야기하던 녀석들도 낚여서는 나와 마모루를 바라본다.

렌과 포울도.

“……아트라도 형을 금방 좋아하게 됐지.”

“확실히 나오후미는 인종에 구애되지 않는 것처럼 보이긴 해. 진지하고 솔직한 상대에게는 자상한 걸 자주 봤어.”

너희는 닥치고 있어! 괜히 끼어들지 마! 신빙성이 늘어나잖아.

나는 그렇게 절조가 없지 않다고!

"'용사와 마수' 같은 이야기가 있을 정도인 걸 모르는 모양이네? 그 밖에도 마수로 변해 버린 소녀에게 방패 용사가 진실한 사랑의 키스를 해서 저주를 풀어준다는 이야기도 유명해. 공통점은 외견이 아니라 내면에 반하는 용사라는 거야."

몰라! 아니, 방패 용사라는 건 동화 막판에 갑자기 튀어나오는 왕자님 같은 거냐고!

"이건 활의 용사와 비교하면 분명하지. 그러니까 방패 용사 상대로 종족 같은 걸 신경 쓸 필요는 없는 거야."

"……호른 누나, 이미아짱은 그런 걸 알고 싶었던 게 아니라고 생각하거든."

"왜? 뭐, 미래의 방패 용사의 경우에는 라프 종을 엄청나게 좋아하는 모양이니까, 그쪽으로 개조하는 건 어때?"

"아니, 그건…… 죄송해요."

이미아가 미안한 듯 거절의 뜻을 표했다.

그걸로 됐어.

어쨌든 나는 성실한 네가 마음에 드는 거니까 말이지.

"확실히…… 저도 역대 방패 용사를 관찰한 기록을 본 적이 있어요. 초대 방패 용사의 단짝 이야기가 있는데, 소환된 직후의 용사들은 그를 리저드맨이라고 불렀던 모양입니다."

나타리아가 우리에게 추가타를 날렸다!

"방패 용사의 아이에게는 상대 종족의 피가 진하게 나타난다는 이야기도 있어요."

"실트벨트에서 그런 이야기를 들었었지……."

……슬슬 이쯤에서 끝내 줘. 포울도 짚이는 곳이 있는 듯한 이야기를 꺼내지 말고.

"왜 요즘 나를 향해 묘한 성적 지식 같은 화제가 굴러들어오는 거지?"

라프타리아를 쓰다듬어 주기도 했으니까 너희도 그쯤에서 자중하라고!

이래서야 틈 날 때마다 라프타리아를 라프짱처럼 쓰다듬어 주지 않으면 주위에서 이 화제를 멈추지 않을지도 모르겠는걸.

"음……. 여러분, 나오후미 님과 마모루 씨가 곤란해하고 있으니 그쯤에서 그만둬 주시면 저도 고맙겠는데요."

여기서 라프타리아가 솔선해 그 화제를 멈추려고 했다.

나도 여기서 끼어들까. 아니, 해산시키자.

"그래, 쓸데없는 얘기는 이쯤에서 끝내고 철수. 이번 일은 비상 사태에서 우리가 얼마나 신속하게 움직일 수 있는지에 대한 지표가 되었다고 생각해. 각자 다음에 비슷한 일이 있을 때는 이번처럼, 아니, 이번 이상으로 신속하게 해결할 수 있도록 애써 줘."

"네~."

그렇게 대답하고 모두 물러갔다.

"나타리아, 어쨌든 내 마을은 이런 곳이야. 잠시 이 시대에 신세를 질 테니 잘 부탁해."

"예, 대충은 알았어요. 꽤 활기찬 곳인 모양이고, 파도에 대항

할 전력이 된다면 너그럽게 봐 드리지요."

"오? 미래가 바뀌니까 시간에 개입하지 말라든가 하는 말을 할 거라고 생각했는데."

"이 정도 전력을 놀려 둘 여유는 없어요. 게다가 바뀐다면 한껏 바꿔 주시길 바라요. 결과적으로 이 세계를 지킬 수 있다면 말이지요."

"파도에서 녀석들이 생각한 대로 전개되는 걸 막으려면 모든 수단을 사용해야지. 도움이 올 때까지 참아라."

수룡이 그리 말하며 나타리아에게 휘감겨 어깨에 머리를 올렸다.

편한 태세를 취했구만.

마모루 일행도 신을 참칭하는 자와 싸울 자가 오는 걸 기다리고 있는 거였나?

결국…… 그 녀석은 이 시대에 오는 걸까?

아무래도 그 부분이 애매하다.

하지만 피트리아에게서 들은 이야기도 있으니, 어쩌면 올지도 모른다.

세계는 융합하고 말았지만 신을 참칭하는 자를 봉인하는 데는 성공했다거나 해서.

"그럼 다시 한번, 앞으로 한동안 감시를 하겠습니다."

이렇게 해서 우리 마을에 나타리아가 머물게 되었다.

덤으로 라프타리아와 루프트가 기능적인 것을 배우기로 했다.

참, 완전히 동떨어져 있던 메르티가 이번 소동을 듣고서 멍한 표정을 지었던 게 인상적이었군.

불운하게도 호위로 붙어 있던 에클레르가 참가하고 싶었다는 표정을 지은 건…… 아무래도 좋은 이야기인가.

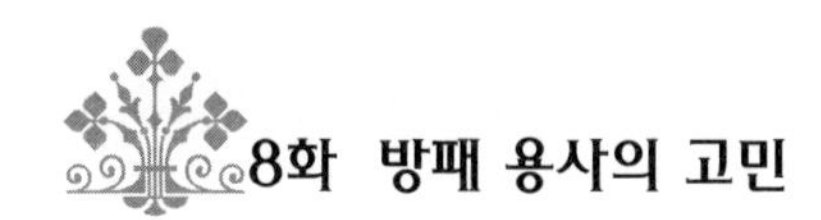

8화 방패 용사의 고민

우리의 일상은 그런 느낌으로 지나갔다.

키르와 마을 녀석들의 트라우마는 라프타리아의 치료와 라프짱이 사용하는 환각 마법으로 케르베로스 모습을 유사 체험한다는 형태로 착실히 억제되고 있다는 듯하다.

그래도 어떻게 안 되는 녀석에 대해서는 호른의 개조도 선택지에 넣은 플랜을 구성 중이다.

피엔사 쪽은 내분을 억누르는 데 필사적이라 한동안 조용할 듯하다고 한다.

메르티와 루프트가 잘 혼란시킨 모양이다.

게다가 나타리아가 실트란에 주재해 있기 때문인지 피엔사는 더더욱 용사를 투입하기 어려운 상황이다.

어리석은 선택을 하지 않기를 바랄 뿐이다.

그러던 어느 날 저녁…….

행상을 끝내고 일단 마을에 돌아갈까 하는 이야기를 라프타리아와 하는 동안…… 함께 행상에 참가해 있던 시안이 뭔가 말하고 싶은 표정으로 이쪽을 보는 걸 눈치챘다.

무슨 일일까 하며 라프타리아와 얼굴을 마주 본 다음 질문했다.

"……왜 그래?"

"……."

왠지 고개를 숙이고 있다.

상황에 따라서는 마모루에게 상담해야 할 일일지도.

"왜 그래~?"

키르가 다가왔다.

오늘도 키르의 호객으로 사람들이 모였었지.

"저기, 미래의 방패 용사님 맞지?"

"그렇지."

"마모루 오빠랑 같은 거지?"

"방패 용사라는 점에서는."

"키르 군의 트라우마를 해소할 수 있었던 거지?"

나는 키르 쪽을 보았다.

뭐어……. 일단 해결해 나가고 있긴 한가?

개인적으로는 미묘한 라인이지만…… 어쩐지 신경 쓰이는군. 단언해 두는 쪽이 좋을 것 같아.

"그래."

"그럼…… 마모루 오빠를 도와줄래?"

"……마모루를 도와?"

굳이 말하면 마모루가 실트란을 지키고 있는 측이라고 생각하는데.

그때 일전의 사건을 떠올렸다.

마모루는 호른을 처분할 수 있겠느냐고 물었을 때 키르처럼 호흡이 가빠졌었다.

그건 뭔가 이유가 있어서일 거라고 생각했지만 그 사정을 아는 시안이 신경 써서 힘이 되고 싶다고 생각하는 것이리라.

어쨌든 마모루는 아이들을 돌보고 있고, 아이들도 의욕을 보이고 있다.

우리의 행상 도우미도 적극적으로 하고 있고. 제법 괜찮은 관계를 맺고 있다.

"왜 나에게 상담하는 거지? 그런 건 호른이나 레인에게 부탁하는 게 좋다고 생각하는데?"

"……아마, 그걸로는 안 나아. 같은 방패 용사님이라면 어떻게든 할 수 있을지도 모른다고 포울을 보면서 생각했어."

포울은 편하게 부르는군.

그러고 보면 포울은 시안에게 약간 거북해하는 의식을 갖고 있었던가.

뭐가 거북한 건지는 포울 자신도 잘 모르는 느낌이었지만.

"이제부터 성에 돌아가겠지만, 밤이 깊어지면 호른 언니가 준 부적을 갖고 몰래 와 줘……."

말보다 증거라는 건가?

시안은 원래 잘 떠드는 쪽이 아니고 낯을 많이 가리는 편이다.

나한테는 왠지 살갑게 굴지만.

"가도 좋지만……."

"고마워. 하지만 너무 많은 숫자면 안 돼. 특히 라프타리아짱을 닮은 사람은 절대 안 돼."

"……나타리아 말이야?"

시안은 내 질문에 고개를 끄덕였다.

나타리아가 안 된다니 어째서지?

뭐, 그 녀석은 에클레르 급으로 융통성이 없다는 느낌이니까 이해 못 할 것도 없나.

"포울하고 라프타리아짱은 데리고 와도 돼."

나와 라프타리아와 포울?

선정 기준은 알 수 없지만 전력을 보면 상당한 정예로군.

"라프~?"

"응. 너희도 숨는 게 특기라면 괜찮아."

시안은 다가간 라프짱을 쓰다듬으며 답했다.

"……다프~."

다프짱 쪽도 허가는 얻은 것 같군.

"나는~?"

"키르 군은 틀림없이 시끄러울 테니까 안 돼. 그리고 필로리알은 절대로 데려오지 마."

시안이 키르를 향해 팔을 교차해서 오지 말라고 지시했다.

아직 말이 서툴지만 무엇을 전하고 싶은지는 대충 알 수 있을 듯하다.

그런데 데려가는 녀석의 제한이 쓸데없이 엄격한걸.

설마 게임의 행동 제한 같은 건 아닐 테고, 뭔가 이유가 있는 걸까?

"흠……."

"형, 어떡해?"

"뭐, 시안이 무얼 전하고 싶은지 모르니 간단히 말할 수는 없지만 마모루랑 실트란과의 관계를 생각하면 여기에서 거절하는 건 좋지 않겠지."

뭘까, 시안의 태도를 보면 상당히 심각한 고민인 게 느껴진다.

이 기회를 놓치면 중요한 것을 잃어버릴 듯한, 그런 느낌.

뭔가 문제가 있다면 파악해 두는 쪽이 좋겠지.

"알았어. 그럼 나중에 보자."

"응. 그리고 감시와 경비 장치에 주의해. 절대 들키지 말고 와."

"그래그래."

그래서 우리는 일단 귀환한 후, 마모루의 동료를 데리고 실트란의 성으로 가서 메르티와 루프트를 교환하는 형태로 맞으러 갔다.

메르티의 말로는 실트란의 부흥 상황이 제법 진행되었다는 모양이다.

자, 일단 마을로 돌아와…… 모두 식사를 마쳤을 즈음 나는 시안이 지정한 인원인 라프타리아, 포울, 라프짱들을 데리고 약속했던 대로 실트란 성의 성문을 통과했다.

라프타리아의 은신 마법과, 레벨과 단련으로 강화된 신체 능력을 쓰면 성벽 정도는 간단히 넘을 수 있다.

척 하고 착지해서 약속한 장소인 성의 정원에 가자 시안이 그늘에 서 있었다.

"왔어."

작게 말을 걸자 시안이 귀가 쫑긋거리더니 우리 쪽을 보았다.

"기다려. 모습을 드러내지 마."

라프타리아가 마법을 해제하려고 했을 때 시안이 성벽을 가리켰다.

작은 새 몇 마리가 일정한 주기로 성벽 위를 돌아다니고 있는 듯했다.

밤에 새?

"사역마……인 걸까요."

그렇군, 성의 경비에 사역마를 쓰고 있는 건가.

"들키면 큰 소리로 울어대. 저건 그렇게 훈련되어 있어."

"알았어. 하지만 어떡하면 되지?"

"가능하면 소리도 내지 마. 나라면 어디에 있어도 어쩐지 알 수 있으니까."

라프타리아의 은신 마법을 알아챌 수 있다니, 얼마나 민감한 거지?

"……포울은 거기네."

"어, 으응."

시안은 모습이 보이지 않을 포울의 손을 잡고서 걷기 시작했다.

포울도 왠지 거북한 느낌으로 대답하고서는 그대로 따라간다.

확실히 포울이 뭔가 껄끄러워하는 느낌이다.

아트라를 돌본 경험 덕분에 아이를 대하는 건 특기일 텐데, 대체 왜 그러는 걸까?

그런 생각을 하면서, 시안이 이끄는 대로 실트란 성안을 걸었다.

묘하게 조용하군……. 지금 시간대라면 마을 녀석들은 아직 떠들썩할 텐데.

식후 연습을 하거나 목욕탕에 들어가거나 친한 녀석들끼리 오늘 뭔가 있었는가를 한창 떠들 때다.

나도 마모루 일행은 이 시간대에 즐겁게 이야기를 하리라고 생각하고 있었다.

그런데…… 여기는 어째서인지 너무 조용하다.

생각해 보면 실트란의 성 밑 도시도 그랬었군.

다소 활기는 있어도, 뭐랄까…… 놀고 있을 틈은 없고 그저 쉰다는 그런 느낌이었다.

전쟁에 말려들기 쉬운 작은 나라라곤 해도 너무 긴장감이 넘치는 게 아닌가?

우리가 와 있을 때는 활기가 있지만 없다고 판단하면 조용해지는 건가……. 그런 건 너무나도 손님이란 느낌이라 기분이 나쁘다.

그런 느낌으로 성안을 나아가자…….

"조금 기다려. 여기부턴 절대로 소리를 내지 말아야 해."

시안이 포울의 손을 놓고 막혀 있을 통로의 벽 일부를 밀었다.

그러자 소리를 내며 지하로 가는 계단이 나타났다.

어이……. 최근에 비슷한 사건을 겪은 적이 있는데?

……또 호른인가. 호른이 만든 장치가 이런 곳에도 있나.

그런 생각을 하고 있자, 병아리가 약간 성장한 형태 같은 마물?이 계단에서 고개를 내밀어 시안을 보았다.

"삐약!"

"피지아짱, 감시하느라 수고."

시안이 그렇게 인사를 하자 피지아라고 불린 마물이 한쪽 날개를 들어 대답했다.

격렬한 의문이 샘솟지만 여기서 소리를 내면 들켜 버린다.

"삐약삐약."

"알고 있어. 갈 거야."

뭔가 주의를 주는 듯한 피지아란 마물에게 재촉을 받은 시안이 계단을 내려가려다가 등 뒤로 손을 돌려 우리를 불렀다.

우리는 그대로 조심스럽게 시안의 뒤를 따라 계단을 내려갔다.

피지아가 벽에 날개를 대자 위로 가는 길이 닫히고, 계단을 감시할 수 있는 자리로 돌아가 날개 손질을 시작했다.

시안은 그 피지아라는 녀석과 작별 인사를 끝내고 그대로 통로 앞으로 걷기 시작했다.

저 새는 뭐지? 저런 건 지금까지 한 번도 본 적이 없는데.

그건 다른 일행도 마찬가지인 듯 묻고 싶은 걸 꾹 참는 모습이었다.

하지만 시안은 쓸데없는 이야기는 하지 않겠다는 듯 종종걸음으로 전진한다.

마침내…… 뭔가 막 같은 걸 지나친 느낌이 들었다.

주위를 둘러보자 시안이 돌아서서 손가락으로 나뭇잎 모양을 만들었다.

호른에게서 받았던 액세서리 말인가?

……어떤 경비 장치를 빠져나가기 위한 인증 키였나?

통로 안은…… 내 마을에 만들어졌던 호른의 비밀 연구소처럼 복도와 방이 이어졌다.

충분히 시간을 들여 만들었는지 도중에 몇 곳인가 문이 있었지만 시안은 곧바로 나아가고 있다.

도중에 감옥이라고 해야 할까, 안이 들여다보이는 창살 문이 있고…… 수인 같은 녀석이 코를 골며 자고 있었다.

저건 대체 뭐지? 무슨 수인종인지 잘 모르겠다.

양이지만, 그런 주제에 늑대를 연상케 하는 어금니와 주둥이가 기분 나쁘다.

인간 키메라라고 칭해야 하려나?

왜 저런 게 있는 거지? 여기는 실트란인데?

계속해서 소리를 내지 않고 나아가자, 시안이 발을 멈췄다.

"내가 걷는 곳을 똑바로 따라 와."

그렇게 혼잣말처럼 중얼거린 시안이 묘한 간격으로 나아간다.

나는 라프짱들을 플로트 실드에 태우고 들은 대로 한 걸음 한 걸음 시안이 걸은 흔적을 따랐다.

라프타리아와 포울은…….

귀찮다. 에어스트 실드로 덮개를 만들어 걷는 게 편하겠군.

팟 하고 에어스트 실드를 나타나게 해서 라프타리아와 포울이 이동하기 편하게 해 주었다.

두 사람도 가볍게 내 뒤를 따랐다.

그리고 또 창살 문이 있었기에 실내를 확인했다.

이번에는…… 배양조 안에 독수리를 연상시키는 새 모양 마물이 떠 있었다.

색깔은 빨간색. 불타듯이 빨갛다.

"다음엔 몸을 숙이고……."

시안이 아무렇지도 않게 가리킨 앞에 특별히 이상한 부분은…… 아니, 잘 확인하자 극세 와이어가 펼쳐져 있었다.

절단 효과 같은 게 있을 것 같지만 나에게는 의미 없다. 어느 정도라면 돌파 가능하다.

하지만 경보 장치 같은 것이 연결되어 있다면 죽도 밥도 안 된다……. 경비가 제법 삼엄하군.

그 후에도 덫 같은 것들을 넘어서 계속 전진했다.

그 앞에…… 어딘가 파수꾼 같은 아이들이 있다.

응? 저 실루엣은……?

"……."

어딘지 멍한 느낌에 연한 청색…… 등에 배낭을 메고 있는 아이다.

시안이 손을 들어 인사한다.

"피트리아, 안녕."

……엉? 피트리아?

시안이 말을 건 상대를 응시하며 몇 번이고 확인했다.

거기에 있던 것은, 분명히 우리가 아는 피트리아를 조금 더 어리게 만든 듯한 모습의 아이였다.

자기도 모르게 소리를 낼 뻔한 걸 필사적으로 억눌렀다.

"?"

피트리아가 우리의 동요를 알아챘는지 고개를 갸웃하며 이쪽에 손을 뻗었다.

그것을 간신히 피했다.

"뭘 하고 있어?"

허공을 가른 손을 말똥말똥 보던 피트리아가 다시 손을 뻗으려 할 때, 시안이 말을 걸었다.

"응……. 뭔가 있는 것 같아서."

"그럴 리 없잖아. 대기소에 돌아가."

"응."

피트리아가 약간 수상쩍어하면서도 등을 돌렸다.

위험했다……. 아니…… 이 녀석 피트리아 맞지?

타인을 착각한 게 아니다. 등 뒤에 날개가 있으니 틀릴 리 없을 터다…….

우리를 눈치채지 못하도록 의식하고 있는지 시안이 다소 발소리를 크게 내고 걸어간다.

우리는 제대로 이야기도 나누지 못한 채 시안의 안내대로 나아갔다.

마침내…… 시안은 어떤 방에 들어갔다.

"아, 시안. 어디 갔었어?"

그 방 안에서 마모루가 자상한 시선으로 시안을 맞이했다.

"밤 바람을 맞고 싶어져서 정원을 산책했어."

"그런가……. 하지만 오늘은 개조가 있는 날이니까 예정대로 있어야지."

우리는 이 시대의 피트리아 같은 녀석과 만난 것보다도 더 큰 충격에 지배당했다.

왜냐면 시안을 타이르는 마모루의 오른쪽에 무수한 배양조가 있고, 그 안에는 마모루가 돌보고 있던 아이들이 전부 떠 있었기 때문이다.

모두 잠든 것처럼 눈을 감고 있다.

왼쪽에는 아까 본 새 형태 마물……이 아니다. 작은 인간형에 가까운 뭔가가 떠다니고 있었다.

그리고 안에는…… 다른 배양조보다도 큰 수조 안에…… 소녀 한 명이 떠 있었다.

어딘가 피트리아를 닮은 얼굴에 레인을 섞은 듯한 느낌의 소녀였다.

세인과 필로 같은 느낌도 들지만…… 누구지?

여긴 대체 무슨 시설이야?

"저기…… 마모루 오빠."

"왜 그래?"

넌지시 배양조로 인도하려는 마모루에게, 시안은 용기를 쥐어 짜내듯 말했다.

"있잖아, 난 마모루 오빠가 예전처럼 돌아왔으면 해……. 굉장히 슬픈 건 알겠어. 그러니까 우리도 강해지고 싶고 힘을 얻고 싶다고 빌었어. 실험이 막혔다면 호른 언니 말고도……."

그러자 마모루는 굉장히 슬퍼하는 표정으로 고개를 저었다.

"무슨 말을 하고 싶은지 알아. 하지만, 그러면…… 안 돼."

마모루의 말과 자상한 목소리가 기묘한 분위기를 자아낸다.

"지금은 중요한 시기야. 이 시기만 살릴 수 있다면 모두가 괴로워할 일은 이제 없어. 싸움을…… 희생을 내지 않고 극복할 수 있어."

내 머릿속에서 딸깍 하고 퍼즐의 조각이 맞는 소리가 들린 것 같았다.

"그럼 오늘은 수인화 연습이야. 자, 장치에 들어가서…… 수인화 유발을 할게. 모두 기다리고 있어."

그렇게 말하는 마모루를 향해 시안은 고개를 저었다.

"마모루 오빠, 우리는, 강해질 수 있는 게 싫다고 하는 게 아니야. 나쁘다고도 생각하지 않아. 하지만 이렇게 하고서 마모루 오빠는 이전처럼 웃어 줄 수 있는 거야? 요즘 점점 더 괴로워하는 것 같아……."

"……괜찮아, 시안. 그러니까 내 말을……."

"……미안해, 마모루 오빠. 나는 마모루 오빠가, 더 앞으로 나아가길 바라!"

그렇게 말한 시안이 우리 쪽을 돌아보았다.

마모루가 무슨 일인가 싶어 이쪽을 본다.

나와 달라는 건가.

나는 라프타리아에게 신호해서 은신 상태를 해제시켰다.

"꽤 대단한 실험을 하고 있었구만."

당연하지만 마모루가 놀라지 않을 리 없다.

"어떻—— 시안!"

마모루가 시안을 책망하듯 큰 소리를 냈다.

그러나 시안은 모르는 일이라는 듯, 실로 고양이다운 태도로 얼굴을 긁고 있다.

"왜 이런 짓을…… 끝장나고 말았잖아!"

"뭐가 끝장이라는 거지? 아이들의 인체 실험이? 아니면 그 밖의 일들이 나타리아에게 들통나고 말 테니까?"

나타리아가 쿠텐로에서 파견되어 온 이유를 간신히 알 것 같다.

호른이 용사로서 일탈한 행동을 하고 있다거나 활의 용사가 악행을 저지른다거나 하는 이유가 아니었던 것이다.

아마도 마모루가 방패 용사로서 선을 넘은 무엇인가를 저지른 것이다.

혹은 커스 시리즈에 오염된 것이리라.

시안은 이전의 마모루로 돌아와 주기를 바라고 있다.

내가 아는 용사들을 보면 무엇이 일어났는지 추측할 수 있다.

렌은 이전부터 책임감이 강한 쪽이었지만, 그 책임감이 너무 강한 탓에 주위와 관련되고 싶지 않다고 생각했다. 그리고 자신이 관련되는 바람에 안 좋은 방향으로 사태가 진행되는 걸 기피했다.

그렇기에 처음에는 혼자…… 혹은 자신이 지켜낼 수 있다고 판단한 소수 정예를 선호했다.

결과적으로 게임 지식에서 온 오만에서 벗어난 후는, 나 대신 마을을 맡았다는 중압감에 짓눌려 앓아누웠다.

이츠키는 정의감이 너무 강한 것이 문제가 되어, 마음에 들지 않는 상대의 사정 따위는 전혀 생각하지 않고 자신의 정의만을 믿으며 폭주했다.

결국 저주의 무기 때문에 주체성을 상실.

그 치료 동안 이것저것 생각하게 된 덕분에 어른스러워졌지만.

모토야스는…… 말할 것도 없다. 가장 심각하다.

하지만 지금 생각해 보면 누군가를 돕고 싶다, 믿고 싶다는 마음만은 다른 사람보다 훨씬 강한 녀석이었다.

그 방향성에 문제가 있었고 남자를 경시했지만.

지금은…… 필로와 필로리알 이외에는 대부분 아무래도 좋다는 태도로, 모두의 트러블 메이커처럼 되고 말았다.

나도 이세계에 처음 왔을 때와는 성격이 완전히 달라지고 말았다.

시안이 마모루에게 바라는 것은 이전 모습으로 돌아오는 것이다.

"여기에 오고 나서 놀라는 일투성이네."

"예……. 정말로요. 이곳은 무얼 하는 곳인지 알려 주시지 않겠어요?"

"미안하지만 말할 수 없어. 그게 미래의 용사들이라고 해도!"

시설 내에 경보가 울려 퍼지고 뒤쪽 문이 곧장 열렸다.

그리고 도착한 레인이 사태를 파악했는지 약간 포기한 표정을 지었다.

"이런이런……. 다 들켜 버렸네."

"너도 공범인가."

"……일단은."

조금 불만은 있어도 물러날 마음은 없는 듯, 레인이 재봉 도구를 가위로 바꾸고 날개를 펼쳤다.

이거 전투는 피할 수 없나?

"나타리아짱의 주의를 호른에게 돌리는 건 좋았는데 말이야."

"너희와의 동맹은 여기서 해소해야겠어!"

"침착해. 우선은 이야기를 들어 봐야지. 지금까지 동맹을 맺고 있었으니까."

일단 마모루는 지금까지 우리에 대한 협력 태세를 무너뜨리지 않고 있다.

다소 켕기는 일이 있다고 해도 곤란하게 만들 생각은 없다.

"나는…… 여기서 멈출 수는 없어! 모두를 위해서도……!"

"사람 말을 들어!"

마모루가 기이한 오라를 두른 방패를 출현시켜서 뭔가 항목을 조작하고 있다.

이거 숨겨진 커스 시리즈 같은 게 발현되기라도 하려나?

그러자 아이들이 들어 있던 배양조의 액체가 보글보글 거품을 내기 시작했다.

"으으으으으윽……."

동시에 시안도 가슴을 손으로 누르며 몸을 웅크렸다.

그리고 아이들의 모습이 천천히 변화해 갔다……. 그건 사디나와 포울의 수인화 프로세스와 거의 같았다.

하지만 이게 인공적인 것임은 이제 한눈에 알 수 있다.

생각해 보면 마모루가 돌봐 주는 시안에게는 기묘한 특징이 있었다.

시안이 오르트로스의 등에 재빠르게 타고 목을 그었던 사건이라든가.

레벨과 전투 경험에 걸맞지 않은 본능적인 움직임 같은 것.

본능으로 싸움에 적절하게 움직일 수 있었던 것. 그건 인체 개조의 편린이었겠지.

그거라면 가능할지도 모른다. 무의식적으로 가능하도록 주입된 것이니까.

그렇게, 시안의 몸이 고양이가 아니라 백호…… 수인화한 하쿠코 종처럼 변화해서 추측이 확신으로 변했다.

다른 아이들도 각각 슈사크, 겐무, 아오타츠의 수인화한 모습으로 변했다.

나 이전의 방패 용사가 한 위업은 다수 있다.

우선은 아인과 인간의 사이를 중개했다는 이야기.

이건 어느 시대인지 모르지만 포브레이 건국 시점 근처의 사건이리라.

포브레이라는 이름에서 보건대 네 용사가 협력해서 생겨났을 것 같으니까.

적어도 이 시대보다는 뒤의 이야기인 게 확실하다.

그리고 또…… 실트벨트를 건국하고 네 대표 종족에게 숭상받았다는 사건이다.

그러나 이 시대에 그 네 종족은 존재하지 않는다.

실트벨트 대표 사대 종족에게는 특징이라고 할까, 어딘가 독특한 구석이 있다.

구체적으로 말하면 무슨 아인인가 하는 점이다.

지금까지 내가 만났던 아인, 수인은 다수 있다.

어떤 종족이든 간에, 어떤 동물인가 어렴풋이 알 수 있는 특징이 있었다.

라프타리아는 너구리, 사디나는 범고래, 키르는 개, 이미아는 두더지 같은.

그 밖에도 이것저것 봤지만, 내가 아는 동물이 대부분이었다.

하지만…… 실트벨트의 대표 종족들은 어떻지?

하쿠코……는 화이트 타이거에 해당한다고 볼 수 있을지도 모르지만 백호와 화이트 타이거는 비슷해도 다른 생물일 것이다.

전투 능력은 물론이고, 화이트 타이거는 실재하는 동물이지만 백호는 환수다.

슈사크, 겐무, 아오타츠는 또 어떻지?

주작과 현무, 청룡도 전설상의 생물이다.

그렇게 말하면 드래곤은 어떠냐는 이야기가 나올 수 있지만,

드래곤은 예외라고 봐도 되리라.

그 녀석들은 절조 없이 번식할 수 있는 생물이니까.

그 피가 섞인 녀석이 이세계에 없다고는 할 수 없다.

쿠텐로에 캇파가 있던 것 같기도 하니까, 예외 따위는 생각도 하지 않았다.

도리어 신기하게 생각할 영역 따위는 한참 전에 넘고 있다.

그렇기에 나는 검과 창의 세계쯤에서 생식하던 종족이 파도에 의한 세계 융합 후에 실트벨트에 정착한 것이라고 생각했지만…… 착각이었던 듯하다.

"포울."

"왜?"

"네가 시안을 껄끄러워하는 이유를 알겠어."

조상님이었기 때문이리라고 상상할 수 있다.

아버지 쪽……이라는 전제가 붙지만.

"형……. 이런 상황에서 잘도 그런 소릴 할 수 있구나."

"나오후미 님답다고는 생각하지만요……."

"으으으으으……."

시안이 괴로워하며 변신을 끝내고 주위를 둘러보았다.

상황은 그다지 좋지 않은 듯하다.

"시안, 들려?"

"카…… 악……!"

말을 건 나를 향해 적의 어린 대답.

음. 어째 미완성인 수인화라 제어가 되지 않는다는 느낌이로군.

시안은 오른손으로 왼팔을 피가 나올 정도로 강하게 붙잡고 적의에 저항하려 하고 있다.

"컨퓨전 타깃!"

마모루가 나를 향해 검지를 향했다.

그러자 아이들이 일제히 나를 향해 적의 어린 시선을 보내며 간격을 재기 시작했다.

아무래도 수인화한 동안 이성을 제어할 수 없더라도 목표를 향해 공격하는 것은 가능한 스킬이 있는 모양이다.

"컴온 피모노아!"

마모루가 그렇게 외치자, 마모루 주변에 지금까지 오면서 봤던 날개가 셋 달린 새…… 아니다.

사역마가 나타났다.

이건 라프짱을 불러내는 스킬과 같은 것이리라.

주위를 둘러보자, 우리는 마모루가 사역하는 자들에게 포위되어 있었다.

"유성방패, 에어스트 플로트 실드, 세컨드 플로트 실드."

만약을 위해 결계와 방패를 전개해 공격에 대비한다.

자, 이 상황을 어떻게 빠져나갈까.

"나오후미 님."

"형."

라프타리아와 포울이 어떡하면 좋을까 물어보며 전투 태세를 갖췄다.

"마모루, 정말로 우리와 싸울 셈이냐?"

사실 마모루와 싸울 의미를 찾을 수가 없다. 전생자 같은 것과도 뭔가 사정이 다른 것 같고, 숨기고 있던 것이 드러나서 이성을 잃은 걸로밖에 보이지 않으니까.

"다프으으으으으으으!"

다프짱이 내 어깨에 타서 엄청나게 마모루를 위협하고 있다.

반대로 라프짱은 라프타리아의 어깨에 타서 주위를 경계 중이다.

"당연하지. 비밀을 들켰으니까."

"흥……. 마모루, 너는 중요한 걸 잊고 있는 거 아니야? 나타리아를 경계하던 너희가……. 설마 라프타리아가 나타리아에 뒤질 거라고 생각하는 거냐?"

이것저것 실전된 건 확실하겠지만 라프타리아는 미래의 천명이거든?

그리고 앵천명석을 소지하지 않았을 거라고 생각하나?

내 의도를 파악한 라프타리아와 포울이 앵천명석의 도와 건틀릿으로 무기를 변화시킨다.

용사를 상대하기 위한 무장은 키즈나의 세계에서 사용할 수 없었지만, 시대는 달라도 이곳에선 사용 가능하다.

이걸로 상대와 스킬을 격돌하게 되더라도 이길 수 있고, 그 뒤는 단순한 경험 승부가 된다.

무기의 보정도 받지 못하게 되지만…… 난점은 채찍의 강화처럼 순수한 능력 상승은 앵천명석을 사용한 결계까지 펼치지 않으면 무력화할 수 없는 것.

마모루가 경계하는 것은 결계의 생성이겠지.

"조정자의 결계를 만들 수 있을 거라고 생각하지 마."

마모루가 방패를 들자 그곳에서 수상한 배색의 뭔가가 전개되었다.

그게 대책인가.

"확실히 대책을 세우면 대처할 수 없는 상대는 아니야……."

앵천명석의 대항 수단이 이미 있나.

그렇지 않다면 이런 짓은 하지 않겠지.

솔직히 이쪽은 시안에게 부탁받았기에 왔다가, 가당치도 않은 비밀을 보고 말았을 뿐인데 말이지.

"마, 모…… 안 돼…… 이제……."

시안이 날뛰려는 몸을 이성으로 억누르며, 쥐어짜는 듯한 목소리로 마모루에게 말을 걸었다.

"괜찮아, 시안. 나는 이 정도로 너를 벌하거나 하지 않아. 너 나름대로 나를 생각해 준 거겠지. 하지만…… 괜찮아."

하지만 당사자인 마모루는 그런 시안을 동정하는 눈초리로 보는 듯했다.

이래서야 안 통하겠군.

……아니, 통하기는 하나. 그렇기에 배반당한 기분이 가득한 거겠지.

지금이라도 달려들려 하는 수인화한 아이들……. 그리고 마모루의 사역마와 옛날의 피트리아 같은 인물.

퇴로에는 레인.

포털도 사용할 수 없는 것 같고, 강행돌파라도 하지 않으면 도망치기 어려울 듯하다.

"형……."

"포울, 본의가 아닌 건 나도 알아. 하지만 어느 정도는 싸우지 않으면 도저히 해결되지 않겠어."

"하지만……."

마모루가 손을 들고 명령했다.

"가!"

이러면 교전할 수밖에 없나.

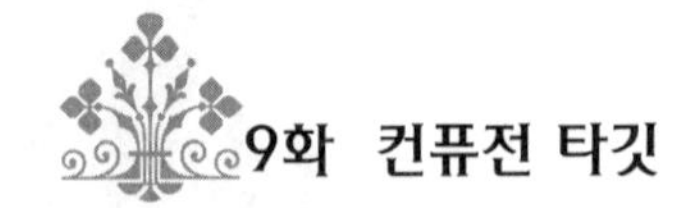

9화 컨퓨전 타깃

"크아아아아아아아아아아!"

"라프타리아."

"예."

라프타리아와 시선을 맞추고 신호를 보낸다.

죽이지 않고 전투 불능으로 만들 정도로 억제하라고.

라프타리아가 달려드는 수인들을 향해 도를 휘둘렀다.

"미안해요. 조금 아프겠지만——."

칼집에서 뽑아 속도가 상승한 라프타리아의 참격이 아이들을 향해 날아든다.

그러나…… 라프타리아가 날린 참격의 궤적을 간파한 듯 슈사크 종 같은 아이들이 샤악 하고 재빨리 회피했다.

그리고 스쳐 가자마자 라프타리아를 난폭하게 강타했다.

"에어스트 실드!"

내가 뻗은 에어스트 실드가 라프타리아를 향하던 공격을 콰앙 하고 받아냈다.

"무슨……?"

당사자인 라프타리아는 상대가 회피한 것에 놀라고 있다.

확실히 라프타리아 쪽이 속도로는 훨씬 빠르게 움직였을 터다.

그런데도 불구하고 기분 나쁜 움직임으로 피해 버렸다.

이건 스테이터스 같은 것과 상관없이 강화된 동체 시력에 의한 움직임일까?

아니면 개조 수인으로서 부여된 무엇인가…….

"사디나 언니나 아트라 씨 같았어요."

"그래, 그 녀석도 이런 식으로 피했었지."

사디나는 숙련된 기량 덕분인지 수인일 때도 그 덩치로 공격을 피해 버리니까.

"하지만 사디나 언니나 아트라 씨처럼 깔끔한 움직임은 아니에요."

"누님! 슈사크 종은 바람과 불을 본능으로 느껴!"

아아, 과연. 바람과 불…… 공기의 움직임에 민감하니까 라프타리아의 검압에 실린 공기를 감지하고 피한 건가.

엄청나게 인간을 벗어났군. 정상이 아니다.

"네에! 이쪽을 잊으면 곤란해요. 시저 쇼크!"

"삐약!"

레인과 마모루의 사역마가 내가 뻗은 유성방패에 공격을 걸어 캉 하는 소리가 울렸다.

그리고 히트&어웨이처럼 물러나면서, 레인이 펼친 날개에서 깃털이 쏟아져 결계에 파바밧 명중했다.

소박하지만 편리하군.

세인이 빨리 습득했으면 좋겠다.

"크……."

포울이 망설임이 있는 표정으로 달려드는 아이들을 쳐낸다.

그다지 힘이 들어가지 않아서인지 낙법을 취하고는 다시 달려들고 있다.

"에어스트 실드! 세컨드 실드! 드리트 실드!"

움직임이 둔해져 유성방패의 범위에서 벗어나 버린 포울을 향해 마모루가 스킬을 뿌렸다.

포울의 팔, 등, 발을 향해 방패가 펼쳐져 억누르려 하고 있다.

"이런, 같은 방패 용사라는 걸 잊지 말라고. 세컨드 실드, 드리트 실드."

방패를 나타나게 해서 방해……. 체인지 실드 같은 걸 경계하며 포울을 지키도록 플로트 실드를 이동시켰다.

"우오."

포울이 나타난 방패에서 어떻게든 도망치려고 옆으로 점프했다.

그에 맞추어 마모루가 마법을 영창하기 시작했다.

『정령이여. 세계여. 방패 용사가 기원한다. 이질적인 나의 마력과 용사의 힘을 합쳐 힘을 짜맞추어라. 힘의 근원인 방패 용사가 명한다. 저자들에게 강인한 힘을 주어라!』

이 영창은……?

뭐지, 그 마법? 처음 듣는다.

큭……. 마모루의 영창이 빠르고 생소한 소절이 섞인 마법은 용맥법으로도 방해할 수가 없었다.

지금까지의 마법과 분위기는 닮았지만 뭔가 영창하는 법이 다르다.

예전에 마법서에 적혀 있던 내용이 뇌리를 스쳐 간다.

아득한 과거에는 이 세계에 고대 마법이라는 카테고리의 마법이 존재했다는 이야기다.

뛰어난 기술인데 어째서인지 실전되었다거나 하는, 흔히 있는 종류의 이야기.

『내 차례!』

마룡의 목소리와 함께 내 시야에 마모루가 영창한 마법이 분석 표시되었다.

아양을 부리다 방패에 들어가 인격 기생까지 하고 있지만, 도움이 되는군.

마룡의 분석에 의하면 모든 능력치가 상승하는 아우라의 방향성을 가진 마법, 레벨레이션 클래스의 용사 마법이다.

이쪽도 밀리고 있을 수는 없지.

『나, 방패 용사가 하늘에 명하고, 땅에 명하고, 이치를 끊고, 연결하여, 고름을 토해내게 하노라. 용맥의 힘이여. 내 마력과 용사의 힘과 함께 힘을 이루어, 힘의 근원인 방패 용사가 명한다. 삼라만상을 다시 한 번 깨우쳐, 저자들에게 모든 것을 주어라!』

"알 레벨레이션 아우라!"

"올 이먼시페이션 파워 아우라!"

양쪽 다 아군 전원에게 아우라를 건다.

"어머, 마모루보다 늦게 영창했는데 마모루와 같은 타이밍으로 마법을 완성하다니, 나오후미 쪽이 마법 실력은 위겠네."

레인이 여기에서 가위로 공격하며 태평하게 말을 걸었다.

유성방패에서 아까보다도 몇 할은 강해진 참격을 느낀다.

"마법에 관해서라면 약간."

마법 관련으로는 묘한 인격이 얼굴을 내밀어 멋대로 이것저것 해 준다.

그다지 기대고 싶지는 않지만 발동까지의 시간을 단축시켜 준다면 기대지 않을 수 없다.

"실드 부메랑!"

마모루가 라프타리아를 향해 방패를 던졌다.

"핫!"

라프타리아가 날아오는 방패를 쳐 내기 위해 도를 쳐올리려 하고 있다.

응? 마모루가 웃음을 짓고 있다.

"라프타리아! 쳐내지 마!"

"넷?!"
"체인지 실드!"
"유성벽!"
원격으로 유성벽을 전개해서 날아오는 방패를 받아 낸다.
직후, 로프 실드와 닮은 방패가 결계에 부딪혀 튕겨 나갔다.
그것도 날아온 방패 뒤에 정체 모를 액체가 든 구슬이 붙어 있어서, 결계에 달라붙어 굳고 있다.
"칫!"
"피차 방패 용사잖아? 모를 줄 알았어?"
체인지 실드를 응용한 조합 정도는 나도 할 수 있다.
에어스트 실드계로밖에 한 적이 없고, 실드 부메랑 같은 스킬은 없으니까 할 수 없지만.
……실은 프리스비 실드라는 방패로 비슷한 행동을 한 적이 있지만, 그건 좀.
가엘리온이나 마을 녀석들 상대로 집어 오는 놀이를 할 때 정도밖에 사용하지 않는다.
프리스비 실드에 체인지 실드 같은 것도 할 수 없고…….
"라프타리아의 움직임을 묶을 생각이었던 것 같지만, 어설퍼."
"……흥."
앵천명석의 도로 스킬이 지워져도, 장치한 도구가 라프타리아의 움직임을 저해하도록 한 것이리라.
안됐군.
"그럼 단번에 해치울 뿐이야!"

"삐약!"

스윽 하고 마모루의 사역마들이 마모루를 지키듯 포진해서 마법 영창을 시작했다.

『정령이여. 세계여. 정체를 해소하기 위해 방패 용사가 기원한다. 우리의 바람을 들으라. 이질적인 나의 마력과 용사의 힘을 합쳐 힘을 짜맞추어라. 힘의 근원인 우리가 명한다. 저자들을 진공의 칼날로 잡아 찢어라!』

『삐약삐약!』

"라프, 라프라프!"

"다프다프!"

라프짱들이 모여 마법 영창을 시작했다.

띠링 하고 나에게 합창 마법 신청이 날아왔다.

레벨레이션을 영창할 수 있게 되고서는 합창 마법을 쓰지 못하게 된 적이 있었는데.

『호오……. 이건 협력자 측의 출력 문제로군. 지금이야말로 내 차례!』

뇌리에서 마룡이 멋대로 분석해 영창을 보조해 준다.

잘 안 되던 부분이 이어진 느낌이 들었다.

『두 개의 힘, 적을 미혹하는 환각의 힘을 담아, 패배하려는 운명을 뒤집고 승리로 가는 미래를 자아낼 힘을…… 용맥이여. 우리의 바람을 들으라. 힘의 근원인 우리가 기원한다. 다시 한번 이치를 깨우쳐, 내 적을 현혹하는 환상을 보여라!』

『라프라프라프……!』

우리의 합창 마법이 완성되기 직전 주위에 바람이 일기 시작했다.

마모루가 사역마들에게 영창시키는 것이 바람의 공격 마법이라고 마룡의 기생 인격이 추측해 표시해 준다.

"마모루 오빠……! 그만둬!"

시안이 마모루를 뒤에서 끌어안으나 마모루는 멈출 생각이 없는 듯, 합창 마법이 발동했다.

"용권회랑(竜巻回廊)!"

파앗 하고, 마모루의 사역마에게서 무수한 소형 회오리바람이 생성되어 날아온다.

"누님! 하앗! 에어스트 토네이도 블로 X!"

"핫! 제비 떨구기!"

포울과 라프타리아가 날아오는 용권을 각각 쳐내며 피한다.

그러자 동시에 멋대로 날아들던 용권과 아이들의 맹공도 정리되었다.

"……크으으윽."

생각한 것보다 위력이 낮다.

마모루도 메인으로 사용하는 마법은 공격보다는 움직임을 방해하는 성질이 강한 모양이다.

방패 용사이기에 이런 게 닮은 건 당연한가.

하지만 마법 선정을 틀렸거든?

"공즉시색(空即是色) · 허(虚)!"

"라프으으으으!"

나와 라프짱들이 함께 합창 마법을 완성시켜 발동한다. 이전에 사용했던 공즉시색보다도 파워업했다는 건 알 수 있다.

마모루의 동료인 아이들과 레인을 향해 마법이 펼쳐졌다.

"아, 우와……. 나오후미, 귀찮은 짓을……."

레인이 이마에 손을 대고 신음한다.

"애석하게도 나는 방패 탓에 공격 마법을 쓸 수 없어서 말이지. 합창 마법이라도 보통 이런 식이야."

용사 상대로는 효과가 약할지도 모르지만 라프짱들과 용사인 나의 힘을 담아 발동한 합창 마법이다. 듣지 않을 리가 없다.

"마모루는 할 수 있는데."

시끄러워.

같은 방패 용사일 텐데 왜 그렇게 차이가 나는지 모르겠다고.

"끄아아아!"

"아아아아!"

목표를 잃었는지 아이들이 전부 폭주하기 시작했다.

정확히는 타깃으로 지정되어 있던 우리가 무수하게 늘어난 것처럼 보이고 있겠지.

라프짱즈의 환각을 얕봤군.

"아직이야! 시안! 놔!"

"꺅! 마, 마모……루……."

마모루가 시안을 떨쳐내고 앞으로 나섰다.

"방어 특화의 방패 용사만 아는, 너희가 알지 못하는 싸움법을 보여 주지!"

마모루가 방패에 손을 대고 검게 물든 방패로 변모시킨다.
저 방패는 뭐지?
굳이 말하자면 영귀의 마음 방패를 검게 물들인 크로스 실드…… 십자 방패 같은 모습을 하고 있다.
거기에 뭔가…… 분노에 가까운 오싹한 무언가가 깃들어 있다.
굉장히 나쁜 예감이 든다. 적어도 멀쩡한 방패는 아니야!
"그건……. 마모루, 진심이구나. 나오후미, 도망치는 게 좋아."
레인이 그렇게 말하며 자세를 갖췄다.
하지만 나와 라프짱들의 환각에서 벗어나지 못했는지 움직이지는 못하는 듯하다.
어떤 것이 진짜 우리인지 알지 못하고 고작해야 효과가 듣지 않는 마모루의 상태로 판단한 것이겠지.
"가디언 실드! 헤이트 리액션!"
마모루는 계속해서 스킬을 발동했다.
"윽……."
라프타리아와 포울이 헤이트 리액션을 받고 그것을 회피하려는 듯 몇 번이고 고개를 흔들었다.
"나오후미 님과 같은 스킬을 사용한다니 점점 불길한 느낌이 들어요."
"그러고 보니 헤이트 리액션은 적의 주의를 끄는 스킬인데, 받은 쪽은 어떻게 되지?"
"실은 약간 공격력이 상승하고 방어력이 저하하는 효과가 있는 것 같아요. 그리고 시선을 돌리기 어렵게 돼요."

그런 효과가 있었나.

그렇긴 해도 오차가 나는 정도임을 나는 안다.

『마법 영창도 방해할 수 있지.』

머릿속 마룡이 멋대로 해석한다.

너는 멋대로 나오지 마!

"어쨌든 우선은 마모루를 제압하는 게 중요해. 라프타리아, 포울!"

"네!"

"응!"

라프타리아와 포울이 앞으로 뛰쳐나온 마모루를 향해 각자의 무기로 공격을 개시했다.

앵천명석으로 만든 무기에 기를 담은 일격이다.

자칫하면 아픈 정도로는 끝나지 않지만, 전투가 불가능해지는 정도까지는 억누를 수 있겠지.

"영도(霊刀) · 단혼(断魂)!"

"에어스트 스턴 블로 V!"

"하앗!!"

마모루는 라프타리아의 도를 파괴 불가능한 방패로 쳐 내고, 포울의 주먹을 팔로 붙잡아 내던진다.

아닛?!

"아직이야! 미안하지만 이 찬스를 놓칠 것 같아? 잔영장(残影掌) VI!"

포울이 낙법을 하고는 수인화해서 돌격하며 반투명한 분신을 만들어 내 타격했다.

실체가 있는 공격인지 반투명한 포울 두 명이 본체의 움직임에 맞추어 마모루에게 추가타를 때리고 사라졌다.

꽤 편리한 공격을 갖고 있군.

최근에는 상당히 얼빠진 느낌이라고 생각했지만, 생각을 고쳐야만 할지도 모르겠다.

쾅 하는 소리와 함께 마모루가 포울의 추가타를 받아 냈다.

기의 흐름은 발로 흘려내는 듯하다.

이런 기술은 우리와 동등하군.

"갑니다! 팔극진 천명검 연격(八極陣天命劍連擊)! 일식! 이식! 삼식!"

라프타리아가 포울에 맞추어 연속해 공격을 가했다.

위력이 증가한 팔극진 천명검으로 세 번 참격을 날리는 경이적인 공격이다.

꽤 과한 공격으로 보이지만, 마모루는 방패로 라프타리아의 공격을 받아 내고, 포울의 공격을 그대로 몸으로 받았다.

"윽……."

마모루의 입에서 약간 피가 새어 나왔다.

그 반응에 주저하게 되었는지 라프타리아와 포울이 훽 물러섰다.

나도 이 정도로 쓰러져 주지 않을까 하는 약한 기대를 품으며 지켜보았지만, 그 이상의 변화는 없었다.

"……뭐야? 이 정도야? 나를 막으려면 죽일 각오로 덤벼!"

마모루가 여기서 다시 도발했다.

나는 정신적으로 한 걸음 물러서 마모루의 방패를 보았다.

……영귀의 마음 방패처럼 중앙의 커다란 보석 부분에 보라색의 불길한 빛이 크게 깃들고 있는 걸 눈치챘다.

불길한 예감이 든다.

마모루가 받은 대미지는 조금씩 조금씩 회복되고 있다.

방패의 효과인지, 아니면 이 수수께끼의 시설에서 자신의 육체 개조까지 하고 있었는지는 모르겠지만, 성가시군.

전투에는 들어갔지만 시안의 바람도 있고, 지금 마모루를 끝장 낼 수는 없다.

전투 불능으로 만드는 정도로 제압할 셈이었지만…… 지금까지 싸워 온 녀석들을 생각해 보면 적당히 하는 쪽이 어렵다.

싸우지 않고 해결하려 해도 타쿠토 때처럼 무기를 뺏을 수 있는 상대도 아니고, 앵천명석으로 만든 무기로 공격을 어느 정도 무력화해도 방패 자체는 파괴할 수 없다.

능력 상승 무효화는 할 수 있을 것 같지만…… 마모루는 그런 마법에 그렇게까지 영향을 받지 않아서 틈을 주게 된다.

"너희가 안 하겠다면 이렇게 할 뿐이야! 컨퓨전 타깃!"

"크아아아!"

마모루는 공격의 손을 늦춘 우리에게 지쳤는지 폭주하는 아이들을 조작하는 스킬을 사용해…… 자신을 공격시켰다?!

아이들이 혼란에 빠지지만, 사실 우리가 사용한 환각은 주변이 전부 우리로 보이게 만드는 것이다.

그걸 동료인 마모루를 공격하도록 지정하다니?!
아이들에게 둘러싸여 그 공격을 전부 견디는 마모루.
"크아아아아아아아!"
이성을 잃고 있어도 무엇을 하고 있는지는 아는 듯, 눈물을 흘리는 아이들이 계속해서 마모루를 공격한다.
"이건……."
"마모루 씨는 대체 무엇을……."
무엇을 하고 있는가 분석한 순간 불길한 감각이 오싹함을 느끼게 했다.
이건 어떤 의미로 방패 용사이기에 알 수 있는 것이겠지.
"미래의 방패 용사라 해도 이 방패의 존재는…… 알지 못하겠지! 야유만 하면서 방패 용사의 중압을 가볍게 흘려 넘기는 너 따위가 이 방패에 도달할 수 있을 리 없으니까! 간다!"
아이들의 공격을 받아 내던 마모루의 방패 중앙에 있던 수정의 빛이 불길하게 빛난다.
그리고 여기서 내 인내심이 한계에 도달했다.
"……멋대로 지껄여 대고 있잖아!"
마치 내가 굉장히 가볍고 단순한 야유꾼이라는 것 같군.
확실히 요즘 내가 겪은 일은 라프타리아와 키르, 이미아 같은 아이들에 비하면 별것 아닐지도 모른다고 생각했지만, 그렇다고 깔보여도 되는 건 아니다.
부글거리는 감정이 피어오르며 마모루의 사정을 봐주려는 마음을 지운다.

생각해 보면 시안의 안내로 마모루의 부정적인 부분을 보게 되었을 뿐 아닌가.

그 정도 일로 왜 이런 꼴을 당해야만 하는 거냐.

가장 우선해야 할 일은 마모루가 무슨 짓을 저지르려고 하는지 파악하는 것이지만…… 일본에 있을 때 나름 게이머였던 내가 보면 대답이 여럿 떠오른다.

방패 용사니까 말이지. 가능할지도 모르는 공격 패턴은 계속해서 모색해 왔다.

그런 방패가 있다면…… 하고 말이지.

"라프타리아, 포울. 물러나!"

"네?!"

"하지만…… 형!"

"몰아치는 건 무리야. 일단 물러나!"

내가 명한 것과 동시에 마모루가 사악한 오라를 뿜으며 외쳤다.

"우오오오오오오오오오오오오!"

그리고 사악한 오라가 우선 아이들을 날려 버리고 공격 목표 지정 스킬을 해제한다.

아이들이 다른 목표를…… 우리가 만든 환영을 쫓아 날뛰는 동안, 마모루는 달려 나와 레인을 지키듯 서서 우리를 향해 기분 나쁘게 빛나는 방패를 향했다.

역시 그건가.

"피모노아들아!"

"삐야!"

마모루의 목소리에 맞추어 사역마라고 생각되는 새…… 피트리아라고 불린 소녀도 새로 모습을 바꾸어 마모루 근처에서 날개를 펼쳤다.

그러자 새들의 날개가 빛나며, 마치 배열(排熱)을 담당하듯이 빛을 흩뿌리는 결계 같은 것을 만들었다.

방출하는 힘을 아군에 미치는 피해를 경감하는 데 사용하는 건가.

편리하군.

"나오후미 님, 설마 저건?"

"그래, 마모루의 필살기일 거야……. 그러니까 물러나!"

회피하려 해도 어느 정도의 일격이 날아들지 알 수 없다.

횡으로 피한다고 해도 꽤 좁은 실내니까 마모루가 그 공격 방향을 조절한다면 의미가 없다.

내 추측이지만 마모루가 사용하려는 스킬이나 공격은 저 방패로 받은 공격을 누적해서 어느 정도 모였을 때 해방하는 필살기 같은 것이리라.

부럽구만.

내가 사용할 수 있는 공격이라곤 대가가 약한 것도 아이언 메이든 정도라서 도저히 수지가 맞지 않는다.

블러드 새크리파이스? 그런 걸 썼다간 전투를 계속할 수 없게 되겠지.

만약 라스 실드까지 가면 저주가 너무 강해서, 플로트 실드라면 몰라도 방패 자체를 변화시키면 내가 분노에 먹혀 버리는 걸 안다.

아무리 자비의 방패라도 폭주 전에 방패를 되돌리는 게 고작이겠지.

그럴 정도로 마룡이 강화시키고 만 라스 실드는 위험한 것이다.

강화를 실패해 등급을 낮추려 조작했는데도 말이다.

확인해 보니 자비의 방패로 간신히 봉인했었는데 마룡이 해제한 탓에 항목이 나와 있다.

……아니, 자비의 방패 자체에 잠든 의지 같은 것일지도 모른다.

분노를 확실히 극복하지 못하니까 자비가 힘을 해방해 주지 않는 것 같다고 할까.

라스 실드의 강력한 카운터 효과인 다크 커스 버닝도 공격을 받지 않으면 발동하지 않고, 발동하는 시기도 공격당한 후다.

정말이지 같은 방패의 용사인데 마모루는 다양한 종류의 방패로 공격할 수 있다는 게 부럽구만.

"미안하지만 불행을 자랑할 생각은 없어! 체인지 실드!"

마모루 쪽을 향해 두 장의 플로트 실드를 띄웠다.

체인지 실드로 변화시키는 건 분노의 방패, 즉 라스 실드와 자비의 방패.

이전에는 마룡이 있었기에 가능했지만, 이번에는 어찌 될지 모르겠군.

"라아아프!"

"다프~!"

라프짱들이 내 어깨에 올라타고 울자, 그때의 마룡과 비슷한 감각이 들기 시작했다.

라프짱들은 정말로 재주가 많구나, 어이.

“이걸로 날아가 버려라! 카르마 크로다!”

팟 하며 마모루의 방패에서 칠흑의 업화…… 아니, 검고 기분 나쁜 섬광이 일직선으로 우리를 향해 쏘아졌다.

나는 앵천명석의 방패를 쥐고 라스 실드와 자비의 방패로 변경한 플로트 실드를 겹쳐서 막는다.

“으으으으으으윽…….”

엄청나게 무거운 일격이다. 비껴낼 수 있을까 생각했지만, 그게 쉽지 않을 정도로 위력이 높다.

자비와 분노, 거기에 앵천명석의 방패까지 사용해 완전히 받아 내고 있는데도 불구하고 새어 들어온 빛이 내 피부를 태운다.

용사 상대로 강력한 효과가 있는 앵천명석의 방패로도 이렇다니, 괴물 같은 공격력을 갖고 있군.

“나오후미 님!”

“형!”

“절대로 내 뒤에서 나오지 마!”

엄청난 일격, 그리고 열기에 과거의 기억이 소생한다.

봉황의 자폭 공격……. 모두를 지키기 위해 앞으로 나섰을 때, 버텨 내지 못한다고 판단한 직후 아트라가 한 행동이 떠오른다.

“크으으으으으으윽……!”

라스 실드와 자비의 방패…… 부탁한다.
제발, 그때처럼 한심한 꼬락서니는 결코 보이고 싶지 않다.
내 뒤에 있는 녀석은 반드시 지킨다.
그때보다 강해져서…… 더 앞에서 모두를 지키겠다고 결심했다.
그걸 위해 어떤 시련도 극복해 보인다.
마룡이 말한 것처럼 분노를 극복하지 못했기에 힘이 제한되는 거라면 극복해 주겠다.
분노를 안으며 상대를 용서하고…… 그리고 그런 자비로도 용서할 수 없는, 쓰러뜨려야만 하는 상대에게는 분노를…….
모순된 감정이지만, 그걸로 모두를 지킬 수 있다면!
"우오오오오오오오오오!"
라스 실드와 분노의 방패가 겹쳐져 회전을 시작했다.
흑과 백…… 방패가 회전하면서 앵천명석 방패의 디자인인 음양의 형태에 조금씩 가까워지고, 나는 그 방패로 공격을 받아 냈다.
"하아아아아아아아!"
마모루가 쏜 공격을, 플로트 실드가 변화한 라스 실드와 자비의 방패로 갈라 버렸다.
"뭐, 뭐지?! 말도 안 돼! 이걸 받아 냈단 말이야?"
마침내 마모루가 발하는 칠흑의 빛이 끊어졌다.
"하아…… 하아……. 어이, 선대……. 함부로 사람을 얕보지 말라고!"

연기가 걷히고, 나는 숨을 몰아쉬며 마모루를 향해 말했다.

"뭐가 방패 용사의 중압이야. 시시하긴……. 그 정도로 책임을 느낀다니 그릇이 뻔하구만."

렌도 아니고, 용사로서의 중압감 정도로 불행한 척할 거면 미래에서 살아남았을 리 없잖아!

내가 얼마나 부조리한 일들을 겪었는지 생각했다.

도무지 셀 수가 없다. 불행 따위는 정말이지 별의 숫자만큼 널려 있다.

모두를 위해, 라프타리아와 아트라를 위해, 나는 방패 용사라는 역할을 짊어졌다.

저주의 무기를 꺼내서 불행 자랑이나 할 생각은 없다고!

"마모루, 이 상황을 보고 뭐가 끝났다는 거지? 뭐가 안 된다는 거지? 남을 멋대로 재단하지 마. 나 참…… 적당히 하라고. 주변을 보란 말야!"

마모루 뒤에는 이성으로 힘겹게 수인화를 제어하고 있는 시안, 괴로워하며 날뛰는 아이들과 레인.

이 지하 시설에는 그 밖에도 많은 사람들이 있다.

"……."

필살기가 먹히지 않은 마모루가 할 말을 잃고 있다.

적당히 하지 않으면, 라프타리아에게 명해서 가장 안에 있는 소중해 보이는 녀석을 공격하게 할 거다.

"너는 무엇의 용사지? 활이야? 검? 창인가? 네가 싸우는 방법은 이게 최선인 거야?"

"윽……."

나와 마모루는 같은 방패 용사라도 싸우는 법에 차이가 있다.

그러나 이 상황이 마모루에게 있어 최선이라고는 생각할 수 없다.

혹시 이게 최선이었다고 한다면 마모루를 과대평가하고 있었던 게 되겠지.

그때는 겁내고 있었던 대로 나타리아에게 통보해 주겠어.

"아아……. 이건 어쩔 도리가 없겠네."

레인이 환상에서 회복되었는지 자리를 잡고 앉아 항복이라는 양 손을 들었다.

"레인, 포기하지 마!"

"마모루, 나오후미는 마모루가 소중해 하는 것을 파괴하지 않도록 해 줬어. 눈치챘어?"

레인은 그렇게 말하며 안쪽에 있는 배양조를 가리켰다.

"마모루 오빠…… 부탁이야. 이제. 싸우는 건 그만해……."

시안이 쓰러진 채로 마모루에게 손을 뻗으며 애원한다.

"하지만…… 하지만…… 크윽……."

마모루는 그렇게 말하며 전투 태세를 풀고 방패를 바꿨다.

전투는 일단 종료로군.

"형은 너희를 믿었어……. 아니, 믿고 싶어 해."

"……."

"그러니까 사정을 이야기해 줘. 나쁘게 되지는 않을 거야."

포울은 그렇게 말하며 내 쪽…… 떠 있는 자비의 방패를 봤다.

……아트라의 오빠인 네가 그렇게 말한다면. 자비의 방패를 봐서 어느 정도는 양보해 주지.

“자, 그럼 가르쳐 주겠어? 네가 어떻게 변했는지를 말이야. 네 불행을 말해 달라고. 시안의 선의를 저버리지 말고.”

“나오후미 님, 말투가…….”

“형…… 조금만 부드럽게 말해 줄 수 없어?”

라프타리아와 포울이 주의를 주지만 이 정도는 상관없잖아.

아직 라스 실드의 영향이 남아 있다고.

“흥! 나는 야유만 하면서 방패 용사의 중압감을 가볍게 보는 용사니까 어쩔 수 없잖아?”

“굳이 말하자면 지금의 나오후미 님은 거울의 용사세요.”

라프타리아가 부드러운 목소리로 말했다.

“……잘 알잖아.”

라프타리아도 나를 다루는 법을 알게 되었구나.

삐딱하게 둔다는 자각은 있다.

하지만 천성이 이렇다. 싫은 소리 한마디쯤 해 주지 않으면 마음이 안 풀린다고.

“알았어……. 레인, 시안, 모두, 미안하다.”

마모루는 그렇게 말한 후 아이들 한 명 한 명을 치료하기 시작했다.

수인화 촉진은 그걸로 해제되었는지, 모두 원래 모습으로 돌아왔지만 의식은 없다.

그리고 아이들을 한 명씩 빈 배양조에 되돌리려 했다.

"미안하지만 도와줘. 이곳에 들어가지 않으면 체력까지 회복시키는 데 시간이 걸려."

"……알았어."

상처 치료와 체력 회복은 다른 거니까.

상처는 레벨레이션 힐로 치료할 수 있지만 체력까지는 안 된다.

다른 마법을 사용하면 회복할 수 있겠지만 그만큼 내 쪽에 부담이 걸리게 된다.

게다가 아이들은 개조되고 있는 중이었으니 어설픈 치료는 역효과가 될지도 모르고.

마모루가 갖고 있는 기술로 회복시킬 수 있다면 하는 쪽이 좋으려나.

우리는 쓰러져 있는 아이들을 한 명씩 안아서 배양조로 되돌렸다.

"으…… 으으……. 키르 군네 방패 용사……."

"그래."

"마모루 형은…… 나쁘지 않아…… 용서해……."

"공격해서…… 미안해요……. 사과할 테니까, 마모루 오빠만은 용서를……."

"우리…… 때문이야."

아이들은 쥐어 짜내듯 비슷한 말을 전했다.

……이건 괴롭군.

어떻게 봐도 피해자로밖에 보이지 않는 아이들이 마모루를 비호하고 있다.

마모루에게 이만큼 인망이 있다는 것과, 아이들이 그 폭주를 자신의 몸으로 받아들일 만큼 신뢰하고 있음이 전해져 온다.

쿄와 타쿠토를 둘러싼 여자들과 비슷하게도 보이긴 하지만…… 그 녀석들과는 근본적인 차이가 있다.

그 녀석들은 명령하고, 아이들은 부탁하는 것이다.

타쿠토를 건드리지 말라고 명령하던 여자들과 마모루를 꾸짖지 말아 달라고 부탁하는 아이들…….

우선은 이야기를 해야 한다. 시안의 부탁도 있었으니까.

"나오후미 님……."

"형……."

모두를 치료하기 위한 작업을 돕던 라프타리아와 포울도 나에게 불안한 듯한 표정을 보였다.

"라프……."

"다프."

라프짱들도 사태의 중요성을 이해했는지 곤란해하는 표정을 짓고 있다.

"마모루 오빠……."

수인화가 해제된 시안이 마모루를 바라본다.

"시안, 널 치료할 차례야."

그러자 시안이 고개를 옆으로 흔들었다.

"괜찮아……. 나는 아직……."

시안은 강한 정신력으로 자신이 폭주하지 않게 막고 있었다.

아이들 전부가 폭주하고 있는데 단 혼자서.

그 정도로 강인한 의지를 갖고 있는 것이리라.

"다음은……."

그렇게 말한 마모루는 단말을 조작해서 아이들이 들어간 배양조에 액체를 채웠다.

괴로워하던 아이들은 점차 안정 상태에 들어간 듯, 모두 잠자듯 배양조 안에 떠오르기 시작했다. 아까까지의 힘겨워하던 듯한 모습과는 다르다.

"그럼 가르쳐 주지 않겠어? 렌, 레인."

나는 다시 마모루와 레인을 향해 질문했다.

"겨우 실랑이가 끝났나 보군?"

목소리에 뒤돌아보자 어느샌가 호른이 나타나서는 당연한 듯 다가오고 있다.

"아, 물론 나―는 싸울 맘 없어."

호른은 우리와 싸울 생각은 없다는 듯 양손을 들고서 아무것도 하지 않는다.

"너는…… 역시 알고 있었나."

만약의 경우에 대비해서 나뭇잎 액세서리를 건네준 것 같으니.

"당연하지. 그러니까 미래의 방패 용사 쪽에서 한바탕 소동을 일으킨 거야. 그것도 마모루가 가진 마음의 상처와 관계가 있거든. 나뭇잎 액세서리도 그걸 위해 준 거고."

그때와 너무 닮아서 관련이 있을 거라고는 생각했다.

"이 싸움이 일어날 거라고 생각하고 예행연습을 시킨 거지. 그럼 미래의 방패 용사, 마모루의 이야기를 들어 줘."

이 녀석……. 사람을 잘 이용해 먹기는.

마모루는 호른의 태도에 눈썹을 찌푸리고 한 번 심호흡을 하고서는 입을 열었다.

"우리는 어째서 이렇게까지 길을 엇나가고 말았을까……."

추억에 빠진 듯, 약간 행복한 듯, 되돌릴 수 없는 추억을 떠올리는 듯한 어조로 이야기한다.

"틀림없이 계기는…… 필로리아가 죽었을 때쯤이었을 거야."

"필로리아?"

"그래."

뭐야, 그 이름……. 필로리알과 문자 하나만 다른걸.

혹시 등 뒤에 떠 있는 녀석의 이름인가? 라트 같은 느낌으로.

"삣삣삣……."

마모루 어깨에 작은 새로 변화한 사역마들이 모여 있다.

마모루는 그 사역마들을 너무나도 사랑스러운 듯 쓰다듬는다.

"소개가 늦었네. 이 아이들은 내 사역마로 피모노아, 피지아, 피트리아라고 해. 모두…… 그녀가 이름을 붙였어. 그녀의 인자가 깃든 사역마야."

"라~프~."

"다프."

"나오후미가 소중히 여기는 사역마와 비슷한 걸지도 몰라. 나오후미의 사역마 같은 자아는 없지만."

라프짱이 내 어깨에서 내려와 마모루의 사역마들과 인사를 시작했다.

과연……. 내가 라프타리아의 머리카락에서 라프짱을 사역마로 만들어 낸 것처럼, 마모루도 동료에게서 무엇인가를 받아 사역마를 만들었나.

마모루는 사역마들을 쓰다듬으며…… 웃는지 슬퍼하는지 모를 표정을 짓고 있다.

"……그런 건가요."

라프타리아는 납득한 듯 중얼거렸다.

"필로리아는…… 뭐라고 해야 할까, 눈을 뗄 수 없는 애였거든. 레인이 본래 있던 이세계에서, 손톱의 용사로서 이 세계에 소환되었어."

그건…… 죽어버린 손톱의 권속기 용사의 이야기이자, 마모루에게 있어 무엇보다 소중한 인물과 만나고 헤어질 때까지의 이야기였다.

방패 용사로 소환된 마모루는 실트란에서 활동하는 동안 손톱의 권속기가 소환한 용사…… 필로리아와 만났다.

처음에 필로리아는 이세계 소환이라는 상황에 당황해하고 있었지만, 곧 적응해서 마모루의 오른팔로서 싸우게 되었다고 한다.

실트란이라는 약소국에서 활동하는 마모루에게는 동료가 적었다.

그런 힘든 시기를 필로리아라는 소녀와 함께 힘을 합쳐 극복해 왔다는 모양이다.

"내가 마모루와 알게 된 것도 행방불명이 된 여동생을 찾고 있었기 때문이야. 하아…… 큰일이었어. 소중한 여동생이 없어져서 어디로 끌려갔나 했더니 손톱의 용사로 이세계에 소환되어 있었는걸."

레인이 마모루와 알게 된 것도 그 아이 쪽으로 연결되어서인 듯하다.

필로리아는 손톱의 용사로서 이세계에서 소환되었다.

원래 있던 이세계가 레인의 세계로, 언니가 바로 레인……. 뭔가 귀찮은 관계로군.

시추에이션을 보면 실디나가 가까울지도 모르겠다.

쿠텐로에 있었기에 소환되지 않았을 뿐, 거기에서 나오자 키즈나의 세계에서 부적의 용사로 소환되었을 가능성이 있는 것이니.

"레인과는 한동안 필로리아를 두고 다퉜지."

"그립네……. 만났을 때의 분위기는 그다지 좋지 않았어."

둘 다 어쩐지 그리워하는 분위기지만…… 그렇겠구만. 어쩐지 마음 맞는 커플과는 달라 보였고, 어째서 레인이 이 세계에 머무르고 있는지도 알게 되었다.

여동생을 데리고 돌아가려고 머문 거로군.

아니면 여동생을 만나기 위해 정기적으로 온 거겠지.

"그때의 우리는…… 힘들어도 힘을 합해 노력하면 어떤 괴로운 일이라도 극복할 수 있다고 굳게 믿고 있었어."

그게 바뀌게 된 건 주작…… 수호수와의 전투였다고 마모루가 말했다.

"실트란의 성 밑 도시에서 싸움이 일어났어……. 우리는 필사적으로 막으려 했지만 좀처럼 잘되지 않아서……. 그러는 중 주작이 대피가 늦은 자들을 덮치려 했어."

실트란의 국민들을 지키기 위해 앞에 나선 마모루였지만 주작의 맹공을 막아내지 못해 그들이 살해당할 위기에 처했다.

"그때…… 필로리아가 앞에 나서서 모두를 지켰어……."

"우리가…… 마모루 오빠를 응원하려고 숨어서 보고 있었던 게 잘못이었어……."

……필로리아라는 소녀는 그 몸을 방패로 삼아 시안과 아이들을 노리려는 주작을 막았다.

"간신히 우리를 마모루 오빠가 있는 곳에 날려 보내 준 필로리아 언니는…… 우리 눈앞에서……."

주작이 뿜은 업화를 받고…… 형체도 남기지 못하고 날려가 버리고 말았다며 시안은 짜내는 듯한 목소리로 말했다.

"……그 후, 나는 간신히 주작을 쓰러뜨리긴 했지만……."

건드리고 싶지 않은 기억을 간신히 입에 담으며, 마모루는 흔들리는 목소리로 계속했다.

"나는…… 그녀가 좋았어. 겨우 레인에게도 관계를 인정받아서, 주작과의 싸움을 끝낸 다음엔 결혼식을 올릴 예정이었어."

"조금만 더 있었으면 잘 꾸민 여동생의 모습을 지켜볼 수 있었는데 말이야……."

싸움 속에 태어난 행복이 절망으로……라고 해야 할까.

제길……. 머릿속에 아트라가 슬쩍 떠오르는 걸 참을 수가 없다.

"하지만 슬퍼하고만 있으면 싸움은, 파도는 끝나지 않아. 더 이상 또 다른 필로리아를 만들어선 안 돼. 약한 채로 있으면 안 되는 거야! 그러니까 나는…… 강함을 원했어."

길을 어긋났다는 자각은…… 있는 거겠지.

가령 어떤 수단을 쓰더라도 더는 잃을 수 없다. 아트라를 잃었을 때 나도 그런 마음을 품었다.

"가령 어떤 수를 쓰더라도, 매도당한다 해도 상관없어. 더는 누구도 잃지 않기 위해서, 모두를 지키기 위해서, 아무도 죽지 않도록 강해져야 해……. 그러니까 호른에게서 이것저것 배우고…… 나는 모두를 연금술로 개조하고 있어."

"그 말대로, 어느 정도는 나—도 가르쳐 줬지."

그야 마모루만으로는 어렵겠지.

하지만…… 그건 스스로 하고 있긴 해도 개조 자체는 호른에게서 배운 범위 내에서 하고 있을 뿐이라고 말할 수도 있지 않나? 마모루의 미스를 호른이 보좌한다고도 판단할 수 있지만…….

"그래서 실트란 녀석들이 어떤 싸움에서도 살아남을 수 있도록 인체 개조를 하고 있었다는 건가?"

"………그래. 이제 더 이상 누군가를 잃을 수는 없어. 어떤 때라도 싸울 수 있도록 내가 모두를……."

마모루는 떨리는 목소리로 답했다.

"우리도 책임을 느껴서…… 마모루 오빠에게 부탁했어. 그래서 마모루 오빠의 힘이 되고 싶어서, 오빠를 격려하고 싶어서……."

"……아이들을 개조하고 있는 이유는 알았어. 하지만 꽤 강력한 개조를 했군."

"……레인과 다른 세계에서 제공해 준 수호수를 합해서 백호, 주작, 현무, 청룡 소재가 가장 강력한 개조를 실시할 수 있다고 판단하고 모두에게 주입했어. 이제 조금씩 친숙해지면 새로운 종족으로 뒤바뀌는 거야. 거기에 몇 종족만이 갖고 있는 수화 프로세스를 조합하면 더 강해질 수 있을 거야."

여기서 호른이 보충 설명을 시작했다.

"미래의 방패 용사, 나—는 키르 군이라는 아이의 인자를 봤을 때 알고 말았거든. 미래에는 수인화 가능한 종족이 많겠지? 아마도 나—와 마모루가 주입한 인자에 의해 이끌린 게 대부분일 거야."

"……즉, 이 세계에서 수인화 가능한 녀석에게는 마모루와 네가 이식한 인자가 깃들어 있고, 그 인자가 그 자손에게 계승되기에 미래에 수인 종족이 늘어난 거라고?"

"아마 그럴 거야. 그러니까 나—는 재미없다고 했던 거고."

호른이 '할 수밖에 없는 일을 깨닫고 만 서글픈 두뇌' 운운한 게 이걸 말한 건가.

자기가 연구해서 발명한 결과가 미래에서 와 버린 것이다.

결과를 알고 의욕이 나는 자도 있겠지만, 호른은 과정…… 성공 여부를 모르는 미지에 도전하는 것을 바라고 있었기에 불만을 느끼고 말았으리라.

갬블로 비유하는 게 좋을지도 모르겠다.

무조건 이기는 승부는 재미있을지도 모르지만, 늘 이기다 보면 그 자체가 당연해져서 자극이 부족해진다.

이길지 질지를 즐기는 자 입장에서는 확실히…… 시시할지도 모르겠군.

"그 밖에도 있지만 너무 집착하는 것도 좋지 않아. 이야기를 계속하는 게 좋겠네."

"그럼, 저건?"

아이들 말고…… 마모루 뒤에 있는 배양조를 가리켰다.

"저건…… 죽어 버린 필로리아를…… 어떻게든 되돌리고 싶어서 내가……."

뭐, 흔하다면 흔한 일인가.

마음은 모르는 것도 아니다.

"아이와 실트란 녀석들에게 인체 실험을 해서 연구하면서, 한편으로는 이 녀석을 소생시키려고 했었다는 건가……."

"그래. 하지만…… 어려워. 필로리아는 수호수인 주작에게 살해당한 거야……. 일반적으로는 혼이 주작에게 흡수당해 세계를 지키는 결계에 사용되고 마니까."

영귀도 그런 성질이 있다고 오스트가 말했던 것 같은 기억이 있다.

수호수에게 살해된 자는 하나같이 세계를 지키기 위한 초석이 되고 만다.

"그래도…… 나는 포기할 수 없었어. 어떻게든 주작의 힘 일부를…… 필로리아의 혼이 섞인 부분이 세계에 녹아 버리기 전에 입수할 수 있었지만……."

결계의 힘을 입수……. 그런 짓을 했다간 방패의 정령이라든가가 화낼 것 같은데. 나타리아가 불려온 건 이 행동 탓일까?

뭐랄까, 세인의 적 세력처럼 혼만 있으면 소생시키는 기술이 여기 있다면 마모루의 고민도 해결될 것 같지만…… 그래도 주작에게 한 번 혼을 흡수당하면 어려울까?

"그러니까 나는 주작의 인자를 해석해서 흡수되고 만 혼이 섞이기 전에 조금씩 탐색해서 필로리아를 되살리려고 하고 있어……. 다행히도 필로리아의 유전자…… 피모노아들이 있으니까 어떻게든 되었어."

"칫……."

"형……."

나도 모르게 혀를 차고 말았다.

싫은 기분이 들게 만드는구만.

이것도 알게 모르게 얽혀 있는 방패 용사의 인연 같은 거라고 해야 하나?

수호수 상대로 동료를 잃는 방패 용사의 숙명이라든가? 웃기지도 않는다.

"이쯤 되면 뭔가 우스꽝스러운 연극 같군……. 기구하구만."

역사는 반복되니까? 그만해 줬으면 좋겠군.

"시안."

나는 마음속 분노를 억누르면서 시안을 불렀다.

"왜?"

"정말이지 대단한 악연이야."

"?"

시안은 아트라와 포울의 선조일 것이다.

시안은 내가 갖고 있는 마음의 상처를 꿰뚫어 보고 마모루를 설득하길 바랐으리라.

……아직 내게는 구원이 있을지도 모른다.

아트라는 봉황의 공격을 받아 즉사했던 게 아니다.

방패에 들어가서, 봉황에게 빼앗기지 않았다.

그렇기에 아트라와 만날 기회가 있었다.

만약 필로리아처럼, 예를 들어…… 라프타리아가 누군가를 감싸고 수호수의 공격에 사망했다면 나도 마모루처럼 잘못된 길을 걸었을까?

타쿠토의 기습을 받고 후퇴했을 때의 일이 떠오른다.

만약 그때, 정말로 라프타리아가 살해당했다면……. 그렇게 생각하자 오싹했다.

미래에서 왔지만, 나는 마모루가 최종적으로 죽은 연인을 살려낼 수 있었는지 아닌지 알지 못한다.

덧붙이자면 과거의 마모루로 돌아왔으면 하는 시안의 바람이 이루어지는지 아닌지도 모른다.

하지만! 그래도 말해야만 한다.

시안이 나에게 부탁한 것은…… 마모루가 망설이고 있기 때문이겠지.

"마모루, 너는 중요한 걸 잊고 있어."

"……무엇을, 잊고 있다고 하는 거야?"

"방패의 성무기를 강화할 때 필요한 건 뭐지? 신뢰잖아? 실트란 녀석들은 너를 믿고 그 몸을 바쳐 힘을 추구했어. 네가 그 신뢰에 망설임을 보이면 어떡하지?"

방패 용사는 사람들을 믿고, 사람들이 믿어 주는 것으로 강해진다.

모두의 기대를 짊어지고, 그 모두와 함께 싸우는 것이 방패 용사다.

나도 좀 민망하다고는 생각하지만.

이제 와서 변명 같은 건 안 한다.

나는, 나와 동료를 상처 입히는 녀석들을 전부 쓰러뜨리고 세계를 구하기로 결정했다.

마룡은 아니지만 적에게는 지나칠 정도로 분노를 드러낸다.

"필로리아 언니는…… 마모루 오빠네만 앞장서서 싸우는 모습이 이상하다고 말했어. 나도 파도로 세계가 위험한데 왜 용사에게만 맡기는 걸까 생각했어. 그렇지만 우리는…… 우리는 약하다고 하면서 싸움에서 도망쳤어."

그렇기에 시안과 아이들은 강해지길 바란 것이다.

외국에 시달리기만 하던 약소국인 실트란의 국민들이 마모루를 용사로 내밀고 함께 싸우기로 정했다.

"하지만 우리가…… 레벨과 자질을 향상시켜도…… 피엔사의 활의 용사가 키운 자들에게는 상대도 되지 않았어."

"그런가?"

마을 녀석들은 그렇다 쳐도, 원래 시대라면 대부분의 녀석들은 키우면 강해지는데?

"아무리 레벨을 올려도 최종적으로는 원래 가진 센스 같은 게 영향을 주는 거야. 미래의 방패 용사는 짚이는 곳이 없어?"

말을 듣고 생각해 봤다.

이 경우 가장 전투 센스가 있는 사디나를 참고하는 게 좋을지도 모른다.

그 녀석은 전투 면에서 생각하면 같은 레벨 녀석의 다섯 배 정도는 강하다.

같은 레벨로 라프타리아와 싸운다면…… 틀림없이 승기는 사디나 쪽에 기울겠지.

이 시대에 오기 전에 라프타리아가 사디나 상대로 연습하고 있었지만, 사디나는 가볍게 라프타리아의 맹공을 받아 넘기고 있었다.

할망구 말로는 변환무쌍류의 기 사용법 말고는 가르칠 필요가 없는 솜씨라던가.

도의 권속기에 용사로 선택되어 계속 싸워 왔던 라프타리아조차 그런 것이다.

키르나 이미아 정도라면 언제든 가볍게 요리할 수 있겠지.

아무리 노력해서 가까이 간다 해도 어딘가에서 틀림없이 차이가 보이게 되리라.

그런 전투 센스가 전혀 없는 초식계 사람들의 나라가 실트란인 건 알고 있다.

내 주변 녀석들도 꾸준히 자질 향상을 해 오면서 성장했지만,

같은 강화를 받고 있는 녀석을 상대한다면 그 센스 같은 점 때문에 어떻게 될지 알 수 없다.

"내— 채찍 강화를 거친다고 해도, 이전부터 제대로 강화하고 있던 녀석들에게는 아무래도 뒤처지는 단계니까. 게다가 안타깝지만 강화는 거의 계승되지 않아. 3대째를 지나면 틀림없이 쇠퇴할 거야."

초대는 용사에 의해 강화되어 힘을 자랑한다. 2대째는 초대에게 배우며 자랐기에 나름 강해진다. 3대째는…… 초대의 싸움 같은 건 모르는 세대가 되어 간다…….

부자는 망해도 3대를 간다고 하지만, 반대로 말하면 아무리 부자라도 겨우 3대가 고작이란 이야기가 되겠지.

하지만 누구라도 길고 평화로운 시대가 계속되기를 바라겠지.

마모루는 그런 것을 포함해 모두 강해질 수 있도록 개조하고 있었다……는 정도는 상상할 수 있다.

"마모루, 지금까지 입 다물고 있었지만 가르쳐 줄게. 미래가 알려준 거라 굉장히 재미없지만, 그들은 곧 안정기에 들어가. 늘 상태를 감시하지 않아도 괜찮을 거야."

"……그런가."

실트벨트의 대표 네 종족이 세계에 모습을 드러날 때가 다가왔다는 이야기겠지.

"마모루, 네가 사랑한 사람이라면 지금의 널 보고 뭐라고 말할까? 하다못해 그 사람에게 자랑스러울 수 있도록 행동하는 게 좋지 않을까?"

“루프트 군을 무자비하게 실험체로 만든 나오후미 님이 잘도 그런 말을 하시는군요.”

“누님, 조금 분위기를 생각해 줘.”

내 경우 라프타리아에게 자랑스러우려고 하면 굉장히 이상해지는군.

“하지만…… 말씀대로예요. 나오후미 님은 확실히 방패 용사로서 모두를 이끌고 계신다고 생각해요. 그렇기에 키르 군도 그런 모색을 했을 테고요.”

“너무 적극적인 구석이 있으니까. 이것저것 주의를 안 줬다간 큰일이 나.”

나는 배양조에 떠 있는 아이들을 보았다.

모두 평온한 표정으로 자고 있다.

“뭐, 윤리적으로 생각하면 문제가 있겠지만 멀리 보면 이것 역시 하나의 선택이겠지. 가다가 멈추면 안 간 것만 못하다고 하잖아.”

마모루에게 오래 이어지는 평화로운 시대를 위한 초석이 되고 싶다 기원한 실트란의 국민들.

이제는 지켜지기만 하지 않겠다는 선택은 이미 내려져 있다.

부러울 정도다.

전생자들 주변 녀석들은, 전생자에게 다 내맡기고 자기는 그다지 움직이지 않는 녀석이 너무 많다……. 무책임한 녀석뿐이었다.

게다가 전생자에게서 받은 힘과 권력을 휘둘러 날뛰기까지 하니 정말 어찌할 수가 없다.

키즈나 일행도 곤란해하고 있었다.

이런 예를 생각해 보면 이 나라 녀석들은 자신을 희생하는 만큼 한결 낫다고 실감한다.

"저어, 마모루 오빠? 우리 힘낼 거야. 절대로 더 이상 오빠가 그런 표정을 짓게 하지 않을 거야. 그러니까, 이전처럼 웃을 수 없을지도 모르지만, 조금만이라도 우리에게 기대 줘……."

시안의 말에 마모루는 고개를 떨궜다.

……그렇지. 마모루는 모두를 믿으려고 했지만, 사실은 믿지 못하고 있었는지도 모른다.

"마모루 오빠, 나는 필로리아 언니처럼 될 수 없지만…… 그래도 필로리아 언니가 돌아올 때까지 마모루 오빠의 힘이 되고 싶어. 오빠의 어금니가…… 되고 싶어."

시안은 이 말이 어떻게 전해질지 모른다.

라프타리아는 검이 되고 싶다고 고했고, 아트라는 방패가 되고 싶다고 답했다.

그리고 시안은…… 마모루의 힘이 되는 어금니이기를 바란다.

필로리아라는 소녀가 살아날 때까지.

"아아…… 아아…… 모두…… 나는……."

마모루는 무릎을 꿇고 눈물을 흘리며, 그런 자신을 위로하려는 시안을 끌어 안고 오열하기 시작했다.

10화 필로리아

마모루는 잠시 몸을 떨며 울었지만, 겨우 내 쪽을 보았다.

아까보다도 자신이 생긴 표정을 하고 있군.

"마모루, 네 선택은 오만한 자기만족일지도 몰라. 최종적으로 네가 사랑한 사람을 살려낸다 해도 그 사람을 정말로 살려낸 건지 납득할 수 없을지도 모르는 길이야."

"……그래."

마모루는 가장 안쪽 배양조에 떠 있는 소녀를 보며 고개를 끄덕였다.

나는 그 모습이 어디까지나 본인을 닮은 인공 생명체에 지나지 않는다고 느끼고 만다.

주작의 인자가 섞여 있어서인지 등 뒤에는 날개가 돋아나 있다.

……얼핏 보면 인간화한 상태로 잠든 필로리알로밖에 생각할 수 없다.

"그래도…… 손에 넣은 주작의 파편…… 세계로 변환되는 혼 중에서 필로리아에 해당하는 부분은…… 있었어."

……조금이나마 구원은 있었다고 할까.

다행이로군.

……나는 아트라의 바람을 받아들인 게 잘못이었을지도 모른

다고 생각하게 된다.

마모루처럼 인공 생명체라도 만들어서 살려내는 쪽이…… 좋았을까?

"은테 지무나 종의 동료가…… 필로리아의 혼을 꺼내는 걸 도와주고 있어. 납득할 수 없다 해도, 나는 그녀를 살리고 싶어."

"뭐야 그 인종은? 뭔가 특수 능력이라도 갖고 있나?"

"나오후미는 모르는 거야? 은테 지무나 종…… 간단히 말하면 족제비 아인종이야."

"라프~?"

아, 그러고 보니 있었지.

처음으로 실트란 성에 왔을 때 라프타리아가 보고 있던 족제비 귀 아인이겠군.

"혼이 강한 고대종이야. 단련하면 수인화도 선조 회귀도 가능해. 특수한 능력으로 혼을 알아볼 수 있고, 죽어도 한동안 현세에 머물 수 있어. 고대에는 초대 방패 용사의 동료였다는 소문도 있는 종족이야."

"그 종족이 도와주면 혼을 끄집어낼 수 있는 건가?"

"주작에 의해서 상당히 혼이 뒤섞이고 말았겠지만, 뒤섞이기 전에 떼어낼 수는 있으니까 가능성은 있어……. 물론 나—도 그 정도밖에 판단할 수 없지만."

그렇다면…… 가능성은 있단 말인가.

그래도 분명 진심으로 기뻐할 수 있는 결과는 아니리라 생각하지만.

"하지만 은테 지무나 종이 그 성질을 진짜로 해방할 수 있는 건 죽어서 현세에 머무는 때라고도 하거든. 만약 필로리아의 혼을 주작에서 잘 분리한다면…… 그래도 가능성이 있다는 정도로밖에 말할 수 없어."

마모루는 그 동료를 죽이지 않으면 필로리아의 혼을 주작에게서 되찾을 수 없다.

게다가 호른의 말에 의하면 그렇게까지 한다 해도 불확실한 요소가 존재하는 것이다.

"누군가를 희생해서 소생하다니, 필로리아가 바랄 리가 없어. 그래서…… 나는……."

동료의 생명을 희생하지 않으면 연인을 되살리는 실험조차 할 수 없다.

그러나 그런 짓을 하면 죽은 연인이 용서하지 않는다.

이미 동료들을 비인도적 수단으로 개조하고 말았다고는 해도, 그 선은 넘을 수 없었다는 말인가.

"……라프~."

그때 라프짱이 한숨을 쉬는가 싶더니, 안쪽 배양조 앞에 있는 단말까지 타박타박 다가가 꼬리를 올리는데…… 어째서인지 꼬리가 부풀어 올랐다.

마법? 왜 라프짱이 이 상황에서 마법을 쓰고 있지?

그러자 띠링 하며 단말에서 액정 화면이 떠오르고, 그 화면 속에는…… 그림물감이 느릿하게 물에 정체되어 있는 듯한 광경이 표시되고 있다.

그리고 그곳을 뽕뽕 하며 울타리가 덮어 간다.

"……잠깐 보여 줘."

아까까지 약간 지쳐 있던 호른의 표정이 진지하게 바뀌면서, 라프짱이 조작하는 화면을 뚫어지라 노려보기 시작했다.

"마모루, 미래의 방패 용사, 잠깐 와 줘."

그리고 우리에게 손짓하고는 라프짱 뒤에서 화면을 계속해 쳐다봤다.

"라~프~, 랍푸랍푸."

꼬리를 교묘하게 움직여 라프짱이 마킹을 해 나가자, 점점 기하학적 물방울 무늬가 그려져 간다.

얼핏 보면 라프짱이 장난을 치는 것으로 보이지만, 호른은 아연해 하고 있다.

"이게 뭔지 알겠어?"

"이전까지의 이야기를 생각해 보면, 주작의 에너지 속에 있는 필로리아의 혼인가?"

"아마도 그런 것 같아."

혼을 꺼내는 작업은 아직 실행에 옮기지 않았다.

게다가 이것이 리얼타임으로 형태가 바뀌는 극히 난이도 높은 일이라는 것은 라프짱이 그리는 테두리가 변하는 것으로 알 수 있다.

라프짱은 서두르지 않고 계속해서 조작하고 있지만.

"미래의 방패 용사, 이 생물은 대체 뭐야? 미래 천명의 인자를 기반으로 만든 사역마의 변화체라고만 생각했는데."

"나한테 물어봐도……. 정확히는 이곳과는 다른 이세계에서 라프타리아를 찾기 위해 만들어 낸 식신이 라프짱의 원형이지만……. 아니, 생각해 보면 혼의 구분…… 글래스라면 아무렇지도 않게 할 수 있을지도 모르겠군."

"방패 용사가 아는 사람이야?"

"그래, 우리 세계와는 다른 세계에서 사성 용사를 돕는 부채의 권속기 소지자 이름이야. 혼인(魂人), 스피릿이라고도 불리는, 혼으로 구성된 종족이지."

"와오. 그런 종족도 있었구나!"

"레인은 만난 적이 없나?"

재봉 도구의 권속기 소지자로, 여동생을 만날 때까지 다양한 세계를 거쳐 왔다면 만날 수도 있었을 텐데.

"애석하지만 그런 종족을 만난 적은 없어."

"세인은 만난 적이 있었던 것 같지만…… 그것도 어쩔 수 없는 일인가."

파도를 갈아타며 이동하고 있었던 모양이니까.

게다가 아는 사이라고 해도 이런 작업을 해 달라고 말할 수 있는 게 아니다.

책임은 중대하고, 게다가 이세계의 용사에게 협력할 이유 같은 건 별로 없겠지.

마모루 일행의 성격이라면 우호 관계를 쌓는 건 가능할 것 같지만…….

"즉, 원래는 그 이세계의 기술로 구성되어 있던 존재라는 거네. 그렇다면 가능할지도 모르겠어."

호른은 마모루의 얼굴로 시선을 돌렸다.

"이렇게 정확히 구분해 준다면 도전할 가치는 있겠어."

호른도 찬성하고 나섰다. 시도해서 좋을지도 모르겠군.

"하지만…… 수술 기회가 한 번뿐이라는 게 문제야. 실패하면 섞여서 더더욱 구출이 어려워지는 건 알지?"

"……그렇겠지. 그리고 라프짱에게는 미안하지만 장난 삼아 그리고 있을 가능성도 있어."

"라, 라프."

라프짱이 나를 돌아보고는 어처구니없다고 말하기라도 하는 듯 미간을 찌푸렸다.

"알고 있어. 라프짱이 아주 열심히 해 주고 있다는 건. 하지만 마모루가 보면 그렇지 않을지도 모르잖아?"

생각해 보면 다프짱도 어떤 경위로 라프 종이 되었는지 판명되지 않았군.

쿠텐로 공략을 끝냈을 즈음 라프짱이 뭔가 구슬 같은 걸 갖고 노는 것처럼 보였지만, 다프짱이 나왔을 때쯤에는 없어졌었지.

……설마 그 구슬이 옛날 천명들의 잔류 사념이었을까?

거기에서 제대로 된 생명으로 재생성된 거라고 추측하면 라프짱의 수수께끼는 더더욱 깊어지게 된다.

"마모루, 어떡할래?"

"거절하는 것도 나쁘지 않아. 우리는 네가 믿어 줘도 책임을 질 수가 없어."

"아니야. 나는 너희를 믿어. 방패 용사에게 필요한 건——."

"믿는 것……인가."

뭐라고 할까, 방패는 참 닭살 돋는 용사다.

믿지 않으면, 동료에게 기대지 않으면 제대로 싸우는 것조차 할 수 없다.

"라프짱, 책임이 중대해."

단말을 조작하는 라프짱의 머리에 손을 올려 쓰다듬었다.

"라프!"

라프짱은 의욕을 보이며 울었다.

"다프……."

"찬물을 끼얹는 것 같아서 죄송하지만…… 여기서 라프짱이 비장의 카드가 되는 사태를 따라갈 수가 없어요."

"누님, 집중해 줘."

"알고 있어요. 알고는 있는걸요? 라프짱 덕에 마모루 씨의 바람에 한 걸음 다가섰다는 건……."

뭐랄까…… 라프타리아가 점점 병들어가는 느낌이 든다.

모두 내 책임인가. 나중에 벌충해야만 하겠는걸.

"하지만 라프짱의 평가가 오르면서 점점 제 입장이 위태로워지고, 라프짱만 있으면 된다는 상황이 될 것 같아서…… 이건 이전에 봤던 악몽이 현실화되는 때가 다가왔는지도 모르겠어요."

라프타리아가 작은 목소리로 중얼거리고 있다.

괜찮은가? 소소하게 무서운데……. 악몽이라니, 무슨 꿈을 꾼 거야?

"그럼 수술을 시작할게……. 오늘 밤은 길겠네."
"와오. 나오후미네 덕분에 이래저래 일이 진척될 모양이네."
"억지스럽게 놀라는 척하지 마라."
레인의 이 태도는 대체 뭘까.
사디나와는 다르게…… 장난치는 느낌이 들어서 싫다.
"필로리아 언니가 되살아나는 거야?"
시안이 불안과 기대가 섞인 표정으로 질문했다.
"도박이 되긴 하겠지만, 잘되기만 한다면."
소중한 사람의 수술 성공을 비는 듯한 상황이다.
모든 것은 라프짱과 호른의 실력에 달려 있다.
실력이 좋은 의사이기를 기대할 수밖에 없다.
나는 배양조에 떠 있는, 필로리아를 위해 만든 몸을 보았다.
"……자꾸 궁금한데, 저 날개의 의미는 뭐지?"
나는 등 뒤에 떠 있는 필로리아의 바디?를 가리키며 물었다.
레인을 보면 아무리 생각해도 불필요한 파츠다.
"주작의 인자도 섞지 않으면 뒤섞인 혼이 가까워지지 못해."
"호오……."
즉 소생시키기 위해 필요한 부분이라는 말인가.
"아무리 봐도…… 인간화한 필로리알로밖에 안 보이는걸."
빨간 필로리알이 인간화한 모습과 별 차이가 없다.
"형……. 모두 애써 모른 척하던 걸……."
아니, 그렇지만 너도 그렇게 생각하잖아.
그러고 보니 처음 만났을 때, 마모루가 필로리알들을 안타까운 시선으로 보고 있었지.

"미래의 방패 용사. 그건 내—가 가르쳐 줄게. 필로리알이라는 이름은 아마도 내—가 이름 붙인 필로리아 타입 R이 축약된 거라고 생각해."

"……그건 마모루가 만들고 너는 감수만 했다고 하지 않았어?"

"필로리아의 바디는 그러네. 하지만 다른 인공 생명체는 내—가 만들려고 오랫동안 개발했던 거야. 그것도 역시 마모루와의 거래고."

"그 탓에 나도 멋대로 세포 채취 같은 걸 당했었어. 마모루의 사역마들도 파워업이라고 하면서 이것저것 했던 것 같고."

레인이 한숨을 섞어 보충해 준다.

마모루의 아이디어를 유용해 호른이 만들어내려고 했다고?

……아, 그러고 보니 호른은 이 세계의 드래곤이 최강이라는 풍조가 싫다고 푸념했었지.

그리고 필로리알은 드래곤과 라이벌 관계다. 그 밖에는 그리폰도 싫어하는 것 같다.

강한 마물들과 사이가 나쁜 마물인 필로리알……. 설마 그 출생은…….

필로리아 타입 R……. 필로리 R……. 필로리R, 필로리알이 되나?

"그러고 보니 레인, 네 여동생은 왜 필로리아라는 이름이야? 세인을 생각해 보면 뒤에 '~인'이 붙는 이름이 되었어야 할 것 같은데?"

……이 이론대로면 세인의 언니 이름까지도 법칙이 있다는 게 되어 버리지만.

라이노가 불쾌한 표정을 지었었고, 알 필요는 없다고 생각하지만…… 어떤 이름이 떠오른다.

마이…… 아니, 그 녀석 이름은 걸레다. 떠올리고 싶지도 않다.

"원래 그 애는 본명으로 불리는 걸 싫어했거든. 그래서 소환된 후에는 스스로 개명해서 이름을 댔어."

……자칭 필로리아 씨였습니까.

확실히 이 쓸데없이 개성 넘치는 부분은 필로리알 같은 느낌도 든다.

뭐, 원형이 된 인물의 성질이 어느 정도 영향을 주는지는 불명이지만.

"참고로 본명은?"

"리인. 그 애 말로는 비슷한 이름이 많아서 사람들이 잘 기억 못하니까 싫었다나 봐."

어째 머리가 아프기 시작했다.

이 녀석이 살아나면 필로리알 같은 게 또 하나 늘어나는 사태가 될 것 같다.

"저어…… 필로리알은…… 마모루 씨와 호른 씨가 만들어 낸 것? 이라고 생각해도 될까요?"

이야기를 바꾸려는 듯 라프타리아가 그렇게 중얼거리자, 호른은 눈을 빛내며 고개를 끄덕였다.

"아마도 그렇겠지. 그러니까 나―는 완성품을 보고 낙담했던 거야. 자기가 이제부터 만들 생물이 미래에서 와 버리고 말았으니까 말이야!"

"왜 용사가 키우면 특별하게 성장하는 거지?"

"아마도 내—가 장래를 고려해서 용사가 키우지 않으면 숨겨진 인자가 활성화되지 않도록 장치한 거겠지. 너무 강력한 마물로 조작해 버리면 그것만 제일이라는 풍조가 되니까 말이야. 그래서는 드래곤과 차이가 없어."

굉장한 자신을 갖고 대답하는군.

"뭐, 내—가 한 일이니까 다양한 마물에 비슷한 처리를 해 두었겠지. 분명히 뭔가 있을 거야. 예를 들면 벌룬이라든가."

……우리 벌룬은 육성했더니 애드벌룬으로 진화했었지.

더 진화할 수 있을 것 같은 시점에서 라프 종으로 바뀌고 말았지만.

"왜 너는 그렇게 벌룬에 집착하는 거야."

어째…… 막 용사가 되었을 때의 일이 생각나서 싫은 기분이 든다.

"언젠가 킹 벌룬을 만들고 싶어서 말이야."

"저기, 이 녀석을 지금 어떻게든 처분하고 필로리알 개발을 중단시킨다는 선택지는 없을까?"

"나오후미 님, 아무리 그래도 그건……. 필로가 없어지고 말아요?"

"그럼 라프짱의 인자를 넣어서 필로를…… 필로리알들을 라프 종으로 바꿔줘."

“그것도 나쁘지 않네. 그렇게 하면 후세에는 라프…… 방패 용사가 제공한 거니까 라프실드 종이라는 이름으로 해 둘까.”

“필로리알보다 라프 종이 좋겠지.”

“안 돼요!”

라프타리아가 확실히 거절했다.

“아니…… 필로리아를 위해 협력을 요청한 내가 말하는 것도 뭣하지만…… 역시 좀 아니라고 생각하는데…….”

“그럼 미래로 돌아간 내 버튼 하나로 필로리알들의 인자가 전부 라프 종으로 뒤바뀌도록 장치해 두는 건 어떨까?”

“그건 재미있을 것 같네!”

“안 돼요!”

“아까부터 누님이 큰일인걸…….”

“나오후미 님? 알고 계신 거죠? 미래를 바꾸는 건 너무나도 위험하니까 경계하고 있었잖아요!”

“뭐, 그렇지……. 하지만 솔직히 뭐가 어떻게 하면 미래가 바뀌는지 잘 모르겠으니까.”

이제까지 영향이 없었던 것도, 먼 과거이기에 어느 정도는 역사의 궤도 수정 현상이 먹힌 게 아닐까?

“미래의 방패 용사는 정말이지 마이 페이스네. 그건 좋은 점이야.”

“지금 이대로는 나와 필로리아를 기초로 만들어낸 마물이 세상에 만연하게 되어버리는데? 나로서는 이 세계 원산 품종을 추천해.”

"레인 씨! 이것만은 저도 절대 양보 못해요! 나타리아 씨도 용납하지 않을 거예요!"

라프타리아가 레인에게 철저 항전의 뜻을 표시했다.

"그럼 이건 승부하는 걸로 해 두자."

"……완력으로라도 막아 보이겠어요!"

라프타리아도 큰일이군. 제안한 건 나였지만.

"그럼 마모루의 사역마들은."

"내—가 이것저것 손대서 개조했어. 간단히 말하자면 마모루에게 보여주는 견본인 셈이네. 참고로 피모노아가 비행 능력, 피지아가 마법에 뛰어난 자질을 갖고 있어."

나는 세 번째에 해당하는, 피트리아라는 이름이 붙은 녀석에게 천천히 시선을 돌렸다.

"피트리아는 앞의 둘과는 근본적인 구조가 달라서, 운반에 힘을 실은 개체야. 무거운 걸 옮길 수 있어."

비행 능력의 1호, 마법의 2호, 튼튼한 3호라는 느낌인가.

그러고 보니 이전에 메르티가 피트리아와 이야기를 할 때 하늘을 나는 필로리알의 이야기를 했었지. 그리핀과의 싸움으로 멸종했다던가.

……사실 필로리알의 원종은 세 종류 있었단 말인가?

"원래는 나라의 유통 문제가 있었거든. 그 유통 문제를 해결하려고 개조했던 거야."

"……미래에 피트리아가 있었어. 이름이 같은 다른 개체일지도 모르지만."

"……?"

피트리아라는 이름이 붙은 사역마가 인간화한 다음 나를 바라봤다.

내가 아는 피트리아와 필로보다는 외견이 어리다. 일곱 살 정도일까?

"오오, 그때까지 살아 있었단 말이야?"

"어떻게 장생하고 있었는지는 모르지만, 불로(不老)의 약을 마셨으리라 추측은 가능하지."

"불로……. 쇠퇴하지 않는 생명 같은 건 재미없는데. 내—가 손댔는데 그런 존재가 있다는 건 뭔가 일이 있었을 것 같네."

호른은 불로불사 같은 데 흥미가 없나……. 연구의 도달점 같은 분야인데.

"죽지 않으면 무수한 발명이 가능하다거나 하는 식으로는 생각하지 않나?"

"한정된 시간 속에서 만드니까 빛나는 거라고 생각하지 않아? 마감이 있으니까 작품이 완성되는 거야."

마감이라니 만화가 같은 소리를……. 그러고 보니 일본에 있을 때 들은 적이 있었군.

마감이 없는 상태로 만들려고 하면 아무리 지나도 완성되지 않고, 마감이 있기에 완성할 수 있었던 사례.

여름 방학 숙제 같은 거라고도 할 수 있다.

"물론 나—도 연구하고 싶은 건 산처럼 많아. 하지만 그 끝에 있는 건 틀림없이 변변찮은 거야. 그래서야…… 신을 속이는 오만한 멍청이와 차이가 없잖아."

……흠, 돌려 말해서 확실히는 모르겠지만, 호른 자신의 해석에 불로불사는 흥미 없다는 건가.

"아무튼, 이제부터 수술에 들어갈 테니까 방해하지 말아 줘."

"알았어. 그럼 마모루, 우리는 라프짱과 호른을 방해하지 않도록 보고 있자."

"그래, 나오후미……. 정말로 고마워……."

그렇게 감사의 말을 한 마모루는, 시안과 손을 잡고서 그 광경을 계속 바라보는 것이었다.

라프짱과 호른에 의한 수술은 하룻밤이 걸렸다.

그동안 우리는 마을 쪽으로 돌아가 큰 문제는 없었다는 것만을 모두에게 전했다.

세인이 나를 감시할 수 없게 된 것을 눈치채고 추적을 시작했는지 성의 경비에게 들켜서 잡혀 있었다. 약간 불만인 듯했지만 그래도 어느 정도는 속일 수 있었겠지.

가르쳐 줘도 되겠지만, 이번엔 이 녀석이 인체 개조를 해 달라고 말을 꺼낼 것 같았으니까.

포울 같은 실트벨트 사대 종족이 될 수 있을지도 모르는 기회가 생기면 기꺼이 입후보하리라.

나쁜 건 아닐 수도 있지만, 전부 하나로 통일되는 건 좀…….
무엇보다도, 관대한 라프타리아도 제발 참아 달라는 표정을 짓고 있었다.

나타리아에게는…… 아직 설명을 하지 않았다.
하지만 뭔가 수상쩍어하는 눈치이니 언젠가는 설명해야 할 때가 오겠지.
그 역할을 내가 맡을지, 마모루가 맡을지는 모르겠지만.
메르티는 뭔가 있었음을 눈치챈 듯했다.
곧 설명해 주는 거지? 라는 표정이었다.
그 후에 나는 라프타리아와 함께, 성에 있는 라프짱들에게 돌아가 이것저것 도와주었다.
포울에게는 마을 경비를 맡겼고.
그리고…….
"……응."
정신이 들어 확인하니, 우리는 기다리다 지쳐서 마모루의 연구실 구석에서 잠들어 버린 모양이었다.
마모루가 치료와 오늘 밤 치의 개조를 끝낸 아이들을 재우러 갔던 걸 기억하고 있다.
호른에게 뭔가 필요한 물품이라도 부탁받았는지 지금은 없군.
호른도…… 없다.
그래서 필로리아의 혼을 추출하는 단말을 조작 중인 라프짱의 모습을 봤는데……?
살짝 반투명한 인간형 뒷모습?
라프타리아보다도 긴 꼬리, 둥글고 작은 동물의 귀, 연한 갈색의 머리카락으로…… 헤어 스타일은 세미 쇼트인 여자아이?
몇 번인가 눈을 깜짝이며 라프짱을 보았다.

"라프…… 라프?"

기지개를 켜던 라프짱이, 내가 일어난 걸 깨달았는지 돌아섰다.

반투명한 인간형 뒷모습을 한 인물은 어디에도 없다.

……잘못 봤나?

그리고 곧 호른과 마모루와 시안, 레인이 방에 들어왔다.

"예정으로는 얼마 안 남았지?"

"랍푸!"

라프짱은 호른의 말에 승리의 포즈처럼 양손을 들어 반응했다.

"어디, 미래의 방패 용사는 일어났어?"

"아, 그래."

"으음……."

내 옆에서 새근거리며 자고 있던 라프타리아도 목소리에 깨어나 주위를 둘러보며 상황을 파악했다.

"타이밍이 좋았네. 자고 있었으면 손해 봤을 거야."

우리는 일어나서 라프짱이 조작하는 화면 쪽에 시선을 향했다.

거기에는 추출률로 보이는 퍼센트와 로딩 화면 같은 것이. 그리고 명확히 나뉜 두 개의 일렁이는 불길 같은 것이 떠올라 있었다.

퍼센트는 80을 가리키고 있다.

"주작의 힘을 2할까지 깎아냈으니 대성공이야. 그러면 최종 마무리에 들어갈게."

"라프~!"

호른이 기재를 조작해서 라프짱이 하룻밤에 걸친 대수술로 모은 혼을 필로리아의 호문쿨루스 보디로 이동시킨다.

"혼의 적응 반응…… 이상 없음. 약물 마력 물질 이상 없음, 거절 반응…… 상정 범위…… 혼에 새겨진 기억의 로딩…… 문제 없음."

마침내 느릿하게 혼이 육체에 겹치며 사라지기 시작했다.

그때, 약간씩 붉은빛이 나며, 호문쿨루스 바디의 날개 부분의 빛이 강해진다.

그리고…… 어딘가에서 불쑥 빛이 나타나 배양조에 뜬 소녀의 주위에 떠다니기 시작했다.

"저건……."

"손톱 권속기의 정령이네. 아무래도 소지자의 혼을 감지하고 나타난 것 같아."

그건 즉, 수술이 거의 성공했다고 봐도 좋은 것이려나.

"다음엔…… 혼이 정착할 때까지 안정을 취해야겠네. 손톱의 정령이 힘을 빌려주고 있으니, 앞으로 조금일 거야."

"오오……."

"라프~."

라프짱이 지친 듯 몸을 돌려 우리에게로 다가왔다.

"수고했어, 라프짱."

"저기…… 고마워요."

"랍푸!"

라프짱을 안아 올려 어루만진다.

정말로 라프짱이 우수해서 도움을 많이 받는군.

"결과는 언제 나오지?"

"내— 추측으로는 사흘 정도 있으면 나올 거야."

"그거 다행이군."

"와오. 정말로 눈 깜짝할 사이에 문제가 해결되어 버렸네. 나오후미네는 굉장한걸."

"굳이 말하면 라프짱의 덕이지만 말이야."

"나오후미, 라프짱, 그리고 라프타리아 양. 정말로…… 고마워."

마모루가 깊게 고개를 숙여 우리에게 감사의 뜻을 표했다.

"아직 결과가 나온 건 아니니까 인사하기는 이르다고."

"아니, 지금 말하고 싶어. 그러지 않으면 내가 참을 수 없어."

잘못된 길에 발을 들였어도 성실한 녀석이다.

뭐, 그것도 그런가.

어찌 될지가 일종의 도박이었을 텐데, 마모루 쪽 예상보다도 높은 정밀도로 추출할 수 있었던 모양이니까.

"……마모루, 방패 용사니까 엄격하게 말하지. 불행한 건 너만이 아냐. 받쳐 주는 동료가 있고, 그 동료가 죽는 게 무서운 건 당연해. 하지만 공포를 극복하지 않으면…… 다시 동료가 죽어. 트라우마 같은 건 짓눌러 버려."

나 역시 지금도 아트라의 죽음이 뇌리에 선명하게 달라붙어 있다.

만나고 싶어도 만날 수 없다. 하지만 늘 방패 안에 함께 있다.

응원해 주고 있는 걸 알 수 있다.

모두를 지켜야만 하는 것이다.

“그래! 더는…… 잃을 수 없어!”

극복 같은 건 할 수 없을지도 모른다.

그래도…… 마모루는 내 말에 고개를 끄덕였다.

“나는 어떻게 해서든 실트란을 지켜 보일 거야. 그것만은 바꿔지 않아.”

아까보다도 굳게 결의한 마모루가 단언했다.

……나와 렌을 더한 다음 반으로 나눈 듯한 녀석이군. 어떤 녀석인지 비로소 알 것 같다.

아무튼 시안에게 부탁받은 마모루의 트라우마는 일단 개선되고 있다고 봐도 되겠군.

시안 쪽을 보자 우물쭈물하며 우리에게 고개를 숙였다.

“……고마워.”

어색한 느낌이지만, 시안도 나름대로 최선을 다해 고마움을 나타낸 거겠지.

“뭐, 힘내라고.”

최종적으로는 세계가 융합됐으니까, 패배한 거겠지.

하지만 시로노 마모루라는 방패 용사는 후세에도 전해진다.

실트벨트에서는 신으로서, 메르로마르크에서는 마왕으로서…….

미래가 바뀔지도 모른다는 걱정은 해소되지 않았지만, 이 정도에서 손을 떼는 게 세계를 위해서 좋으리라.

"물론이야. 그리고…… 나오후미, 너희가 미래에 돌아갈 수단을 찾는 일에도 더 적극적으로 협력하게 해 줘. 이번엔 우리 차례니까."

"그렇게 해 주면 고맙다만."

"그럼 우선은――."

그렇게 이후의 방침을 정하려고 한 직후, 마모루의 시선이 엇나갔다.

뭐지? 무슨 일인데?

"젠장……. 이런 때……."

"철야를 한 후에 오다니 귀찮기가 짝이 없네."

"최악……. 좋은 기분이었는데 한순간에 망친 기분이야."

마모루 일행이 각자 혀를 차며 짜증 내는 어조로 중얼거렸다.

"무슨 일이야?"

"그 반응…… 너희에겐 안 비치는 거야?"

"네? 무엇이 말인가요?"

그 말에 나도 뭔가 변화는 없나 확인했다.

하지만 특별히 이상한 구석은 보이지 않는다.

"파도의 예고가 갱신되었어. 한 시간 후에 파도가 일어나."

"엉? 갑자기 오는걸. 소환수의 봉인이라도 풀린 건가?"

파도가 오는 시간은 사전에 표시되잖아?

그런데 마모루 일행은 갑자기 파도가 온다고 말하고 있다.

우리를 기준으로 생각하면, 영귀의 봉인이 풀렸던 때와 비슷한데…….

"그렇지 않아. 이건 소환수가 억지로 풀려난 게 아니야."

"너희는 어떡할래? 참가하지 않아도 된다고 생각하지만……."

"아니, 어떤 실수나 문제로 세계가 멸망할지 모르는 거니까. 참가는 하겠어."

키즈나의 세계에서도 참가했었다.

참가한 덕분에 이후의 문제를 미리 파악할 수 있게 된다면 좋겠지.

그리고 우리는 키즈나처럼 파도의 균열을 0의 무기로 공격하는 것도 가능한 상태니까.

참가해서 손해를 볼 가능성은 적다.

"시간이 별로 없어. 마모루, 편성을 나에게도 돌려 줘."

"아, 그럴게."

나는 마모루에게서 편성대장 권한 위임 신청을 받고 승인해 편대를 구성했다.

"좋아, 그럼…… 솔직히 아직 졸리지만 서둘러서 마을에 돌아가 파도 준비를 하고 올게. 너희도 해 둬."

"당연하지! 준비해 최대한 해 줘. 파도는 그렇게 간단히 해결할 수 없으니까."

"뭐…… 파도뿐이라면 요새는 그다지 위협을 느끼지 않긴 하지만."

따져 보면 윗치와 그 뒤에 있는 녀석들 쪽이 위협도가 높다.

실제로 녀석들 때문에 과거 세계에 있는 것이고 말이지.

"듬직하네! 마모루, 지면 안 되겠어."

"아직 그들을 끝장낼 방법은 찾아내지 못했어. 도움이 오는 걸 기다려야만 하는 건, 솔직히 내—가 봐도 답답해."

신을 참칭하는 자가 파도를 일으킨다는 사실은 판명되어 있는 것 같군.

호른의 기분은 나도 잘 안다.

"나오후미 님, 가죠."

"그래."

"그럼, 파도에서 합류하자."

그때 시안이 마모루 뒤에서 고개를 내밀어 불안해하는 표정으로 나를 보았다.

"열심히 할 거야."

"그래, 열심히 해서 마모루를 지탱해 줘. 필로리아가 있다고 해서 포기하지 마라?"

내 말에 시안이 부끄러운 듯 고개를 숙였다.

이건 좋은 기회다. 요즘 나를 가지고 장난치던 녀석들의 타깃을 마모루로 바꿔 주지!

"그럼 우리는 준비를 하러 가지. 마모루 쪽도 너무 우리에게 기대려고 하진 마라."

마모루가 내 의도를 간파하고 불러 세우려고 하는 것을 잽싸게 피해서 달린다.

마을 녀석들과 렌, 포울 등에게 서둘러 설명해야만 하니까.

"당연하지! 나는 나오후미가 봤을 때 선대 용사라고! 질 리가 있겠냐!"

마모루는 지금까지보다도 밝은 어조로 우리를 향해 그렇게 말했다.

음, 뭔가에 쫓기는 분위기였던 지금까지보다 한결 긴장이 풀린 것 같군.

"그러면 실례할게요!"

"라프~."

라프타리아와 라프짱도 인사하고 내 뒤를 따랐다.

이렇게 해서 우리는 포탈로 일단 마을에 돌아온 다음, 곧장 파도에 대한 준비에 들어갔다.

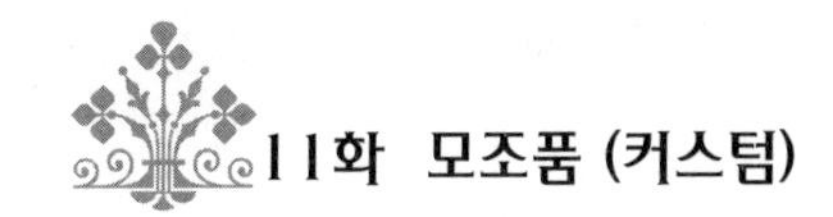

11화 모조품 (커스텀)

물론 마을 녀석들과 렌, 포울 같은 용사는 파도의 싸움에 충분히 익숙해져 있기에 이미 준비는 갖추고 있었다.

이번에는 이것저것 전력 증강도 있었으니 파도 따위 신속하게 끝내 주자.

"형! 이번엔 우리도 강해진 걸 보여줄게!"

키르가 의욕을 드러내며 짖었다.

"그런가. 열심히 해라."

그 옆에서 검을 쥐고 정신 집중을 하는 듯하던 렌이 고개를 들고 나에게 말을 걸었다.

"나오후미……."

"너무 긴장하지 마. 그 탓에 한 번 쓰러졌던 것도 잊지 말고."

"물론이야."

그리고 조금 떨어진 곳에서 메르티와 함께 서 있는 에클레르에게 시선을 보냈다.

에클레르는 약간 한숨을 쉬며 렌의 어깨에 손을 올렸다.

"이번에는 이와타니 공도 있다. 우리가 할 수 있는 일을 하면 돼."

"알고 있어……. 그렇지, 늘 하던 대로 하면 돼……. 이츠키도 모토야스도 없지만, 나오후미가 있으면 든든해."

……오히려 그 두 사람이 미래를 돌보고 있다는 사실이 더 불안하다.

미래에서 그 녀석들이 폭주하지 않으면 좋겠는데…….

이츠키도 상태가 많이 좋아졌으니까 모토야스를 제어……하긴 힘들겠군.

쓰레기가 필로를 잘 이용해 주기를 바랄 수밖에 없다.

오히려 모토야스에게 쫓길 필로 쪽이 걱정인가?

"아, 그렇지! 호른 누나가 재미있는 걸 만들었다면서 연구소에서 몇 개인가 무기를 나에게 보여 줬어."

키르가 그리 말하고는 연구소에 가서 라트와 미 군과 함께…… 필로리알의 유적에서 발견했던…… 사성무기의 모조품인 고대의 무기 같은 걸 가져왔다.

"그 녀석은…… 정말로 빈틈이 없어."

라트가 교황이 사용했던 고대의 무기(창 형태)를 들고 질린 기색을 섞어 중얼거렸다.

"라프~."

미 군이 셋 정도 들고, 에클레르와 다프짱 등 전투력이 높은 녀석에게 건넸다.

"그건 마력이 끊기면 사용할 수 없는 거지? 그런 걸 꺼내서 어떡하려고?"

"그 녀석이 멋대로 건드린 무기잖아? 꼼꼼하게 취급 방법까지 적혀 있었는걸."

라트가 창을 휘두르자 형상이 검으로 바뀌었다.

"나에겐 조금 마력 소비가 많네. 그건 그렇다 쳐도, 이 무기는 그 녀석이 개조해서 누구라도 사용하기 쉽게 한 모양이야."

라트는 호른이 쓴 취급 설명서의 내용을 우리에게 전했다.

사성 무기의 복제품을 호른이 개조해, 적은 마력 소비로 모조한 스킬을 사용할 수 있게 한 듯하다.

출력은 소지자의 마력 용량에 비례한다……. 마력 용량이 높으면 그것만으로도 성능이 향상되는 편리한 스펙.

난점은 사성무기나 권속기 정도의 공격력 재현이 불가능한 것.

좋은 소재로 만든 무기, 예를 들면 수호수로 만든 무기나 전설의 무기 같은 것에 비하면 밀리지만, 성무기의 열화품이라고 생각하면 운영하기 좋은 타이밍은 있으리라는 것.

스킬도 어느 정도 재현되어 있지만 역시 진짜에는 미치지 못한다.

“오! 뭔가 본 적 없는 표시가 나왔어! 이게 형들이 보는 표시인 거야?”

“그 녀석 말로는 다른 모양이야. 축약화된 취급이라던데.”

“……미 군과 키르의 개조보다도 대단한 게 아닌가?”

이런 무기를 개조해서 연구소에 방치해 둔 호른의 기준은 대체 뭘까?

“누군가가 만든 걸 추가로 건드리는 건 싫은 거겠지.”

“아, 너도 그런 모양이군.”

내 말에 화가 났는지 라트가 미간을 한껏 찌푸리며 혀를 찼다.

“그러네. 기분은 알아. 그러니까 틈틈이 조작했겠지.”

출력을 낮춘 양산품 같은 것이고 말이지.

“잠깐만 나오후미, 그런 걸 파도에 투입하는 거야?”

메르티가 불안한 듯 질문했다.

“괜히 놀려 두는 것도 낭비 아닌가 싶으니까. 위험해지면 버려. 그걸로 충분해.”

“오~!”

“흠…….”

에클레르가 검 형태로 무기를 바꾸어 가볍게 휘둘러 보았다.

“나도 다룰 수 있을 듯하다. 렌, 나도 힘이 될 테니까 너무 생각에 짓눌리지 않도록.”

“알았어……. 하지만 조심해 줘. 솔직히 좋은 인상을 가질 수 없는 무기니까.”

렌의 마음은 안다.

교황이 사용해서 그 난리를 피운 물건을, 이번에는 우리가 사용하고 나선다.

"파도를 향한 기개는 알겠지만요……."

"흠……. 이 몸은 용사로서 건전하다고 생각한다만?"

나타리아와 수룡이 모두가 이야기하는 모습을 보며 중얼거렸다.

"마모루 쪽에 뭔가 일이 있었던 모양이지만, 저에게 보고할 일은 없었나요?"

"……딱히? 그 녀석들의 푸념을 들었을 뿐이야. 이러니저러니 해도 용사라는 건 피곤하니까."

거짓말은 하지 않는다.

실제로 그 녀석들의 고민이나 앞으로의 일 같은 걸 듣고 해결로 이끌었을 뿐이니까.

"나타리아야말로 조정자니까 성무기의 용사들의 마음을 보듬어 주면 일하기가 더 편하지 않겠어?"

"이거이거, 미래의 방패 용사는 꽤 당찬 부탁도 하지 않나. 그렇지? 그 말대로 용사를 죽이는 것만이 조정자의 일은 아니야. 세계를 위해 용사에게 길을 묻는 것도 역할이지."

수룡이 내 편을 들어 나타리아를 향해 심술궂은 말을 던졌다.

"……알겠어요. 저도 배우도록 하죠."

약간 화가 난 듯한 표정이었던 나타리아지만, 라프타리아와 비슷한 느낌으로 심호흡을 하고서는 대답했다.

"다프다프!"

다프짱이 항의하듯 나타리아와 함께 대답한다.
뭐지? 수룡에게 따지는 건가?
"오오, '혼자 멀찍이서 잘난 척 말하는 주제에, 너는 아무것도 안 하고 있잖아!' 라니, 제법 날카롭지 않나. 하지만 이건 지켜봐 준다는 것이야."
"다프다프다프!"
"흥!"
이거…… 최근 생각한 거지만 다프짱은 다양한 녀석에게 시비를 거는군.
호른도 수룡도 싫어한다는 건 알겠지만, 대체 너는 생전에 뭐였던 거야?
잔류 사념이 고정화된 건 알겠지만…… 그렇다면 왜 천명 모습으로 변하지 않는 거지?
에너지가 부족해서인가?
"아……."
라프타리아가 곤란해하는 표정이다.
마모루의 일은 말하지 마? 잘못된 건 사실일지도 모르지만 지금 보고하면 정말 물거품이니까?
다프짱도 그건 아니까, 지금은 조용히 있어 줘.
그렇게 생각하자, 라프타리아가 가까이 와서 작게 말했다.
"예. 나오후미 님이 말씀하고 싶으신 일은 알았고, 저도 말하지 않겠지만……."
소외되어 있는 나타리아가 안타깝다거나? 뭐, 성실하긴 해도 고압적이니까.

용사를 막는 조정자로서는 유능할지도 모르지만, 파도 때문에 용사를 처분하기 뭐한 상황이면 대처하기 어렵다.

"그보다, 파도가 왔을 때 조정자는 어떻게 움직일 셈이야?"

"용사가 폭주하지 않는 범위라면 세계를 위해 협력해요. 이쪽 세계에서라면 제 무기도 도움이 되고요."

앵천명석제 무기와 기술이 있으니까, 다른 세계에서 오는 용사에겐 효과가 좋겠군.

"그럼 일단 파도를 극복해 보도록 할까."

내 시계에 나타난 파도의 출현 시간이 앞으로 몇 분 내로 다가왔다.

언제나처럼 파티를 편성하고 파도의 출현에 맞춰 각각 재확인을 시켰다.

"형."

그때 포울이 말을 걸어 왔다.

"왜?"

"어제는 이것저것 있었고, 나는 하쿠코의 기원을 봤어."

"그렇군."

생각해 보면 포울 같은 실트벨트의 네 종족이 어떻게 생겨났는지를 알게 되었다.

필로리알도.

원래는 파도에 의한 세계 융합이 일어난 후의 혼란을 틈타 마모루 일행이 등장시켰으리라. 그 정도는 예측할 수 있다.

방패와 활이 있는 이 세계에서 보면 검과 창의 세계에서 생겨난, 검과 창의 세계에서 보면 그 반대인…… 그런 혼란스러운 시대에 섞였겠지.

어떤 의미로는 굉장하다.

역사의 어둠에 묻힌 진실을 본다는 건 이런 걸 말하는 거겠지.

메르티에게도 곧 설명해야 할 때가 오겠군.

"포울, 시안과 잘 지내."

아득한 선조에 해당하는 인물이니까 말이지.

"그러겠지만…… 나는 하쿠코 종과 얽히는 건 좋아하지 않아. 다혈질이 많아서."

뭐, 야만을 그림으로 그린 듯한 종족인 건 안다.

포울은 순혈 하쿠코 종이 아니다.

그런 의미로는 포울도 인간 모친의 피를 이어받고 있는 것이다.

"도리어 아트라 쪽이 쉽게 친해질 것 같군."

"형…… 확실히 아트라가 다혈질인 건 인정하지만…… 아니, 인정하고 싶지 않아. 아트라도 하쿠코의…… 아니, 확실히 아트라는 실트벨트에서……."

아아, 어째 포울도 아트라의 다혈질 부분을 인정하기 시작한 것 같은데?

이제 와서 패닉을 일으키기 시작했군.

"아트라와 비교하면 시안에게 실례인가?"

"형, 그건 무슨 의미야!"

"확실히 말해 줘?"

"……."

포울은 내 질문에 시선을 피했다.

역시 아는 거겠지. 시안이 훨씬 어른스럽다……. 마치 고양이다. 맹수인 호랑이가 아니다.

언젠가 호랑이가 될 여자아이지만, 지금은 고양이다.

"하쿠코 종과는 관계없이, 조금 이야기해 볼게."

포울이 퉁명스럽게 답했다.

괜찮지 않을까? 이러니저러니 해도 포울은 아이를 잘 돌보니까.

시안도 뭔가 느끼는 구석이 있는지 포울에게는 경계심이 약한 것 같다.

딱 좋은 거리감을 잘 파악하는 녀석이겠지.

그때 메르티와 루프트가 나에게 다가왔다.

"파도에서는 뭐가 일어날지 모르지만, 후방 지원은 맡겨."

"그래, 부탁한다, 너희."

루프트도 어느 정도 싸울 수 있는 건 알지만 전위를 부탁하는 것보다 후방에서 메르티의 서포트를 해 주는 쪽이 좋다.

"나타나는 마물의 분석부터 효율적인 진형의 확보……. 해야 할 일은 무수히 있어. 어마마마도 아바마마도 안 계시지만, 최저한의 피해로 그치게 해 보겠어."

"괜찮아! 우리는 피엔사도 쫓아냈잖아. 방패 형들이 있으니까 어떤 위기라도 극복할 수 있어."

"그래. 어떤 시대라고 해도, 파도를 극복해 보이는 거야."

그런 이야기를 하는 동안 파도의 출현 시간이 되었다.
이건 용사로서, 이 세계에 존재하는 자들로서 넘어서야만 하는 문제.
조금이라도 피해를 줄이기 위한 싸움.
한순간에 시야가 전환되더니, 파도가 일어난 지점으로 전이했다.

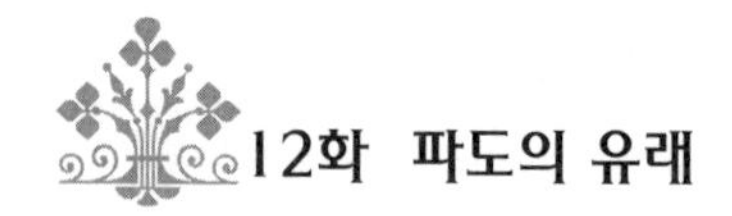

12화 파도의 유래

"자자 왔습니다! 오늘의 게임 개막이다아아아아아아아아앗!"
무지막지하게 새된 절규 같은 목소리가 직후에 울려 퍼졌다.
뭐지? 어딘가의 바보가 게임 감각으로 놀고 있다.
모르는 녀석의 목소리인데, 이게 선대 활의 용사인가?
주변을 둘러보자 마모루 일행이 동료를 이끌고 서서, 균열이 있으리라 생각되는 방향을 보고 있다.
"뭐, 뭐지?"
나는 그쪽 방향에 시선을 돌리고 자기도 모르게 놀란 소리를 내고 말았다.
파도의 균열이 있는 곳은, 으음…… 그렇게까지 멀지는 않다.
하지만 정확히는 균열이…… 3D 폴리곤이 마구잡이로 얽힌 듯한 느낌으로 나타나 있다.

그 주위에는 무수한 고리가 떠 있고, 균열 이외의 어딘가와 연결되어 있는지 이색적인 모습이 비치고 있는 것이다.

그리고 격리된 …… 결계가 떠올라 있다.

그런 공간의 균열 위에 떠 있는 무언가의 모습.

마이크를 들고, 고양이 마스코트 인형옷의 머리 부분을 덮어쓴…… 사람이로군.

묘한 목소리 변조기를 사용하는 수상한 녀석이다.

다른 세계의 용사나 전생자인가?

"그럼, 오늘의 게임은!"

수상한 고양이 머리 녀석 옆에 갑자기 룰렛 판이 출현했다. 따라라라라락…… 하는 드럼 롤이 울리면서 느닷없이 다트가 나타나 꽂힌다.

그러자 짠! 하며 소리가 멎었다.

"활의 성용사와 붓의 성용사의 대결이다아아앗! 다른 용사들은 운영이 준비한 흉악한 마물들, 파도의 마물로 편성된 부대와 사투를 연출해 주시지요―!"

후욱 하며 고리 안에서 무수한 사람이 나타나 꽤 귀찮아하는 기색으로 달리기 시작했다.

"룰은 간단! 파괴할 수 없는 미궁을 탐색해 먼저 탈출하면 승리! 이쪽이 준비한 덫과 특수 도구를 구사해서 상대를 죽여도 승패가 가려집니다! 비겁한 배반이든 협력이든 무조건 OK! 물론 상대 용사를 죽인 쪽이 탈출하는 것보다 보상이 큰 건 언제나와 마찬가지죠! 자, 힘내요―!"

땡 하고 종이 울려 퍼진다.

"어라? 이미 다른 세계에 끼어들어 전투를 벌이고 있는 세력도 있는 것 같군요! 좋아요, 아주 좋아! 카메라 양반, 중계 잊지 말아요—!"

우리가 아연해서 그 모습을 보고 있자, 마모루가 가슴에 손을 대고 안심하고 있다.

"다행이군. 이번 파도는 비교적 안전한 녀석이라서. 이쪽에 덤벼드는 녀석들도 없는 것 같아."

"……이게 뭐지? 너는 무슨 소릴 하고 있는 거야?"

내가…… 아니, 우리가 아연한 표정으로 마모루를 보며 파도의 균열……이라고 생각되는 뭔가 잡다하게 얽힌 공간을 가리켰다.

저게…… 파도, 라고?

"그 반응은, 혹시 미래의 파도와는 다른 거야?"

"완전히 달라! 우리가 미래에서 싸우던 파도는 자연재해처럼 균열에서 마물이 쏟아져 나오는 거였어!"

내가 호른의 질문에 답하고, 라프타리아와 세인이 함께 고개를 끄덕인다.

"미래에 일어나는 파도와 우리가 아는 파도가 다르다고……?"

"그건 기묘한 이야기네. 인식을 통일하기 위해 설명하자면, 균열에서 생겨난 마물을 신을 참칭하는 자들이 조작해서 사람들이 사는 곳으로 밀어내……. 우리보다 과거인 초대 용사들이 그걸 방위할 때 그렇게 이름 붙인 건데?"

잠깐…… 그건 어디서 들은 기억이 있어.

즉 재해로서 해일, 쓰나미 같은 느낌으로 이름이 붙은 게 아니라…… 습격해 오는 적을 쓰러뜨려 아군을 강화시켜 가는…….

"타워 디펜스……. 초기에는 그렇게 표현할 수 있는 파도가 있었어."

파도라는 건 그쪽에서 온 말이라는 건가?

내가 아는 게임 중에 타워 디펜스라는 장르가 존재한다.

이건 지켜야 할 거점이 있고, 거기에서 무수한 적이 정해진 루트를 통해 일정 주기로 돌격해 온다.

플레이어의 목적은 적이 기점에 들어오지 못하도록 이런저런 유닛을 배치해서 일정 주기…… wave를 극복하는 것이다.

wave…… 파도로군.

"달성할 때마다 난이도가 올라서 지금은 다른 세계의 용사 상대로 서로 죽이게 하는 일도 늘었어. 차라리 이세계 데스 게임이라는 표현이 맞을 거야."

나는 균열 위에서 잘난 척 중계하고 있는 녀석을 가리켰다.

"저게 신을 참칭하는 자야. 너희는 만난 적이 없는 거야—?"

레인의 말에 고개를 끄덕일 수밖에 없었다.

적어도 파도를 일으키고 있는 주모자 같은 건 지금까지 본 적이 없다.

"내—가 조사해서 알게 된 바로는, 용사들이 원래 있던 세계나 이 세계와는 다른…… 고도로 발전한 이세계에서 신과 대등한 영역까지 이른 자들이야. 불사성과 만능성을 가진 그들은 오락으로써 다른 세계를 장난감처럼 희롱하며 놀고 있어."

호른이 우리에게 자세히 가르쳐 주었다.

어이……. 미래에는 지워져 있는 설명 같은 게 무수하게 많았지만, 아무리 그래도…… 이렇게까지 묘한 일이 일어나고 있을 줄은 전혀 몰랐다고!

"신과 대등한 영역이라니……."

메르티가 약간 아연함과 분노가 섞인 어조로 호른에게 물었다.

"연금술사가 연명과 불로불사 같은 걸 목표로 삼는 경우가 흔한 건 알지? 그래, 녀석들은 그 호기심을 한계 이상으로 발휘한 끝에 발견하고 말았을 거야. 그 과정에서 다양한 힘을 얻은 결과…… 신이라고 자칭할 정도의 문명을 세웠어."

문명의 손이 닿지 않은 오지에서 원시인처럼 생활하는 사람들 마을에 가서…… 현대 사회의 발명품, 예를 들면 TV나 라이터 같은 물품을 보여주면, 그 마을 주민들은 그걸 가져온 상대를 어떤 눈으로 보게 될까?

마법사 같은 정도라면 차라리 괜찮을지도 모른다.

그래……. 신이 오셨다고 생각할지도 모른다.

과연, 우리가 있던 세계…… 일본보다 고도로 발전한 세계가 존재한다면, 이세계를 관측하는 방법이 발견되어 있을지도 모른다.

관측할 수 있다면…… 교류나 침략을 생각하겠지만, 그럴 의미가 없을 정도로 발전한 세계라고 한다면…… 그럼 이세계쯤은 장난감으로 삼아도 좋다고 생각해도 이상하지 않다.

세계가 충돌할 때 파도가 일어나고 마물이 나타난다.

이 마물은 '차원의'라는 접두사가 붙는 마물들이지만, 이건 세계의 방위 현상 같은 것일지도 모른다.

영귀나 봉황을 보면…… 사람들을 습격하는 건 혼이라는 소재를 이용해서 파도로 입은 세계의 상처를 봉합하려는 것……이라든가.

그 상처를, 용사의 무기는 혼을 소재로 사용하지 않고 수복할 수 있다고 생각하면…….

아무튼 그 신을 참칭하는 자는 세계 충돌 현상을 악용해서 자기 세계의 오락으로 꾸미고 있다.

저 녀석은 아까 '중계 잊지 말아요.' 같은 말을 했었지.

자기들의 세계에 있는 시청자를 즐겁게 하기 위해, 이세계끼리 충돌시켜 행하는 게임 방송……이란 이야기인가.

악취미에도 정도가 있다.

제르토블의 콜로세움과 공개 처형 같은 것이다.

호른이 불로불사 연구에 흥미가 없는 이유도 알았다.

누군가의 연구 탓도 있겠지만, 너무 악취미라서 구역질이 나오는 탓도 있으리라.

이런 짓까지 하지 않으면 채울 수 없는 욕구가 존재하는 것이겠지.

문명이 발전해도 이런 오락으로밖에 욕구를 채울 수 없다면 별거 아니겠군.

하지만 알 바 아니다.

"물론…… 녀석들을 기쁘게 해서 마음에 든 용사에게는 상이라면서 다양한 보너스를 주고, 소원을 들어준다거나 해. 그걸로 더 유리하게 싸워 나갈 수 있는 거야."

어처구니 없는 이야기로군.

……이전에 세인의 적 세력이 다른 세계를 멸망시켰을 때 보수가 있다느니 하는 이야기를 했는데, 이 이야기일까?

이런 시시한 녀석들의 이세계 데스 게임 따위에 어울려 줄 수 있겠냐!

"……나도 녀석들의 마음에 들어서 바람을 이룰까 고민한 적이…… 있었어."

마모루가 무겁게 고백했다. 필로리아를 소생시켜 달라는 바람으로 고민했겠지.

"하지 않는 쪽이 정답이야. 저런 수상한 녀석들 덕택에 소원을 이뤄 봤자 멀쩡한 결과가 되지 않을 건 뻔해. 쾌락주의 범죄자로밖에 보이지 않아."

게다가 녀석들이 전생자, 파도의 첨병에게 준 이능력은 어쩐지 수상한 것이 많았다는 느낌이다.

인스턴트 요리를 내놓던 세이야 같은 녀석이 대표적이다.

가령 죽은 자를 되살려 준다고 해도, 안이 진짜 죽은 자의 혼일지 어떨지 의심스럽다.

어쨌든 적이 이런 곳에 있다면 끝장을 내 주자.

그렇게 하면 미래의 파도도 가라앉을지 모르고.

실은 파도의 핵심이 일어난 건 과거 세계에서의 일이고, 미래의 우리는 억누르는 것밖에 할 수 없다! 같은 가능성도 있다.

이런…… 게임풍으로 말하자면 클라이맥스 전투를 하는 건 마모루 일행이고, 우리는 다른 시대에서 싸우고 있다!는 식의 조연 취급 같은 느낌.

이런 호기를 놓칠 수 있겠냐.

이런 시답잖은 게임, 지배자를 처단하면 끝날지도 모른다.

"저 녀석이…… 파도를 일으키는 원흉……!"

내가 신을 참칭하는 자를 향해 공격 지시를 내리려는 것보다 빨리, 그렇게 중얼거리며 뛰쳐나간 녀석이 하나.

"윽, 기다려! 렌!"

렌이 자세를 낮추고 달리고 있었다.

"어, 어이! 지금 당장 그만두게 해!"

마모루가 나를 향해 그렇게 고함쳤다.

"그래! 빨리 멈추지 않으면 피바람이 불 거야! 저 녀석들은 우선 우리가 절대로 이기지 못하는 걸 보여 주고서 이런 어처구니없는 이벤트를 시작했어!"

"가장 먼저 덤벼든 용사를 본보기로 죽이고…… 이게 진짜로 일어나는 죽음의 싸움이라고 각인시키는 거야. 그리고 그 세계의 용사를 전멸시키고 세계를 멸망시켜 보였어."

마모루는 그렇게 말하며 고리를 가리켰다. 아마도 다른 세계의 모습을 비추고 있는 것이리라.

젠장, 그런 짓도 하고 있었나!

"우리가 할 수 있는 건 신을 죽이는 방법을 찾아내거나, 신을 사냥하는 자들이 오는 걸 기다리는 것뿐이야."

달려나간 렌을 막으려 했지만, 렌은 이미 울타리 안에 들어가 높이 도약해서 신을 참칭하는 자를 베었다.

"음?"

신을 참칭하는 자를 지키려는 듯 갑자기 장벽 같은 것이 전개되어 렌의 공격이 막혔다.

저건 본 적이 있는데? 세인의 적 세력의 잡졸이 비슷한 방벽을 전개한 적이 있었다.

그러자 렌은 다른 손에 검을 출현시켜 기를 담았다.

째쟁 하고 신을 참칭하는 자가 전개한 결계에 균열이 생겼다.

"이거이거, 당신은 처음이군요? 어떤 세계와 이어져 있는지는 파악되지 않지만, 아무래도 룰을 모르는 모양이네요."

"네가 파도를 일으키고 있는 거지! 지금 당장 멈춰!"

"건강한 도전자로군요. 음? 오오, 시청률이 좋을지도…….
뭐, 지루한 상황에는 좋은 해프닝이에요!"

쨍강 하고 렌이 장벽을 부수자, 신을 참칭하는 자는 크게 물러났다.

"그럼 다른 게임을 실황할 때까지의 볼거리, 엑시비션 게임을 할까요!"

큭, 이미 상대가 주목하고 있다.

여기서 기습을 걸까 생각했지만, 신을 참칭하는 자는 나와 라프타리아, 포울을 향해 시선을 돌렸다.

"이거이거, 모르는 얼굴이 꽤 많네요. 마침 잘됐으니 상대해 드리죠. 혼자서는 분위기가 안 사니까요. 제법 힘을 가진 참가

자가…… 방패와 활의 성무기 세계에 모여 있던 것 같은데, 어디에서 흘러들어 왔는지…… 음? 아직 추적할 수 없군요."

신을 참칭하는 자인데 우리가 어디에서 왔는지 모른다고?

즉 진정한 의미로 만능인 존재는 아닌 모양이군.

"흠……. 솎아내야만 할 것 같군요. 그렇지 않으면 자극이 모자라게 되니까요."

"나오후미——!"

"나오후미——!"

마모루와 메르티가 내 이름을 불렀지만 이미 떨어진 곳으로…… 후웅 하며 나와 라프타리아, 포울이 갑자기 신을 참칭하는 자 앞에 강제 전이되었다.

남겨진 세인이 한 손에 가위를 들고 손을 흔들었지만, 쓸데없이 자기 주장하지 마! 그렇잖아도 무기 자체가 정상적으로 작동하지 않는 상황이니 전투에 참가할 수 없다면 그걸로 됐다.

……세인이 무시당한 이유를 생각했다.

아마도 호른이 개조한 사성무기의 카피품과 같은 정도 출력밖에 없다고 생각했으리라.

나와 마모루는 구분한 주제에…… 세인의 무기는 그 정도까지 약체화되어 있는지도 모른다.

어쨌든 우리에게 맡겨 둬!

"이곳은?!"

"당신들도 싸우기 쉽도록 이전에 있던 방패와 활의 세계에 맞추어 설정한 공간이니 안심해도 괜찮답니다—."

"참가자는 용사뿐……인가?"

"그렇지 않으면 힘이 부족하겠죠?"

꽤 얕보는 태도로 도발해 주는군.

주위를 둘러보자 고리 안에 비치던 녀석들이 싸우며 이쪽을 보고 있다.

나는 마모루에게 시선으로 신호를 보냈다.

꾸물거리지 말고 파도의 마물들을 격멸해 줘!

마모루가 정신을 차린 것과 동시에, 마을 녀석들도 달려 나와 싸우기 시작했다.

그래. 신을 참칭하는 자와의 싸움은 우리에게 맡기고 피해는 최소한으로 억눌러 줘.

"반응으로는 모두 용사지만, 검과 방패, 도와 주먹…… 건틀릿이나 그 비슷한 권속기 소지자군요? 어디서 흘러들어 왔는지, 끌어들인 건지……. 흔적을 읽을 수 없는 건 어떤 방법을 사용해서인가요? 정령들도 참 포기할 줄 모르는걸……."

어째 우리를 꿰뚫어 보려고 하는 느낌이지만, 아무래도 무기가 방해하고 있는 모양이다.

어떻게든 이 녀석을 죽일 수 있다면…… 파도를 완전히 끝내는 게 가능할지도 모른다.

"렌."

나는 렌에게 말을 걸었다.

분노와 사명감에 밀려 뛰쳐나온 것에 주의를 주고, 냉정함을 되찾게 하기 위해서다.

내가 말을 걸자 렌은 앞질러 나온 걸 이해했는지 돌아서서 면목 없는 듯 시선을 내렸다.

"미안해. 저 녀석이 모든 일의 흑막이라고 생각했더니……."

"경과는 어쨌든 눈에 띄는 싸움을 하면 여기에 불렸을 가능성이 높아. 하는 말로는 오락성을 중시하고 있는 모양이니까."

짧은 대화였지만 전력이 한쪽에 편중되는 상황을 좋게 보지 않는 것은 이해했다.

충분히 전력을 갖춘 우리가 최소한의 피해로 싸움을 정리하면, 다음에는 틀림없이 익스트림 게임 같은 이름으로 그 이상의 싸움을 시켰겠지.

제르토블의 콜로세움과 같은 감각이다. 관객이 즐길 걸 전제로 움직이고 있다.

"어쨌든 녀석은 노는 감각으로 우리를 상대하려 하고 있어. 그렇다면 단숨에 숨통을 끊으면 돼."

불장난을 하려다 큰 화재가 되듯이, 그 기세로 파도 따위를 일으키는 놈들을 끝장내면 되는 거다.

우리가 할 일은 변하지 않는다.

……용사의 역할은 신을 사냥하는 자가 올 때까지 시간을 버는 것에 지나지 않을지도 모른다.

그때까지 살아남는 것…… 온갖 수를 써서 이기든 어쩌든 해서 도망쳐야만 한다.

일단은 지금까지 싸워 온 녀석들의 연장선상에 있는 녀석으로 보이기도 한다.

어쩌면 승기가 있을지도 모른다.
"알았어. 나오후미, 타이밍은 맡길게."
"그래, 적이 적이야. 평소 이상으로 움직여 줘."
"알았어. 반드시 저 녀석을 쓰러뜨린다!"
렌은 그렇게 말하고 더욱 굳게 검을 쥐었다.

13화 신을 죽이는 방법

"나오후미 님."
라프타리아의 부름에 돌아섰다.
위험하니까 도망쳐야 한다고 주의를 주려나 생각했지만, 아무래도 라프타리아 역시 물러설 마음은 없는 듯했다.
그건 옆에 있는 포울도 마찬가지다.
"우오오오오오!"
전의를 끌어 올렸는지 수인화해서 이미 전투 태세에 들어가 있다.
"오오, 꽤 독특한 종족을 끌어들였군요. 그렇다 해도…… 신을 공격하다니, 어리석은 자에게는 주제를 알려줘야 하겠는걸요!"
팟 하고 신속하게 거리를 취한 신을 참칭하는 자가 전투 태세를 취했다.
"액세스…… 소드 일루젼…… 현현."

무수한 검을 출현시켜 띄우기 시작했다.

플로트 계열을 쓰나?

그렇다면 나도 두 장의 플로트 실드를 꺼내 앞으로 세운다.

"그럼 엑시비션 게임! 시작이다아아아아아아!"

신을 참칭하는 자가 선언하는 것보다도 빨리, 나와 렌이 내달렸다.

물론 마법 영창은 사전에 완성시켜 두었다.

『내 차례♪』

마룡의 영창 단축은 정말로 편리하군. 종종 머릿속에서 소리만 내지 않는다면 말이지…….

"알 레벌레이션 아우라!"

나를 포함한 동료 전원에게 아우라를 사용해 조금이라도 능력 상승을 노린다.

"갑니다! 순도 · 하일문자!"

선봉에 선 것은 라프타리아다.

칼집에서 도를 뽑아 하이퀵 상태로 신을 참칭하는 자에게 스킬을 날렸다.

물론 기를 병용한 일격이기에 세인의 적 세력이 사용하던 방벽 따위 관통……하지 못했다!

수수께끼의 장벽에, 전혀 공격이 먹히지 않은 것처럼 막히고 말았다.

"아까보다도 투과율을 낮췄으니 그 정도로 디멘션 실드를 뚫을 수 있다고 생각하지 마시죠."

"크——."

떠오른 검이 라프타리아의 하이퀵 상태를 따라잡더니 그 끝이 라프타리아의 배를 가볍게 찔렀다.

"윽——."

그것만으로도 라프타리아가 확 날아가고 말았다.

"라프타리아!"

나는 라프타리아를 받고 공격을 회피했다.

뭐, 뭐지, 이 힘의 차이는? 강화 방법이 어중간하게 제한되어 있다고 해도 한도가 있잖아.

그런 가벼운 찌르기만으로 라프타리아를 날려 버리다니, 어떤 상태냐!

"여자를 괴롭히면 항의가 들어오니까 말이죠……. 그런 수요가 있는 건 알지만, 지나치면 분위기가 나빠집니다."

"콜록…… 콜록……."

"라프타리아, 괜찮아?!"

라프타리아에게 힐을 걸며 물었다.

"괘, 괜찮, 아요. 나오후미 님 덕분에 아픔은 멎었어요. 하지만……."

"이런, 쓸데없는 이야기는 필요 없답니다?"

한순간에 우리 품에 뛰어든 신을 참칭하는 자가 수도를 휘둘렀다.

다급히 방패와 플로트 실드로 받아 냈지만, 두 장의 플로트 실드가 즉각 파괴되고 무지막지한 충격이 발생했다.

"크……?"

나는 라프타리아를 안은 채로 10미터 정도 날려 갔다.

뭐야, 이거……. 지금까지 녀석들과는 비교도 안 될 만큼 공격이 무겁다.

라스 실드의 힘을 최대한으로 흡수한 마룡의 일격을 받았을 때 이상으로 멀리 튕겨 났잖아.

"나오후미?"

"형!"

"빈틈을 보이면 안 되지요. 이곳은 전장이니까요! 그렇긴 해도 힘을 아까의 절반 정도로 안 하면 죽겠군요?"

신을 참칭하는 자가 눈에도 보이지 않는 속도로 렌과 포울을 공격했다. 라프타리아와 나에게 했던 것처럼 가볍게 찌르는 공격이었지만, 그것만으로도 렌과 포울이 뒤로 날려갔다.

"크으으으으윽……."

"으아아아아앗?!"

날려가던 렌과 포울이 간신히 낙법을 취해 자세를 가다듬었다.

"음……. 힘을 너무 많이 냈나요. 조금 더 힘 조절을 하지 않으면 분위기가 안 살겠어요."

신을 참칭하는 자는 그런 태도로 우리를 내려다보며 공격해 온다.

얼마나 정신이 맛이 간 거냐.

라프타리아의 기를 실은 일격조차도 무력화되었다.

대미지를 입힐 수단이 없으면 방법이 없는데.

"유성검 X! 헌드레드 소드 X!"

렌이 지지 않고 신을 참칭하는 자에게 원거리 공격 스킬을 쏘았다.

신을 참칭하는 자는 렌의 공격을 피하려고도 하지 않고, 제자리에 서서는 뭔가 생각하는 듯한 자체를 취하고 있었다.

그리고 렌이 쏜 스킬, 유성검의 별과 헌드레드 소드로 출현한 검이 신을 참칭하는 자에게 명중……하지 않고 결계 안으로 사라져 갔다.

뭐지? 저 사라지는 방법……. 일렁이다 지워지는 것처럼 보였는데?

그러고 보면 이전에 비슷한 장벽을 만드는 세인의 적 세력 녀석들과 싸웠을 때, 필로가 바다를 차는 것 같은 감촉이라고 말했던 기억이 난다.

……저 장벽의 정체가 거울의 스킬에 있는 전송경처럼 어딘가로 공격을 유도하는 종류라면, 저런 느낌으로 사라지지 않을까?

그게 유성방패처럼 전방위로 펼쳐진다면…… 그럼 공격 따위는 의미가 없다.

하지만 녀석의 방어는 그렇다 쳐도…… 나조차 여기까지 날려 버리는 공격을 하는 녀석을 어떻게 처리할 수단이 있나?

격차가 너무나도 크다.

그리고 이 필드에 도망칠 곳은 없다.

파도의 필드 안이니까 포탈 사용도 불가능하다.

제길……. 엄청나게 몰린 상황이로군.

새삼스럽게 렌에게 화풀이를 하고 싶어지지만, 투덜댄다고 해서 해결 따윈 되지 않는다.

……교섭이 통할 상대일까?

"어이, 너무 일방적이면 분위기가 안 달아오른다면서?"

라프타리아를 감싸듯 앞에 나서서 도발해 본다.

"그렇지만 일방적인 학살도 인기가 있지요……. 원시적인 당신들도 알겠지요? 애석하게도 당신들의 이야기를 들을 맘은 없으니, 보기 흉한 짓은 참아 주시죠? 그런 목숨 구걸은 안 먹혀요."

제길, 완전히 시청자인 양 떠들어 대기는.

처음부터 내 이야기 따위 들을 마음은 없는 것 같다. 아니면 들은 척만 하고 분위기를 띄우기 위해 뭔가 해 오겠지.

오락적인 거라면…… 그렇지, 포울에게 렌을 죽이라는 식으로 명령해서 싸우게 만드는 전개라면 시청자가 받아들일 것 같다……. 인간의 추악함을 오락으로 삼는 이야기라면 좋아하는 녀석이 있을 법하니까.

시간 벌기로는 사용할 수 있겠지만 결정타는 되지 않는다.

게다가 그 경우 렌이나 포울을 희생해야만 한다.

그런 짓을 해 봤자 신을 참칭하는 자를 기쁘게 할 뿐이다.

용사라는 자각은 없지만 그런 짓을 해서 살아남으면 최악의 선례를 남길 뿐이다.

이전의 나였다면 했을지도 모르겠지만.

"……?"

필사적으로 타개책을 생각하고 있다가 방패가 맥동하는 걸 깨달았다.

“이건…….”

그건 라프타리아와 렌, 포울도 마찬가지인 듯 모두 자신의 무기에 시선을 향하고 있다.

뭐지? 뭐가 반응하고 있는 거지?

부웅 하고 웨폰 북이 팝업되어, 반응하고 있는 무기와 스킬이 표시되었다.

——0의 방패

아니, 그건 좀……. 하지만 이 순간에 그 이름이 표시되는 것에는 의미가 있으리라.

떠올려 보자……. 수렵구의 용사인 키즈나는 이 방패와 스킬이 같은 무기를 사용해 위기를 극복했고, 파도의 출현 시간을 늦춰 보였다.

그건 사양 외의 힘에 효과가 있다는 증거다.

그리고…… 이 시대에 오기 전에 필로리알의 성역에서 있던 사건을 떠올린다.

리시아가 해독한 문자다.

‘이 무기는 영원을 가진 자에게 큰 효과를 발휘한다……. 신을 자칭하는 자에게서 스스로를 보호하기 위한…….’

신을 참칭하는 자에게 대항할 방법인 것은 틀림없다. 해 볼 가치는 있다.

그렇다면 최대 효율을 발휘하기 위해 기습해야만 한다.

그 속도로 움직이면 맞출 수가 없다. 맞출 수 없다면 어떤 공격이든 의미가 없다.

"렌, 라프타리아, 포울."

나는 나와 같은 걸 떠올리고 있는 듯한 셋을 향해 조용히 시선으로 신호를 보냈다.

셋은 고개를 끄덕이고 내 지시를 기다린다.

가장 먼저 포울에게 시선을 보내고, 발동 가능한 스킬……을 외친다.

"수화 보조!"

덜컹 하는 소리와 함께 포울이 곧장 1단계 수화를 개시했다.

그리고 라프타리아에게는 포울과 함께 가도록 시선으로 신호를 보냈다.

라프타리아도 이해했는지 고개를 끄덕였다.

"이걸로 실력 차이를 알았으리라 생각하지만, 이쪽도 분위기를 띄워야만 하지요. 요새는 생각한 것보다도 탈락자가 적어서, 참가자가 방어만 하니까 반응이 나쁩니다. 그러니까……."

신을 참칭하는 자는 휙 하고 재빨리 내 앞에 나타나 부유하는 검을 휘두르고, 내 가슴께를 향해 수도를 찔렀다.

아마도 방어 전문인 나를 쓰러뜨리면 다른 녀석들은 경악해서 움직이지 못하리라 생각하는 거겠지.

힘을 과시하기에는 좋은 선택이다.

그러나 그 공격은 내게 둘도 없을 찬스가 되어 준다.

"무엇을 하려는지는 모르겠지만, 쓸데없는 짓이라는 걸 알아두세요!"

나는 순식간에 방패를 고쳐 들고 스킬을 영창한다.

"에어스트 실드! 세컨드 실드! 체인지 실드!"

물론 꺼내는 방패는 모두 0의 방패다.

이젠 죽기 아니면 살기다. 이 방패는 방어력 따위 전혀 없고, 성능은 정말로 형편없으니까.

하지만 키즈나가 사용한 0의 수렵구는 저주를 부여하는 액세서리와 정령을 구속하는 힘을 튕겨 냈다. 내 방패에도 비슷한 힘이 있을 터다.

"……큭!"

끽 하며, 각 방패가 신을 참칭하는 자의 공격을 받아 냈다.

받아 낸 직후―― 0의 방패는 눈부신 빛을 발하며 안쪽에서부터 힘을 발생시키기 시작했다.

좋아! 먹혔다! 버틸 수 있어!

그에 맞춰 내가 장비하고 있는 방패도 0의 방패로 바꾸었다.

이쪽도 평소와 달리, 마치 이것이 본래의 힘인가 싶은 빛을 발하고 있다.

"……뭐지?"

공격이 막히자 신을 참칭하는 자는 약간 멈칫했다.

"헛점 투성이다!"

나는 방패를 갖춘 쪽 손으로 신을 참칭하는 자의 멱살을 움켜잡았다.

"큭!"

부유하던 검이 날아드는 것을 다시 출현시킨 플로트 실드로 전부 받아서 튕겨 냈다.

0의 방패로 바꾸기 전과 달리 그 위력은 지극히 가벼웠다.

"우오오오오오오오오오오오!"

그리고 렌이 압도적인 속도로 이쪽을 향해 달려왔다.

렌이 손에 쥔 검은 내 방패와 마찬가지로 빛나고 있다.

"어떤 수단을 사용했는지는 모르겠습니다만, 그 정도로 이길 거라고 생각하지 마시죠!"

내 팔을 잡고 꺾으려 하지만, 전혀 먹히지 않는다.

그리고 신을 참칭하는 자는 접근해 오는 렌을 향해 부유하는 검을 무수히 날렸다.

그 공격은 전방위에서 렌을 포위하고, 일격이라도 받으면 죽음에 이를 가능성이 있는 흉악한 칼날이 되어 날아들었다.

그러나 렌은 이도류…… 두 자루 검을 사용해 날아드는 검을 쳐 내면서 내가 멱살을 쥔 신을 참칭하는 자에게 검을 향했다.

"이 녀석은 애초에 나오후미보다도 미숙해――! 0의 검!"

한쪽 검을 봉황 소재의 검으로 바꾸고, 다른 한쪽 검을 0의 검으로 바꾸어 스킬을 영창하며 베었다.

서걱 하는 소리와 함께 신을 참칭하는 자의 결계를 베어 찢고서, 나를 붙잡은 팔과 등을 크게 베었다.

렌은 요즘 내게 부탁해 부유하는 무기를 상대하는 연습을 하고 있었지만, 설마 이런 곳에서 도움이 될 줄은 상상도 못했군.

"어……? 끄아아아아아아아아아아아아아아아아아아아아아악?!"

잘려 나간 팔과 튀어 오르는 선혈을 본 신을 참칭하는 자는 찢어지는 듯한 비명을 질렀다.

"어, 어째서? 뭐야, 어째서 이렇게?! 이상해! 어떻게?!"

신을 참칭하는 자는 예상 못한 아픔에 혼란에 빠졌는지 눈을 뒤굴뒤굴 굴리며 주위를 둘러본다.

뭐지, 이 실전 경험 없다고 자랑하는 듯한 허둥거림은.

아니, 어쩌면 절대적인 힘을 갖고 있는 만큼 정말로 경험이 부족할지도 모른다.

그러다 갑작스러운 아픔에 싸움을 이해했다……거나?

그렇다면 동요하는 틈에 끝장을 낸다!

"서, 설마! 너희는 신을 사냥하는 자라는 놈들의——."

"글쎄, 이 무기는 정말로 효과가 있는 모양이군."

적어도 우리는 신을 사냥한다는 존재와 만난 적이 없다.

애초에 피트리아의 벽화에 그려져 있던 건 이 녀석인가?

색이나 크기나 뭘 봐도 완전히 모습이 다른 것처럼 보이는데…… 구전되면서 조형이 바뀌었다거나?

아니……. 확실히 피트리아가 그 벽화에 있던 녀석은 적이 아니라고 말했던 기억이 난다.

……설마 피트리아가 신을 참칭하는 자 편이었다거나?

이것저것 수상한 느낌이 들지만, 이 무기의 소재를 제공한 것도 피트리아다.

판단은 보류해 두자.

"형!"

"나오후미 님!"

수화를 끝내고 청백색 빛을 내는 포울과 업혀 있던 라프타리아가 재빨리 다가왔다.

"가! 쉴 틈을 주지 마!"

한껏 힘을 담아 신을 참칭하는 자를 내던졌다.

렌은 신을 참칭하는 자에게 추가타를 먹이려는 듯 뛰어올라 0의 검을 휘둘렀다.

"너를 쓰러뜨리면 끝이다! 봉황 열풍검 X!"

"이걸로 모두 끝내겠어요! 팔극진 천명 찌르기!"

"우오오오오오오오오오오! 격진권(激震拳) X!"

불새가 되어 돌격하는 렌의 스킬과, 라프타리아가 천명으로서 사용하는 필살기, 그리고 수화한 포울은…… 필드가 갈라질 정도로 힘을 담은 주먹을 때려 박는 스킬을 사용했다.

이제까지 무수한 훈련을 거듭한 그들의 일격은 높은 숙련도로 날아들었다.

분명 0의 무기가 거기에 더욱 힘을 실어 주었으리라.

그런 공격을, 신을 참칭하는 자는 무방비하게 얻어 맞았다.

"커헉── 끄윽── 그만, 죽── 살인자──!"

세 사람의 공격을 받고 너덜너덜해져 가는 신을 참칭하는 자가 외쳤다.

"죽일 각오로 싸운 거다!"

이런 상황에서까지 게임 감각인 놈이 있다니, 어처구니가 없군.

설마 전생자의 알선 같은 것도 게임 감각으로 하고 있었나?

시청자라느니…… 드라마나 다큐멘터리, 실황 생중계 같은 느낌으로 즐기고 있을 가능성이 부상했다.

"으랏!"

수화한 포울이 숨통을 끊으려는 듯 거대화한 0의 건틀릿으로 신을 참칭하는 자의 전신을 두들겼다.

"어억——?!"

으직 하고 그로테스크한 소리가 나며 신을 참칭하는 자가 찌부러졌다.

하지만 이걸로 안심하기엔 너무 이르다. 윗치 때처럼 방심하진 않는다!

"아직이야! 포울, 라프타리아, 렌! 혼까지 날려 버려!"

"네!"

"응!"

"물론이야!"

세 사람은 각자 혼령 계통 적에게 효과가 높은 무기에 0의 스킬을 발동시켜 다시 한번 일제히 공격을 때려 박았다.

뒤에 남은 것은 투명한 지면에 금이 간 크레이터와, 신을 참칭하는 자의 무참한 시체.

"……끝났군."

완전히 숨이 끊겼다.

내가 그렇게 중얼거린 것과 동시에 0의 방패의 힘이 약해지기 시작했다.

역시 특정한 적에게만 효과를 발휘하는 것 같군.

그러나…… 싱겁다는 감각이 사라지지 않는다.

상당히 위험했던 건 사실이지만 의외로 간단히 쓰러뜨릴 수 있었다.

그래도 신을 참칭하는 자를 쓰러뜨릴 수 있다는 건 알았다.

이것만으로도 귀중한 정보가 되었으리라.

"이겼어……?"

그런 내 사고를 뒷전으로, 파도를 진정시키며 보고 있던 용사들과 그 동료들이 불쑥 중얼거렸다.

"이겼다아아아아아아아아아아아아아아아아아아아아아아아!"

"우오오오오오오오오오오오오오오오오오오오오오오오옹오오!"

그런 탄성이 울려 퍼졌다.

오열이 섞인 녀석까지 있다.

그 직후, 훅 하고 발밑이 꺼져 모두 낙하하기 시작했다.

"형! 내가 착지할게! 맡겨 줘!"

"알았어. 에어스트 실드, 세컨드 실드, 드리트 실드!"

나는 복수의 방패를 만들어 포울의 발밑에 나타나게 했다.

그러자 포울은 수화한 모습 그대로 방패를 발판 삼아 우리를 회수하며 착지했다.

공중에 뜬 고리에서 저마다 탄성이 들려온다.

그리고 파도의 균열이 멋대로 조금씩 줄어드는 걸 확인할 수 있었다.

부수지 않아도 멋대로 사라지기도 하는군.

장내는 완전히 승리 분위기라, 싸움이 중단되어 있다.

"기뻐하는 건 좋지만, 파도의 피해를 잊지 마!"

내가 소리를 높이자 환호하던 녀석들이 정신을 찾고 파도의 피해를 억누르는 싸움에 집중하기 시작했다.

신을 참칭하는 자가 준비한 메인 이벤트에 참가했던 활의 용사 일행도 탈출을 우선하기 시작한 듯하군.

쨍강 쨍강 하고 공간이 부서지는 것 같더니, 활의 용사 일행과 다른 녀석들의 모습이 훅 사라졌다.

탈출한 거겠지?

"나오후미 님, 해냈어요!"

"확실한 반응이 있었어."

라프타리아와 렌이 기쁜 듯 그렇게 말했다.

뭐, 한때는 위험했지만 간신히 쓰러뜨렸으니까.

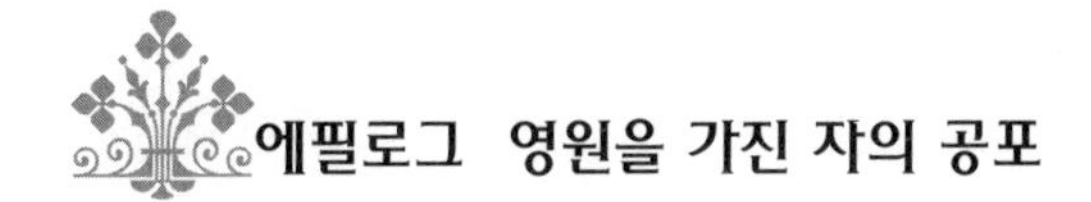

에필로그 영원을 가진 자의 공포

"형, 이걸로 우리의 싸움은 끝날까?"

"모르겠군. 이걸로 파도가 끝나면 좋지만…… 어쨌든 원래 시대로 돌아가는 방법을 찾아야만 하겠지."

마모루와 레인, 키르 일행이 마물을 쓰러뜨리며 우리 쪽으로 달려 온다.

어디…… 키르와 에클레르가 호른이 개조한 고대의 무기를 휘두르는 것만으로도 파도에서 나온 마물들이 쓸려 나가고 있다.

꽤 강화되어 있어서일까……. 무기에 마력을 잔뜩 담으면 용사 정도는 아니라도 상당한 활약을 보일 수 있는 듯하다.

"형들 굉장해~! 나도 참가하고 싶었어!"

"라~프, 라프라프."

"다프다프."

"무모하다고 생각해요."

"……그렇지. 그 기개에는 감탄하지만, 주제를 모르면 죽을 뿐이다."

키르의 말에 라프짱들은 물론이고 나타리아와 수룡이 주의를 준다.

하지만 그 목소리는 평소보다도 밝았다.

나타리아와 수룡조차 그렇게 될 정도의 적이었던 것이겠지.

"참가 조건이 용사 한정이었으니까……."

"설마 신을 참칭하는 자들에게 이길 줄은……. 끌려 들어가는 걸 봤을 때는 한 명이라도 살아남아 주길 바랄 수밖에 없었는데……."

"뭐…… 꽤 강력한 녀석이었던 것 같으니까."

기습으로 쓰러뜨린 거나 마찬가지다. 정공법으로 쓰러뜨릴 수 있을지는 의심스럽다.

"형들, 정말 굉장했어."

루프트가 라프의 마물인 미 군의 머리에 타고 말했다.

"솔직히 우리는 수수했네."

"라~프~."

"미 군도 첫 싸움치고는 대활약했다고 생각해."

"라~프~!"

얼핏 봤을 뿐이지만, 미 군도 마물들을 엄청나게 쳐 날리며 거대 라프 종이라는 느낌의 활약을 하고 있었군.

라트도 루프트 옆에 있다.

"활약하는 건 좋다고 생각하지만…… 가엘리온이 그리워."

윈디아가 원래는 캐터필랜드였던 라프 종을 안고서 렌에게 다가와 중얼거렸다.

"미래로 돌아가면 가엘리온과 재회할 수 있어."

"응……. 렌, 힘냈구나."

"그래, 이 기세로 미래의…… 우리 시대의 적도 쓰러뜨려 보이겠어."

렌도 뭔가 달성한 것 같은 표정을 짓고 있다.

이 기세를 유지하고 싶군.

"정말로 나오후미는 사람을 전전긍긍하게 만든다니까……."

메르티가 한숨을 섞어 중얼거렸다.

"좋아서 그러는 게 아니라고. 늘 아슬아슬한 싸움을 요구당하는 거야."

"정말 그래. 아…… 나도 이런 때 힘이 될 방법을 갖고 싶어."

"그거라면 호른이 제공한 무기를 쓰면 되지 않을까?"

메르티는 자질 향상 같은 강화를 상당히 했으니까, 강함은 상당한 영역에 도달해 있다.

원래부터 마력이 높았고. 마력을 힘으로 바꾸는 무기와는 상성이 좋으리라.

"알고는 있지만 그다지 인상이 좋지 않아서……. 피트리아 씨에게서 받은 무기인 건 알지만……."

"뭐, 마음은 나도 알아. 그렇긴 해도 수단을 가리고 있을 순 없으니까."

교황이 사용하고 있던 것이기도 해서 메르티의 인상은 좋지 않은 것이리라.

하지만 메르티라도 마력을 담아 휘두르면 좋은 무기가 되는 것은 안다.

지휘관 포지션이라도 여차할 때 싸울 수 있는 건 크다.

뭐, 그렇다고 신을 참칭하는 자의 상대는 시킬 수 없겠지만.

"으음……. 나도 싸움에 참가하기 위해서 권속기가 갖고 싶다고 진심으로 생각하게 되는군, 렌."

"에, 에클레르……."

"알고는 있다. 렌과 이와타니 공, 그리고 다른 자들과 힘을 합해 너희가 사용한 것 같은 무기가 만들어지기를 기다리면서, 나는 나로서 단련을 거듭하면 된다는 걸."

"그렇지……. 모두 함께 신을 쓰러뜨릴 무기를…… 만들자!"

그렇게 모두 새로이 결의를 다졌다.

"와오. 이걸로 세계는 괜찮겠네."

이걸로 우리의 완전 승리가 되었을까? 파도가 끝난 거라면 그걸로 좋지만.

그리고 미래 세계의 파도도 끝나 준다면 다행이겠지만.

그런 생각을 하고 있자니…….

"……설마 이런 사태가 될 줄은. 이건 곤란해. 너무 곤란해."

갑자기 우리 뒤쪽, 신을 참칭하는 자의 시체 근처에서 목소리가 나서 뒤돌아 보았다.

그러자 거기에는 개 마스코트의 머리 부분을 뒤집어쓴, 아까의 신을 참칭하는 자를 많이 닮은 녀석이 쓰러진 사체를 보며 중얼거리고 있었다.

"네놈들! 하등한 원시인 주제에 잘도! 이 살인자 놈들!"

그 밖에도 동료가 있었나……. 귀찮게 됐군.

"인간? 너희는 신이라고 속이고 있지 않았어? 애초에 흔한 영웅담을 모르나 보군. 신을 죽이는 것도 영웅…… 용사의 일일텐데."

"웃기지도 않는 소리를!"

그런 문답을 하는 동안 렌, 라프타리아와 포울, 세인이 각자 0의 무기와 스킬을 전개해 전투 태세를 취했다.

그러자 아까 녀석의 동료 같은 신을 참칭하는 자가 망설이는 걸 눈치챘다.

"덤비지 않을 셈이야? 그럼 이쪽부터 간다?"

"히……."

그 눈매와 목소리에서 무엇을 무서워하고 있는지를 분석한다.
그러고 보니 아까 죽인 녀석이, 우리가 어디에서 왔는지 파악할 수 없다고 중얼거리고 있었다.
과연……. 아무래도 이 녀석은 우리가 자신의 생명을 빼앗을 수 있는 힘을 갖고 있는 것에 대한 공포를 품고 있는 모양이군.
그렇다면 성대한 거짓말이라도 해서 협박해 줘야겠지.
"아, 그렇지. 우리를 처리하면 괜찮을 거라는 식으로 생각하지 말라고? 우리 배후에 뭐가 있는지…… 이걸 보면 알겠지?"
0의 방패를 전개해서 크게 위협해 준다.
"하, 하하……. 신을 죽일 수단을 찾았다고 설쳐대기는……."
"그렇게 생각하는 건 자유지. 하지만, 알고 있어?"
나는 새롭게 나타난 신을 참칭하는 자를 가리키며 내뱉었다.
"다음은 너…… 아니, 너희 차례다. 이런 웃기지도 않는 짓을 한 책임을 반드시 지게 만들어 줄 테니까!"
새로운 신을 참칭하는 자…… 이걸 보고 있는 자들에게 선언했다.
"크…… 이 굴욕! 절대로 잊지 않겠다! 진심이 된 신들의 무서움을 보도록 해!"
녀석은 분노와 공포를 필사적으로 숨긴 목소리로 그렇게 말했다.
"보고 있는 쪽은 '죽고 싶지 않아! 살려 줘!' 라면서 패닉에 빠져 있지 않을까?"
새로이 나타난 신을 참칭하는 자는 불리함을 깨달았는지……

뭔가 망토 같은 것을 펼치더니 동료의 사체와 함께 휙 모습을 감추었다.

포탈 같은 순간 이동계 스킬이겠지.

그렇게 해서 파도의 균열도, 다른 세계와의 고리도 휙 사라져서 주위는 조용해졌다.

"……겨우 물러가 줬군."

"아까 한 건 엄포였지?"

"그렇지."

"이제 나오후미의 방식에도 익숙해졌어."

"할 수 있는 것과 성격이 맞물리지 않는 것처럼 보이네—."

마모루와 레인도 대충 깨닫게 된 모양이군.

이런 멍청한 싸움을 진지하게 할 필요 따윈 없는 거라고.

"너희도 알고 있지?"

라프타리아와 렌, 포울, 세인과 마을 녀석들은 일제히 고개를 끄덕였다.

"이제 익숙해졌어, 형의 농담."

"적은 정보로 상대를 곤란해하는 방향으로 유도한 것 같군요. 그 어조에서 보면 신을 사냥한다는 존재를 상당히 무서워하는 것 같아요."

"그런 모양이야. 무서워하는 상대가 있다면 이런 짓 하지 말라고 하고 싶지만."

이건…… 범죄자들이 경찰을 무서워하는 것 같은 느낌일까?

검거가 두렵지만 자극이 필요하다든가, 말도 안 되게 성가신

놈들이다.

어쨌든 대처할 수 있어서 다행이다.

하지만…… 꽤 강한 것 같긴 해도 무기의 강화가 완전했다면 어땠을까?

깊게 연구하면 대처 가능한 수준의 강함인 것 같기도 한데.

애석하게도 강화가 불안전한 상황이라 어렵지만.

"놀랐어. 미래의 용사들이 사용한 무기는 뭐야?"

나는 신을 참칭하는 자가 돌아오거나 엿보고 있을 가능성을 경계하며 입을 열었다.

"우리 시대에 있는 오래된 유적에서 찾아낸 불로불사의 약 같은 것에서 나온 무기, 0 시리즈야. 평소에는 아무 도움도 안 되는 무의미한 무기인데, 파도의 균열을 이걸로 공격하면 다음 파도의 출현 시간이 늘어나거나 성무기를 억지로 구속하는 힘에 저항하거나 할 수 있었어."

"위법적인 힘을 처리한다……. 나—도 그런 힘이 있을 거라고 추측하고 있었어."

"그렇겠지. 그러니까 신을 참칭하는 자…… 부정한 힘을 사용하는 녀석과 부딪치면 효과가 나오는 느낌이로군."

"미래의 과거…… 어쩌면 신을 사냥한다는 자가 그때 나타나서 후세를 위해 힘을 남긴 것일지도 모르겠네."

"그럴지도."

자세한 건 원래 시대로 돌아갔을 때 피트리아에게 캐물어 보자.

"어쨌든 파도를 일으키는 녀석들을 하나 처단할 수 있었어.

우리 반격의 봉화가 오른 셈이지."

내가 그렇게 정리하자 모두 고개를 끄덕였다.

"좋아! 이제부터 좀 더 단결해서, 신을 참칭하는 자들을 쫓아낼 기세로 싸우자!"

"""오오―!"""

이렇게 해서 우리의 첫 신 살해가 끝났다.

아직 원래 시대로 돌아갈 방법은 찾지 못했지만, 이 세계의 파도 문제는 해결했다고 생각해도 좋으리라.

적어도, 그 녀석들이 죽는 걸 무섭다고 생각하는 한 파도의 발생은 줄어들…… 거라고 생각하고 싶다.

그리하여 우리는 처음으로 신을 죽였다.

그 뒤로는 살아남은 파도의 마물을 토벌하고 마을과 성으로 돌아갔다.

(계속)

방패 용사 성공담 21

2019년 11월 15일 제1판 인쇄
2019년 11월 20일 제1판 발행

지음 아네코 유사기 | **일러스트** 미나미 세이라 | **옮김** 김동수

펴낸이 임광순
제작 디자인팀장 오태철
편집부 황건수 · 이병건 · 이홍재 · 김호민
디자인팀 한혜빈 · 김태원
국제팀 노석진 · 엄태진

펴낸곳 영상출판미디어(주)
등록번호 제 2002-000003호
주소 21311 인천광역시 부평구 평천로 132 (청천동)
전화 032-505-2973(代) | **FAX** 032-505-2982

ISBN 979-11-6466-868-7
ISBN 979-11-319-0033-8 (세트)

TATE NO YUSHA NO NARIAGARI Vol. 21

아네코 유사기 작품리스트

방패 용사 성공담 1~21
창 용사의 새출발 1~2

나만 집에 가는 학급전이 1~2

[코믹스]

방패 용사 성공담 1~9
· 만화 : 아이야 큐 (원작 : 아네코 유사기/캐릭터 원안 : 미나미 세이라)

불로불사가 되어 슬로 라이프를 만끽하려고 했더니
슬라임만 잡아서 세계 최강이 되었습니다?!

슬라임을 잡으면서 300년, 모르는 사이에 레벨MAX가 되었습니다 1~8

원래 세계에서 과로사한 것을 반성하고 불로불사의 마녀가 되어
느긋하게 300년을 살았더니――레벨99 = 세계 최강이 되어 있었습니다.
생활비를 벌려고 틈틈이 잡았던 슬라임의 경험치가 너무 많이 쌓였나?
소문은 금방 퍼지고, 호기심에 몰려드는 모험가, 결투하자고 덤비는 드래곤,
급기야 나를 엄마라고 부르는 몬스터 딸까지 찾아오는데 말이죠――.

슬라임만 잡는 이색 이세계 최강&슬로 라이프!
마음이 훈훈해지는 고원의 집으로 오세요!

모리타 키세츠 지음 / 베니오 일러스트

영상출판
미디어(주)